朱光潜散文

美是一生的修行

著 朱光潜

经典散文精华本

北京联合出版公司
Beijing United Publishing Co., Ltd.

图书在版编目（CIP）数据

美是一生的修行：朱光潜散文 / 朱光潜著 . -- 北京 : 北京联合出版公司, 2015.7（2019.5 重印）
ISBN 978-7-5502-5569-2

Ⅰ . ①美… Ⅱ . ①朱… Ⅲ . ①散文集 – 中国 – 当代 Ⅳ . ① I267

中国版本图书馆 CIP 数据核字（2015）第 133879 号

美是一生的修行：朱光潜散文
作　　者：朱光潜
选题策划：北京宏泰恒信文化传播有限公司
责任编辑：侯娅南
策划编辑：李　根
封面设计：仙　境
版式设计：王玉双
责任校对：方　淇

北京联合出版公司出版
（北京市西城区德外大街 83 号楼 9 层　100088）
晟德（天津）印刷有限公司印刷　新华书店经销
字数 187 千字　880 毫米 ×1230 毫米　1/32　10 印张
2019 年 5 月第 2 版　2019 年 5 月第 4 次印刷
ISBN 978-7-5502-5569-2
定价：39.80 元

未经许可，不得以任何方式复制或抄袭本书部分或全部内容
版权所有，侵权必究
本书若有质量问题，请与本公司图书销售中心联系调换。电话：010-58572848

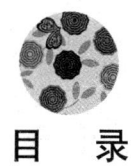

目 录

第一辑 美是一生的修行

谈立志 / 003

谈谦虚 / 010

资禀与修养 / 021

谈恻隐之心 / 030

谈人生与我 / 039

谈价值意识 / 045

谈美感教育 / 054

音乐与教育 / 066

第二辑　活在当下

朝抵抗力最大的路径走　/　075

谈交友　/　085

谈青年的心理病态　/　092

谈摆脱　/　101

谈十字街头　/　106

谈英雄崇拜　/　111

悲剧与人生的距离　/　117

谈恐惧心理　/　122

第三辑　文学的价值

无言之美　/　129

我与文学　/　142

文学与人生　/　146

谈作文　/　154

谈读书（一）/　159

谈读书（二）/　166

第四辑　闲情逸致

谈休息 / 175
谈消遣 / 182
谈读诗与趣味的培养 / 189
谈动 / 196
谈静 / 200
慢慢走，欣赏啊——人生的艺术化 / 204
老而不僵 / 213
生命 / 215

第五辑　梦想照进现实

学业·职业·事业 / 227
看戏与演戏——两种人生理想 / 236
谈理想与事实
　　——给《申报周刊》的青年读者 / 254
谈升学与选课 / 261
诗人的孤寂 / 267

第六辑　成长的态度

谈中学生与社会运动　/ 275

读书破万卷，下笔如有神

　　　　　　——天才与灵感　/ 280

从我怎样学国文说起　/ 287

一番语重心长的话

　　　　　——给现代中国青年　/ 301

谈青年与恋爱结婚　/ 309

第 一 辑
美是一生的修行

普通人的毛病在责人太严,责己太宽。埋怨环境还由于缺乏自省自责的习惯。自己的责任必须自己担当起,成功是我的成功,失败也是我的失败。每个人是他自己的造化主,环境不足畏,犹如命运不足信。我们的民族需要自力更生,我们每个人也是如此。我们的青年必须先有这种觉悟,个人和国家民族的前途才有希望。能责备自己,信赖自己,然后自己才会打出一个江山来。

谈立志

抗战以前与抗战以来的青年心理有一个很显然的分别：抗战以前，普通青年的心理变态是烦闷，抗战以来，普通青年的心理变态是消沉。烦闷大半起于理想与事实的冲突。在抗战以前，青年对于自己前途有一个理想，要有一个很好的环境求学，再有一个很好的职业做事；对于国家民族也有一个理想，要把侵略的外力打倒，建设一个新的社会秩序。这两种理想在当时都似很不容易实现，于是他们急躁不耐烦，失望，以至于苦闷。抗战发生时，我们民族毅然决然地拼全副力量来抵挡侵略的敌人，青年们都兴奋了一阵，积压许久的郁闷为之一畅。但是这种兴奋到现在似已逐渐冷静下去，国家民族的前途比从前光明，个人求学就业也比从前容易，虽然大家都硬着脖子在吃苦，可是振作的精神似乎很缺乏。在学校的学生们对功课很敷衍，出了学校就职业的人们对事业也很敷衍，对于国家大事和世界政局没有像从前那样关切。这是一个很可忧虑的现象，因为横在我们面前的还有比抗敌更艰难的局面，需要更坚决更沉着的努力来应付，而我们青年现在所表现的精神显然不足以应付这种艰难的局面。

如果换个方式来说，从前的青年人病在志气太大，目前的青年人病在志气太小，甚至于无志气。志气太大，理想过高，事实迎不上头来，结果自然是失望烦闷；志气太小，因循苟且，麻木消沉，结果就必至于堕落。所以我们宁愿青年烦闷，不愿青年消沉。烦闷至少是对于现实的欠缺还有敏感，还可以激起努力；消沉对于现实的欠缺就根本麻木不仁，决不会引起改善的企图。但是说到究竟，烦闷之于消沉也不过是此胜于彼，烦闷的结果往往是消沉，犹如消沉的结果往往是堕落。目前青年的消沉与前五六年青年的烦闷似不无关系。烦闷是耗费心力的，心力耗费完了，连烦闷也不曾有，那便是消沉。

一个人不会生来就烦闷或消沉的，因为人都有生气，而生气需要发扬，需要活动。有生气而不能发扬，或是活动遇到阻碍，才会烦闷和消沉。烦闷是感觉到困难，消沉是无力征服困难而自甘失败。这两种心理病态都是挫折以后的反应。一个人如果经得起挫折，就不会起这种心理变态。所谓经不起挫折，就是没有决心和勇气，就是意志薄弱。意志薄弱经不起挫折的人往往有一套自宽自解的话，就是把所有的过错都推诿到环境。明明是自己无能，而埋怨环境不允许我显本领；明明是自己甘心做坏人，而埋怨环境不允许我做好人。这其实是懦夫的心理，对于自己全不肯负责任。环境永远不会美满的，万一它生来就美满，人的成就也就无甚价值。人所以可贵，就在他不像猪豚，被饲而肥，他能够不安于污浊的环境，拿力量来改变它、征服它。

普通人的毛病在责人太严，责己太宽。埋怨环境还由于缺乏自省自责的习惯。自己的责任必须自己担当起，成功是我的成功，失败也是我的失败。每个人是他自己的造化主，环境不足畏，犹如命运不足信。我们的民族需要自力更生，我们每个人也是如此。我们的青年必须先有这种觉悟，个人和国家民族的前途才有希望。能责备自己，信赖自己，然后自己才会打出一个江山来。

我们有一句老话："有志者事竟成。"这话说得很好，古今中外在任何方面经过艰苦奋斗而成功的英雄豪杰都可以做例证。志之成就是理想的实现。人为的事实都必基于理想，没有理想决不能成为人为的事实。譬如登山，先须存念头去登，然后一步一步地走上去，最后才会达到目的地。如果根本不起登的念头，登的事实自无从发生。这是浅例。世间许多行尸走肉浪费了他们的生命，就因为他们对于自己应该做的事不起念头。许多以教育为事业的人根本不起念头去研究，许多以政治为事业的人根本不起念头为国民谋幸福。我们的文化落后，社会紊乱，不就由于这个极简单的原因？这就是上文所谓"消沉"，"无

志气"。"有志者事竟成",无志者事就不成。

不过"有志者事竟成"一句话也很容易发生误解,"志"字有几种意义:一是念头或愿望(wish),一是起一个动作时所存的目的(purpose),一是达到目的决心(will, determination)。譬如登山,先起登的念头,次要一步一步地走,而这走必步步以登为目的,路也许长,障碍也许多,须抱定决心,不达目的不止,然后登的愿望才可以实现,登的目的才可以达到。"有志者事竟成"的志,须包含这三种意义在内:第一要起念头,其次要认清目的和达到目的之方法,第三是抱必达目的之决心。很显然的,要事之成,其难不在起念头,而在目的之认识与达到目的之决心。

有些人误解立志只是起念头。一个小孩子说他将来要做大总统,一个乞丐说他成了大阔佬要砍他的仇人的脑袋,所谓"癞蛤蟆想吃天鹅肉",完全不思量达到这种目的所必有的方法或步骤,更不抱定循这方法步骤去达到目的之决心,这只是狂妄,不能算是立志。世间有许多人不肯学乘除加减而想将来做算学的发明家,不学军事学当兵打仗而想将来做大元帅东征西讨,不切实培养学问技术而想将来做革命家改造社会,都是犯这种狂妄的毛病。

如果以起念头为立志,则有志者事竟不成之例甚多。愚公尽可移山,精卫尽可填海,而世间确实有不可能的事情。我们必须承认"不可能"的真实性。所谓"不可能",就是俗语所谓"没有办法",没有一个方法和步骤去达到所悬想的目的。没有认清方法和步骤而想达到那个目的,那只是痴想而不是立志,志就是理想,而理想的理想必定是可实现的理想。理想普通有两种意义,一是"可望而不可攀,可幻想而不可实现的完美",比如许多宗教都以长生不老为人生理想,它成为理想,就因为事实上没有人长生不老。理想的另一意义是"一个问题的最完美的答案",或是"可能范围以内的最圆满的解决困难的办法"。比如长生不老虽非人力所能达到,而强健却是人力所能达到的,就人的能力范围来说,强健是一个合理的理想。这两种意义的分别在一个蔑视事实条件,一个顾到事实条件,一个渺茫无稽,一个有方法步骤可循。严格地说,前一种是幻想痴想而不是理想,是理想都必顾到事实。在理想与事实起冲突时,错处不在事实而在理想。我们必须接受事实,理想与事实背驰时,我们应该改变理想。坚持一种不合理的理想而至死不变只是匹夫之勇,只是"猪武"。我特别着重这一点,因为有些道德家在盲目地说坚持理想,许多人在盲目地听。

我们固然要立志,同时也要度德量力。卢梭在他的教育名著《爱弥儿》里有一段很透辟的话,大意是说人生幸福起于愿望与能力的平衡。一个人应该从幼时就学会在自己能力范围以内起愿望,想做自己所能做的事,也能做自己所想做的事。这番话出诸浪漫色彩很深的卢梭尤其值得我们玩味。卢梭自己有时想入非非,因此吃过不少的苦头,这番话实在是经验之谈。

许多烦闷，许多失败，都起于想做自己所不能做的事，或是不能做自己所想做的事。

志气成就了许多人，志气也毁坏了许多人。既是志，实现必不在目前而在将来。许多人拿立志远大作借口，把目前应做的事延宕贻误。尤其是青年们欢喜在遥远的未来摆一个黄金时代，把希望全寄托在那上面，终日沉醉在迷梦里，让目前宝贵的时光与机会错过，徒贻后日无穷之悔。我自己从前有机会学希腊文和意大利文时，没有下手，买了许多文法读本，心想到四十岁左右时当有闲暇岁月，许我从容自在地自修这些重要的文字，现在四十过了几年了，看来这一生似不能与希腊文和意大利文有缘分了，那箱书籍也恐怕只有摆在那里霉烂了。这只是一例，我生平有许多事叫我追悔，大半都像这样"志在将来"而转眼即空空过去。"延"与"误"永是连在一起，而所谓"志"往往叫我们由"延"而"误"。所谓真正立志，不仅要接受现在的事实，尤其要抓住现在的机会。如果立志要做一件事，那件事的成功尽管在很远的将来，而那件事的发动必须就在目前一顷刻。想到应该做，马上就做，不然，就不必发下一个空头愿。发空头愿成了一个习惯，一个人就会永远在幻想中过活，成就不了任何事业，听说抽鸦片烟的人想头最多，意志力也最薄弱。老是在幻想中过活的人在精神方面颇类似烟鬼。

我在很早的一篇文章里提出我个人做人的信条，现在想起，觉得其中仍有可取之处，现在不妨趁此再提出供读者参考。我把我的信条叫做"三此主义",就是此身,此时,此地。一、此身应该做而且能够做的事,就得由此身担当起,不推诿给旁人。二、此时应该做而且能够做的事,就得在此时做,不拖延到未来。三、此地(我的地位,我的环境)应该做而且能够做的事,就得在此地做,不推诿到想象中的另一地位去做。

这是一个极现实的主义。本分人做本分事,脚踏实地,丝毫不带一点浪漫情调。我相信如果我们能够彻底地照着做,不至于很误事。西谚说得好:"手中的一只鸟,值得林中的两只鸟。"许多"有大志"者往往为着觊觎林中的两只鸟,让手中的一只鸟安然逃脱。

谈谦虚

说来说去,做人只有两桩难事,一是如何对付他人,一是如何对付自己。这归根还只是一件事,最难的事还是对付自己,因为知道如何对付自己,也就知道如何对付他人,处世还是立身的一端。

自己不易对付,因为对付自己的道理有一个模棱性,从一方面看,一个人不可无自尊心,不可无我,不可无人格。从另一方面看,他不可有妄自尊大心,不可执我,不可任私心成见支配。总之,他自视不宜太小,却又不宜太大,难处就在调剂安排,恰到好处。

自己不易对付,因为不容易认识,正如有力不能自举,有目不能自视。当局者迷,旁观者清。我们对于自己是天生成的当局者而不是旁观者,我们自囿于"我"的小圈子,不能跳开"我"来看世界,来看"我",没有透视所必需的距离,不能取正确观照所必需的冷静的客观态度,也就生成地要执迷,认不清自己,只任私心、成见、虚荣、幻觉种种势力支配,把自己的真实面目弄得完全颠倒错乱。我们像蚕一样,作茧自缚,而这茧就是自己对于自己所错认出来的幻象。真正有自知之明的人实在不多见。"知人则哲",自知或许是哲以上的事。"知道你自己"一句古训所以被称为希腊人最高智慧的结晶。

"知道你自己",谈何容易!在日常自我估计中,道理总是自己的对,文章总是自己的好,品格也总是自己的高,小的优点放得特别大,大的弱点缩得特别小。人常"阿其所好",而所好者就莫过于自己。自视高,旁人如果看得没有那么高,我们的自尊心就遭受了大打击,心中就结下深仇大恨。这种毛病在旁人,我们就马上看出;在自己,我们就熟视无睹。

希腊神话中有一个故事。一位美少年纳西司(Narcissus)自己羡慕自己的美,常伏在井栏上俯看水里自己的影子,愈看愈爱,就跳下去拥抱那影子,因此就落到井里淹死了。这寓言的意义很深永。我们都有几分"纳西司病",常因爱看自己的影子堕入深井而不自知。照镜子本来是好事,我们对于不自知的人常加劝告:"你去照照镜子看!"可是这种忠告是不聪明的,他看来看去,还是他自己的影子,像纳西司一样,他愈看愈自鸣得意,他的真正面目对于他自己也就愈模糊。他的最好的镜子是世界,是和他同类的人。他认清了世界,认清了人性,自然也就会认清自己,自知之明需要很深厚的学识经验。

德尔斐神谕宣示希腊说：苏格拉底是他们中间最大的哲人，而苏格拉底自己的解释是：他本来和旁人一样无知，旁人强不知以为知，他却明白自己的确无知，他比旁人高一着，就全在这一点。苏格拉底的话老是这样浅近而深刻，诙谐而严肃。他并非说客套的谦虚话，他真正了解人类知识的限度。"明白自己无知"是比得上苏格拉底的那样哲人才能达到的成就。有了这个认识，他不但认清了自己，多少也认清了宇宙。孔子也仿佛有这种认识。他说："吾有知乎哉，无知也。"他告诉门人："知之为知之，不知为不知，是知也。"所谓"不知之知"正是认识自己所看到的小天地之外还有无边世界。

这种认识就是真正的谦虚。谦虚并非故意自贬身价，作客套应酬，像虚伪者所常表现的假面孔；它是起于自知之明，知道自己所已知的比起世间所可知的非常渺小，未知世界随着已知世界扩大，愈前走发现天边愈远。他发现宇宙的无边无底，对之不能不起崇高雄伟之感，反观自己渺小，就不能不起谦虚之感。谦虚必起于自我渺小的意识，谦虚者的心目中必有一种为自己所不知不能的高不可攀的东西，老是要抬着头去望它。这东西可以是全体宇宙，可以是圣贤豪杰，也可以是一个崇高的理想。一个人必须见地高远，"知道天高地厚"才能真正地谦虚；不知道天高地厚的人就老是觉得自己伟大，海若未曾望洋，就以为"天下之美尽在己"。谦虚有它消极方面，就是自我渺小的意识；也有它积极方面，就是高远的瞻瞩与诙阔的胸襟。

看浅一点，谦虚是一种处世哲学。"人道恶盈而喜谦"，人本来没有可盈的时候，自以为盈，就无法再有所容纳，有所进益。谦虚是知不足，"知不足然后能自强。"一切自然节奏都是一起一伏。引弓欲张先弛，升高欲跳先蹲，谦虚是进取向上的准备。老子譬道，常用谷和水。"谷神不死"、"旷兮其若谷"、"上善若水"、"天下莫柔弱于水而攻坚强者莫之能胜"。谷虚所以有容，水柔所以不毁。人的谦虚可以说是取法于谷和水，它的外表虽是空旷柔弱，而它的内在的力量却极刚健。大易的谦卦六爻皆吉。作易的人最深知谦的力量，所以说，"谦尊而光，卑而不可逾"。道家与儒家在这一点认识上是完全相同的。这道理好比打太极拳，极力求绵软柔缓，可是"四两拨千斤"，极强悍的力士在这轻推慢挽之前可以望风披靡。古希腊的悲剧作者大半是了解这个道理的，悲剧中的主角往往以极端的倔强态度和不可以倔强胜的自然力量（希腊人所谓神的力量）搏斗，到收场时一律被摧毁。悲剧的作者拿这些教训在观众心中引起所谓"退让"（resignation）情绪，使人恍然大悟在自然大力之前，人是非常渺小的，人应该降下他的骄傲心，顺从或接收不可抵制的自然安排。这思想在后来耶稣教中也很占势力。近代科学主张"以顺从自然去征服自然"，道理也是如此。

看深一点，谦虚是一种宗教情绪。这道理在上文所说的希腊悲剧中已约略可见。宗教都有一个被崇拜的崇高的对象，我们向外所呈献给被崇拜的对象是虔敬，向内所对待自己的是谦虚。虔敬和谦虚是宗教情绪的两方面，内外相应相成。这种情绪和美感经验中的"崇高意识"（sense of the sublime）以及一般人的英雄崇拜心理是相同的。我们突然间发现对象无限伟大，无形中自觉此身渺小，于是栗然生畏，肃然起敬；但是惊心动魄之余，就继以心领神会，物我交融，不知不觉中把自己也提升到那同样伟大的境界。对自然界的壮观如此，对伟大的英雄如此，对理想中所悬的全知全能的神或尽善尽美的境界也是如此。在这种心境中，我们同时感到自我的渺小和人性的尊严，自卑和自尊打成一片。

我们姑拿两首人人皆知的诗来说明这个道理。一是陈子昂的"前不见古人，后不见来者，念天地之悠悠，独怆然而涕下！"一是杜甫的，"侧身天地常怀古，独立苍茫自咏诗"。我们试玩味两诗所表现的心境。在这种际会，作者还是觉得上天下地，唯我独尊，因而踌躇满意呢？还是四顾茫茫，发现此身渺小而恍然若有所失呢！这两种心境在表面上是相反的，而在实际上却并行不悖，形成哲学家们所说的"相反者之同一"。在这种际会、骄傲和谦虚都失了它们的寻常意义，我们骄傲到超出骄傲，谦虚到泯没谦虚。我们对庄严的世相呈献虔敬，对蕴藏人性的"我"也呈献虔敬。

有这种情绪的人才能了解宗教，释迦和耶稣都富于这种情绪，他们极端自尊也极端谦虚。他们知道自尊必从谦虚做起，所以立教特重谦虚。佛家的大戒是"我执"、"我慢"。佛家的哲学精义在"破我执"。佛徒在最初时期都须以行乞维持生活,所以叫做"比丘"。行乞是最好的谦虚训练。耶稣常溷身下层阶级,一再告诫门徒说:"凡自己谦卑像这小孩的,他在天国里就是最大的","你们中间谁为大,谁就要做你们的用人,自高的必降为卑,自卑的必升为高"。这教训在中世纪发生影响极大,许多僧侣都操贱役,过极刻苦的生活,去实现谦卑(humiliation)的理想,圣佛兰西斯是一个很美的例证。

耶佛和其他宗教都有膜拜的典礼,它的意义深可玩味。在只是虚文时,它似很可鄙笑;在出于至诚时,它却是虔敬和谦虚的表现,人类可敬的动作就莫过于此。人难得弯下这个腰杆,屈下这双膝盖,低下这颗骄傲的心,在真正可尊敬者的面前"五体投地"。有一次我去一个法会听经,看见皈依的信士们进来时恭恭敬敬地磕一个头,出去时又恭恭敬敬地磕一个头。我很受感动,也觉得有些尴尬。我所深感惭愧的倒不是人家都磕头而我不磕头,而是我的衷心从来没有感觉到有磕头的需要。我虽是愚昧,却明白这足见性分的浅薄。我或是没有脱离"无明",没有发现一种东西叫我敬仰到须向它膜拜的程度;或是没有脱离"我谩",虽然发现了可膜拜者而仍以膜拜为耻辱。

"我谩"就是骄傲,骄傲是自尊情操的误用。人不可没有自尊情操,有自尊情操才能知耻,才能有所谓荣誉意识(sense of honour),才能有所为有所不为,也才能发奋向上。孔子说:"知耻近乎勇",和《学记》的"知不足然后能自强",《易经》的

"谦尊而光,卑而不可逾"两句名言意义骨子里相同。近代心理学家阿德勒(Adler)把这个道理发挥得最透辟。依他看,我们有自尊心,不甘居下流,所以发现了自己的缺陷,就引以为耻,在心理形成所谓"卑劣结"(inferiority complex),同时激起所谓"男性的抗议"(masculine protest),要努力弥补缺陷,消除卑劣,来显出自己的尊严。努力的结果往往不但弥补缺陷,而且所达到的成就反比本来没有缺陷的更优越。希腊的德摩斯梯尼斯本来口吃,不甘心受这缺陷的限制,发愤练习演说,于是成为最大的演说家,中国孙子因膑足而成兵法,左丘明因失明而成《国语》,司马迁因受宫刑而作《史记》,道理也是如此。阿德勒所谓"卑劣结"其实就是谦虚,"知耻",或"知不足";他的"男性抗议"就是"自强","近乎勇"或"卑而不可逾"。从这个解释,我们也可以看出谦虚与自尊心不但并不相反,而且是息息相通。真正有自尊心者才能谦虚,也才能发奋为雄。"尧,人也,舜,人也,有为者亦若是",在作这种打算时,我们一方面自觉不如尧舜,那就是谦虚,一方面自觉应该如尧舜,那就是自尊。

骄傲是自尊情操的误用,是虚荣心得到廉价的满足。虚荣心和幻觉相连,有自尊而无自知。它本来起于社会本能——要见好于人;同时也带有反社会的倾向,要把人压倒,它的动机在好胜而不在向上,在显出自己的荣耀而不在理想的追寻。虚荣加上幻觉,于是在人我比较中,我们比得胜固然自骄其胜,比不胜也仿佛自以为胜,或是丢开定下来的标准,另寻自己的胜处。我们常暗地盘算:你比我能干,可是我比你有学问;你干的那一行容易,地位低,不重要,我干的才是真正了不起的事业;你的成就固然不差,可是如果我有你的地位和机会,我的成就一定比你更好。总之,我们常把眼睛瞟着四周的人,心里作一个结论:"我比你强一点!"于是伸起大拇指,洋洋自得,并且期望旁人都甘拜下风,这就是骄傲。人之骄傲,谁不如我?我以压倒你为快,你也以压倒我为快。无论谁压倒谁,妒忌、怨恨、争斗以及它们所附带的损害和苦恼都在所不免。人与人,集团与集团,国家与国家,中间许多灾祸都是这样酿成的。"礼至而民不争",礼之端就是辞让,也就是谦虚。

欢喜比照人己而求己比人强的人大半心地窄狭,谩世傲物的人要归到这一类。他们昂头俯视一切,视一切为"卑卑不足道","望望然去之"。阮籍能为青白眼,古今传为美谈。这种谩世傲物的态度在中国向来颇受人重视。从庄子的"让王"类寓言起,经过魏晋清谈,以至后世对于狂士和隐士的崇拜,都可以表现这种态度的普遍。这仍是骄傲在作祟。在清高的烟幕之下藏着一种颇不光明的动机。"人都龌龊,只有我干净,"(所谓"世人皆浊我独清"),他们在这种自信或幻觉中酿醉而陶然自乐。熟看《世说新语》,我始而羡慕魏晋人的高标逸致,继而起一种强烈的反感,觉得那一批人毕竟未闻大道,整天在臧否人物,自鸣得意,心地毕竟局促。他们忘物而未能忘我,正因

其未忘我而终亦未能忘物,态度毕竟是矛盾。魏晋人自有他们的苦闷,原因也就在此。"人都龌龊,只有我干净"。这看法或许是幻觉,或许是真理。如果它是幻觉,那是妄自尊大;如果它是真理,就引以自豪,也毕竟是小气。孔子、释迦、耶稣诸人未尝没有这种看法,可是他们的心理反应不是骄傲而是怜悯,不是遗弃而是援救。长沮桀溺说:"滔滔者天下皆是,而谁以易之",孔子说:"鸟兽不可与同群,吾非斯人之徒与而谁与?"这是谩世傲物者与悲天悯人者在对人对己的态度上的基本分别。

人生本来有许多矛盾的现象,自视愈大者胸襟愈小,自视愈小者胸襟愈大。这种矛盾起于对于人生理想所悬的标准高低。标准悬得愈低,愈易自满,标准悬得愈高,愈自觉不足。虚荣者只求胜过人,并不管所拿来和自己比较的人是否值得做比较的标准。只要自己显得是长子,就在矮人国中也无妨。孟子谈交友的对象,分出"一乡之善士","一国之善士","天下之善士","古之人"四个层次。我们衡量人我也要由"一乡之善士"扩充到"古之人"。大概性格愈高贵,胸襟愈恢阔,用来衡量人我的尺度也就愈大,而自己也就显得愈渺小。一个人应该有自己渺小的意识,不仅是当着古往今来的圣贤豪杰的面前,尤其是当着自然的伟大,人性的尊严和时空的无限。你要拿人比自己,且抛开张三李四,比一比孔子、释迦、耶稣、屈原、杜甫、米开朗琪罗、贝多芬、或是爱迪生!且抛开你的同类,比一比太平洋、大雪山、诸行星的演变和运行,或是人类知识以外的那一个茫茫宇宙！在这种比较之后，你如果不为伟大崇高之感所撼动而俯首下心，肃然起敬，你就没有人性中最高贵的成分。你如果不盲目，看得见世界的博大，也看得见世界的精微，你想一想，世间哪里有临到你可凭以骄傲的？

在见道者的高瞻远瞩中，"我"可以缩到无限小，也可以放到无限大。在把"我"放到无限大时，他们见出人性的尊严；在把"我"缩到无限小时，他们见出人性在自己小我身上所实现的非常渺小。这两种认识合起来才形成真正的谦虚。佛家法相一宗把叫做"我"的肉体分析为"扶根尘"，和龟毛兔角同为虚幻，把"我"的通常知见都看成幻觉，和镜花水月同无实在性。这可算把自我看成极渺小。可是他们同时也把宇宙一切，自大地山河以至玄理妙义，都统摄于圆湛不生灭妙明真心，万法唯心所造，而此心却为我所固有，所以"明心见性"，"即心即佛"。这就无异于说，真正可以叫做"我"的那种"真如自性"还是在我，宇宙一切都由它生发出来，"我"就无异于创世主。这对于人性却又看得何等尊严！不但宗教家，哲学家像柏拉图、康德诸人大抵也还是如此看法，我们先秦儒家的看法也不谋而合。儒本有"柔懦"的意义，儒家一方面继承"一命而偻，再命而伛，三命而俯，循墙而走"那种传统的谦虚恭谨，一方面也把"我"看成"与天地合德"。他们说："返身而诚，万物皆备于我矣"，"能尽人之性，则能尽物之性；能尽物之性，则可以赞天地之化育，与天地参矣"。他们拿来放在自己肩膀上的责任是"为天地立心,为生民立命,为往圣继绝学,为万世开太平"。这种"顶天立地,继往开来"的自觉是何等尊严!

  意识到人性的尊严而自尊,意识到自我的渺小而自谦,自尊与自谦合一,于是法天行健,自强不息,这就是《易经》所说的"谦尊而光,卑而不可逾"。

资禀与修养

拉丁文中有一句名言："诗人是天生的不是造作的。"这句话本有不可磨灭的真理，但是往往被不努力者援为口实。迟钝人说，文学必须靠天才，我既没有天才，就生来与文学无缘，纵然努力，也是无补费精神。聪明人说，我有天才，这就够了，努力不但是多余的，而且显得天才还有缺陷，天才之所以为天才，正在他不费力而有过人的成就。这两种心理都很普遍，误人也很不浅。文学的门本是大开的。迟钝者误认为它关得很严密不敢去问津；聪明者误认为自己生来就在门里，用不着摸索。他们都同样地懒怠下来，也同样地被关在门外。

从前有许多迷信和神秘色彩附丽在"天才"这个名词上面，一般人以为天才是神灵的凭借，与人力全无关系。近代学者有人说它是一种精神病，也有人说它是"长久的耐苦"。这个名词似颇不易用科学解释。我以为与其说"天才"，不如说"资禀"。

资禀是与生俱来的良知良能，只有程度上的等差，没有绝对的分别，有人多得一点，有人少得一点。所谓"天才"不过是在资禀方面得天独厚，并没有什么神奇。莎士比亚和你我相去虽不可以道里计，他所有的资禀你和我并非完全没有，只是他有的多，我们有的少。若不然，他和我们在智能上就没有共同点，我们也就无从了解他、欣赏他了。除白痴以外，人人都多少可以了解欣赏文学，也就多少具有文学所必需的资禀。不单是了解欣赏，创作也还是一理。文学是用语言文字表现思想情感的艺术，一个人只要有思想情感，只要能运用语言文字，也就具有创作文学所必需的资禀。

就资禀说，人人本都可以致力文学；不过资禀有高有低，每个人成为文学家的可能性和在文学上的成就也就有大有小。我们不能对于每件事都能登峰造极，有几分欣赏和创作文学的能力，总比完全没有好。要每个人都成为第一流文学家，这不但是不可能，而且也大可不必；要每个人都能欣赏文学，都能运用语言文字表现思想情感，这不但是很好的理想，而且是可以实现和应该实现的理想。一个人所应该考虑的，不是我究竟应否在文学上下一番功夫（这不成为问题，一个人不能欣赏文学，不能发表思想情感，无疑地算不得一个受教育的人），而是我究竟还是专门做文学家，还是只要一个受教育的人所应有的欣赏文学和表现思想情感的能力？

这第二个问题确值得考虑。如果只要有一个受教育的人所应有的欣赏文学和表现思想情感的能力，每个人只须经过相当的努力，都可以达到，不能拿没有天才做借口；如果要专门做文学家，他就要自问对文学是否有特优的资禀。近代心理学家研究资禀，常把普遍智力和特殊智力分开。普遍智力是施诸一切对象而都灵验的，像一把同时可以打开许多种锁的钥匙；特殊智力是施诸某一种特殊对象而才灵验的，像一把只能打开一种锁的钥匙。比如说，一个人的普遍智力高，无论读书、处事或作战、经商，都比低能人要强；可是读书、处事、作战、经商各需要一种特殊智力。尽管一个人件件都行，如果他的特殊智力在经商，他在经商方面的成就必比做其他事业都强。对于某一项有特殊智力，我们通常说那一项为"性之所近"。一个人如果要专门做文学家就非性近于文学不可。如果性不相近而勉强去做文学家，成功的固然并非绝对没有，究竟是用违其才；不成功的却居多数，那就是精力的浪费了。世间有许多人走错门路，性不近于文学而强做文学家，耽误了他们在别方面可以有为的才力，实在很可惜。"诗人是天生的不是造作的"这句话，对于这种人确是一个很好的当头棒。

但是这句话终有语病。天生的资禀只是潜能，要潜能成为事实，不能不借人力造作。好比花果的种子，天生就有一种资禀可以发芽成树、开花结实，但是种子有很多不发芽成树、开花结实的，因为缺乏人工的培养。种子能发芽成树、开花结实，有一大半要靠人力，尽管它天资如何优良。人的资禀能否实现于学问事功的成就，也是如此。一个人纵然生来就有文学的特优资禀，如果他不下功夫修养，他必定是苗而不秀，华而不实。天才愈卓越，修养愈深厚，成就也就愈伟大。比如说李白、杜甫对于诗不能说是无天才，可是读过他们诗集的人都知道这两位大诗人所下的功夫。李白在人生哲学方面有道家的底子，在文学方面从《诗经》《楚辞》直到齐梁体诗，他没有不费苦心模拟过。杜诗无一字无来历为世所共知。他自述经验说，"读书破万卷，下笔如有神"。西方大诗人像但丁、莎士比亚、歌德诸人，也没有一个不是修养出来的。莎士比亚是一般人公评为天才多于学问的，但是谁能测量他的学问的深浅？医生说，只有医生才能写出他的某一幕；律师说，只有学过法律的人才能了解他的某一剧的术语。你说他没有下功夫研究过医学、法学等等？我们都惊讶他的成熟作品的伟大，却忘记他的大半生精力都费在改编前人的剧本，在其中讨诀窍。这只是随便举几个例。完全是"天生"的而不经"造作"的诗人，在历史上却无先例。

孔子有一段论学问的话最为人所称道："或生而知之，或学而知之，或困而知之，及其知之一也。"这话确有至理，但亦看"知"的对象为何。如果所知的是文学，我相信"生而知之"者没有，"困而知之"者也没有，大部分文学家是有"生知"的资禀，再加上"困学"的功夫，"生知"的资禀多一点，"困学"的功夫也许可以少一点。牛顿说："天才是长久的耐苦。"这话也须用逻辑眼光去看，长久的耐苦不一定造成天才，天才却有赖于长久的耐苦。一切的成就都如此，文学只是一例。

天生的是资禀，造作的是修养；资禀是潜能，是种子；修养使潜能实现，使种子发芽成树，开花结实。资禀不是我们自己力量所能控制的，修养却全靠自家的努力。在文学方面，修养包含极广，举其大要，约有三端：

第一是人品的修养。人品与文品的关系是美学家争辩最烈的问题，我们在这里只能说一个梗概。从一方面说，人品与文品似无必然的关系。魏文帝早已说过："古今文人类不护细行。"刘彦和在《文心雕龙·程器》篇里一口气就数了一二十个没有品行的文人，齐梁以后有许多更显著的例，像冯延巳、严嵩、阮大铖之流还不在内。在克罗齐派美学家看，这也并不足为奇。艺术的活动出于直觉，道德的活动出于意志；一为超实用的，一为实用的，二者实不相谋。因此，一个人在道德上的成就不能裨益也不能妨害他在艺术上的成就，批评家也不应从他的生平事迹推论他的艺术的人格。

但是从另一方面说，言为心声，文如其人。思想情感为文艺的渊源，性情品格又为思想情感的型范，思想情感真纯则文艺华实相称，性情品格深厚则思想情感亦自真纯。"仁者之言霭如"，"诐辞知其所蔽"。屈原的忠贞耿介，陶潜的冲虚高远，李白的徜徉自恣，杜甫的每饭不忘君国，都表现在他们的作品里面。他们之所以伟大，就因为他们的一篇一什都不仅为某一时会即景生情偶然兴到的成就，而是整个人格的表现。不了解他

们的人格，就决不能彻底了解他们的文艺。从这个观点看，培养文品在基础上下功夫就必须培养人品。这是中国先儒的一致主张，"文以载道"说也就是从这个看法出来的。

人是有机体，直觉与意志，艺术的活动与道德的活动恐怕都不能像克罗齐分得那样清楚。古今尽管有人品很卑鄙而文艺却很优越的，究竟是占少数，我们可以用心理学上的"双重人格"去解释。在甲重人格（日常的）中一个人尽管不矜细行，在乙重人格（文艺的）中他却谨严真诚。这种双重人格究竟是一种变态，如论常例，文品表现人品是千真万确的事实。所以一个人如果想在文艺上有真正伟大的成就，他必须有道德的修养。我们并非鼓励他去做狭隘的古板的道学家，我们也并不主张一切文学家在品格上都走一条路。文品需要努力创造，各有独到，人品亦如此，一个文学家必须有真挚的性情和高远的胸襟，但是每个人的性情中可以特有一种天地，每个人的胸襟中可以特有一副丘壑，不必强同而且也决不能强同。

其次是一般学识经验的修养。文艺不单是作者人格的表现，也是一般人生世相的返照。培养人格是一套功夫，对于一般人生世相积蓄丰富而正确的学识经验又另是一套功夫。这可以分两层说。一是读书。从前中国文人以能熔经铸史为贵，韩愈在《进学解》里发挥这个意思，最为详尽。读书的功用在储知蓄理，扩充眼界，改变气质。读的范围愈广，知识愈丰富，审辨愈精当，胸襟也愈恢阔。在近代，一个文人不但要博习本国古典,还要涉猎近代各科学问,否则见解难免偏蔽。这事固然很难。我们第一要精选,不浪费精力于无用之书;第二要持恒,日积月累,涓涓终可成江河;第三要有哲学的高瞻远瞩,科学地客观剖析,否则食而不化,学问反而足以桎没性灵。其次是实地观察体验。这对于文艺创作或比读书还更重要。从前中国文人喜游名山大川,一则增长阅历,一则吸纳自然界瑰奇壮丽之气与幽深玄渺之趣。其实这种"气"与"趣"不只在自然中可以见出,在一般人生世相中也可得到。许多著名的悲喜剧与近代小说所表现的精神气魄正不让于名山大川。观察体验的最大的功用还不仅在此,尤其在洞达人情物理。文学超现实而却不能离现实,它所创造的世界尽管有时是理想的,却不能不有现实世界的真实性。近代写实主义者主张文学须有"凭证",就因为这个道理。你想写某一种社会或某一种人物,你必须对于那种社会那种人物的外在生活与内心生活都有彻底的了解,这非多观察多体验不可。要观察得正确,体验得深刻,你最好投身他们中间,和他们过同样的生活。你过的生活愈丰富,对于人性的了解愈深广,你的作品自然愈有真实性,不致如雾里看花。

　　第三是文学本身的修养。"工欲善其事,必先利其器"。文学的器具是语言文字。我们第一须认识语言文字,其实须有运用语言文字的技巧。这事看来似很容易,因为一般人日常都在运用语言文字;但是实在极难,因为文学要用平常的语言文字

产生不平常的效果。文学家对于语言文字的了解必须比一般人都较精确，然后可以运用自如。他必须懂得字的形声义，字的组织以及音义与组织对于读者所生的影响。这要包含语文学、逻辑学、文法、美学和心理学各科知识。从前人做文言文很重视小学（即语文学），就已看出工具的重要。我们现在做语体文比较做文言文更难。一则语言文字有它的历史渊源，我们不能因为做语体文而不研究文言文所用的语文，同时又要特别研究流行的语文；一则文言文所需要的语文知识有许多专书可供给，流行的语文的研究还在草创，大半还靠作者自己努力去摸索。在现代中国，一个人想做出第一流文学作品，别的条件不用说，单说语文研究一项，他必须有深厚的修养，他必须达到有话都可说出而且说得好的程度。

运用语言文字的技巧一半根据对于语言文字的认识，一半也要靠虚心模仿前人的范作。文艺必止于创造，却必始于模仿，模仿就是学习。最简捷的办法是精选范文百篇左右（能多固好；不能多，百篇就很够），细心研究每篇的命意布局分段造句和用字，务求透懂，不放过一字一句，然后把它熟读成诵，玩味其中声音节奏与神理气韵，使它不但沉到心灵里去，还须沉到筋肉里去。这一步做到了，再拿这些模范来模仿（从前人所谓"拟"），模仿可以由有意的渐变为无意的。习惯就成了自然。入手不妨尝试各种不同的风格，再在最合宜于自己的风格上多下功夫，然后融合各家风格的长处，成就一种自己独创的风格。

从前做古文的人大半经过这种训练，依我想，做语体文也不能有一个更好的学习方法。

以上谈文学修养，仅就其大者略举几端，并非说这就尽了文学修养的能事。我们只要想一想这几点所需要的功夫，就知道文学并非易事，不是全靠天才所能成功的。

谈恻隐之心

罗素在《中国问题》里讨论我们民族的性格，指出三个弱点：残忍、贪污和怯懦。他把残忍放在第一位，所说的话最足令人深省："中国人的残忍不免打动每一个盎格鲁撒克逊人。人道的动机使我们尽一份力量来减除其余九十九分力量所做的过恶，这是他们所没有的……我在中国时，成千成万的人在饥荒中待毙，人们为着几块钱出卖儿女，卖不出就弄死。白种人很尽了些力去赈荒，而中国人自己出的力却很少，连那很少的还是被贪污吞没……如果一只狗被汽车压倒致重伤，过路人十个就有九个站下来笑那可怜的畜生的哀号。一个普通中国人不会对受苦受难起同情的悲痛，实在他还像觉得它是一个颇愉快的景象。他们的历史和他们的辛亥革命前的刑律可见出他们免不掉故意虐害的冲动。"

我第一次看《中国问题》还在十几年以前，那时看到这段话心里甚不舒服；现在为大学生选英文读品，把这段话再看了一遍，心里仍是甚不舒服。我虽不是狭义的国家主义者，也觉得心里一点民族自尊心遭受打击，尤其使我怀惭的是没有办法来辩驳这段话。我们固然可以反诘罗素说："他们西方人究竟好得几多呢？"可是他似乎预料到这一着，在上一段话终结时，他补充了一句："话须得说清楚，故意虐害的事情各大国都在所不免，只是它到了什么程度被我们的伪善隐瞒起来了。"他言下似有怪我们竟明目张胆地施行虐害的意味。

　　罗素的这番话引起我的不安，也引起我由中国民族性的弱点想到普遍人性的弱点。残酷的倾向，似乎不是某一民族所特有的，它是像盲肠一样由原始时代遗留下来的劣根性，还没有被文化洗刷净尽。小孩们大半欢喜虐害昆虫和其它小动物，踏死一堆蚂蚁，满不在意。用生人做陪葬者或是祭典中的牺牲，似不仅限于野蛮民族。罗马人让人和兽相斗相杀，西班牙人让牛和牛相斗相杀，作为一种娱乐来看。中世纪审判异教徒所用的酷刑无奇不有。在战争中人们对于屠杀尤其狂热，杀死几百万生灵如同踏死一堆蚂蚁一样平常，报纸上轻描淡写地记一笔，造成这屠杀记录者且热烈地庆祝一场。就在和平时期，报纸上杀人、起火、翻船、离婚之类不幸的消息也给许多观众以极大的快慰。一位西方作家说过："揭开文明人的表皮，在里皮里你会发现野蛮人。"据说大哲学家斯宾诺莎的得意的消遣是捉蚊蝇摆在蛛网上看他们被吞食。近代心理学家研究变态心理所表现的种种奇怪的虐害动机如"撒地主义"（sadism），尤足令人毛骨悚然。这类事实引起一部分哲学家，如中国的荀子和英国的霍布斯，推演出"性恶"一个结论。

有些学者对于幸灾乐祸的心理，不以性恶为最终解释而另求原因。最早的学说是自觉安全说。拉丁诗人卢克莱修说："狂风在起波浪时，站在岸上看别人在苦难中挣扎，是一件愉快的事。"这就是中国成语中的"隔岸观火"。卢克莱修以为使我们愉快的并非看见别人的灾祸，而是庆幸自己的安全。霍布斯的学说也很类似。他以为别人痛苦而自己安全，就足见自己比别人高一层，心中有一种光荣之感。苏格兰派哲学家如倍恩（Bain）之流以为幸灾乐祸的心理基于权力欲。能给苦痛让别人受，就足显出自己的权力。这几种学说都有一个共同点：就是都假定幸灾乐祸时有一种人我比较，比较之后见出我比别人安全，比别人高一层，比别人有权力，所以高兴。

这种比较也许是有的，但是比较的结果也可以发生与幸灾乐祸相反的念头。比如我们在岸上看翻船，也可以忘却自己处在较幸运的地位，而假想到自己在船上碰着那些危险的境遇，心中是如何惶恐、焦急、绝望、悲痛。将己心比人心，人的痛苦就变成自己的痛苦。痛苦的程度也许随人而异，而心中总不免有一点不安、一点感动和一点援助的动机。有生之物都有一种同类情感。对于生命都想留恋和维护，凡遇到危害生命的事情都不免恻然感动，无论那生命是否属于自己。生命是整个的有机体,我们每个人是其中一肢一节,这一肢的痛痒引起那一肢的痛痒。这种痛痒相关是极原始的、自然的、普遍的。父母遇着儿女的苦痛,仿佛自身在苦痛。同类相感,不必都如此深切,却都可由此类推。这种同类的痛痒相关就是普通所谓"同情",孟子所谓"恻隐之心"。孟子所用的比譬极亲切:"今人乍见孺子将入于井,皆有怵惕恻隐之心。"他接着推求原因说:"非所以内交于孺子之父母也,非所以要誉于乡党朋友也,非恶其声而然也。"他没有指出正面的原因,但是下结论说:"由是观之,无恻隐之心非人也。"他的意思是说恻隐之心并非起于自私的动机,人有恻隐之心只因为人是人,它是组成人性的基本要素。

从此可知遇着旁人受苦难时,心中或是发生幸灾乐祸的心理,或是发生恻隐之心,全在一念之差。一念向此,或一念向彼,都很自然,但在动念的关头,差以毫厘便谬以千里。念头转向幸灾乐祸的一方面去,充类至尽,便欺诈凌虐,屠杀吞并,刀下不留情,睁眼看旁人受苦不伸手援助,甚至落井下石,这样一来,世界便变成冤气弥漫、黑暗无人道的场所;念头转向恻隐一方面去,充类至尽,则四海兄弟,一视同仁,守望相助,疾病相扶持,老有所养,幼有所归,鳏寡孤独者亦可各得其所,这样一来,世界便变成一团和气、其乐融融的场所。野蛮与文化,恶与善,祸与福,生存与死灭的歧路全在这一转念上面,所以这一转念是不能苟且的。

这一转念关系如许重大，而转好转坏又全系在一个刀锋似的关头上，好转与坏转有同样的自然而容易，所以古今中外大思想家和大宗教家，都紧握住这个关头。各派伦理思想尽管在侧轻侧重上有差别，各派宗教尽管在信条仪式上互相悬殊，都着重一个基本德行。孔孟所谓"仁"，释氏所谓"慈悲"，耶稣所谓"爱"，都全从人类固有的一点恻隐之心出发。他们都看出在临到同类受苦受难的关头上，一着走错，全盘皆输，丢开那一点恻隐之心不去培养，一切道德都无基础，人类社会无法维持，而人也就丧失其所以为人的本性。这是人类智慧的一个极平凡而亦极伟大的发现，一切伦理思想，一切宗教，都基于这点发现。这也就是说，恻隐之心是人类文化的泉源。

如果幸灾乐祸的心理起于人我的比较，恻隐之心更是如此，虽然这种比较不必尽浮到意识里面来。儒家所谓"推己及物"，"举斯心加诸彼"，"己所不欲，勿施于人"，都是指这种比较。所以"仁"与"恕"是一贯的，不能恕决不能仁。恕须假定知己知彼，假定对于人性的了解。小孩虐待弱小动物，说他们残酷，不如说他们无知，他们根本没有动物能痛苦的观念。许多成人残酷，也大半由于感觉迟钝，想象平凡，心眼窄所以心肠硬。这固然要归咎于天性薄，风俗习惯的濡染和教育的熏陶也有关系。函人惟恐伤人，矢人惟恐不伤人，职业习惯的影响于此可见。希腊盛行奴隶制度，大哲学家如柏拉图、亚理斯多德都不以为非，在战争的狂热中，耶稣教徒祷祝上帝歼灭同奉耶教的敌国，风气的影响于此可见。善人为邦百年，才可以胜残去杀，习惯与风俗既成，要很大的教育力量，才可挽回转来。在近代生活竞争剧烈，战争为解决纠纷要径，而道德与宗教的势力日就衰颓的情况之下，恻隐之心被摧残比被培养的机会较多。人们如果不反省痛改，人类前途将日趋于黑暗，这是一个极可危惧的现象。

凡是事实，无论它如何不合理，往往都有一套理论替它辩护。有战争屠杀就有辩护战争屠杀的哲学。恻隐之心本是人道基本，在事实上摧残它的人固然很多，在理论上攻击它的人亦复不少。柏拉图在《理想国》里攻击戏剧，就因为它能引起哀怜的情绪，他以为对人起哀怜，就会对自己起哀怜，对自己起哀怜，就是缺乏丈夫气，容易流于怯懦和感伤。近代德国一派唯我主义的哲学家如斯蒂纳（Sterner）、尼采之流，更明目张胆地主张人应尽量扩张权力欲，专为自己不为旁人，恻隐仁慈只是弱者的德操。弱者应该灭亡，而且我们应促成他们灭亡。尼采痛恨无政府主义者和耶稣教徒，说他们都迷信恻隐仁慈，力求妨碍个人的进展。这种超人主义酿成近代德国的武力主义。在崇拜武力侵略者的心目中，恻隐之心只是妇人之仁，有了它心肠就会软弱，对弱者与不康健者（兼指物质的与精神的）持姑息态度，做不出英雄事业来。哲学上的超人主义在科学上的进化主义又得一个有力的助手。在达尔文一派生物学家看，这世界只是一个生存竞争的战场，优胜劣败，弱肉强食，就是这战场中的公理。这种物竞说充类至尽,自然也就不能容许恻隐之心的存在。因为生存需要斗争,而斗争即须拼到你死我活,能够叫旁人死而自己活着的就是"最适者"。老弱孤寡疲癃残疾以及其他一切灾祸的牺牲者照理应该淘汰。向他们表示同情,援助他们,便是让最不适者生存,违反自然的铁律。

恻隐之心还另有一点引起许多人的怀疑。它的最高度的发展是悲天悯人,对象不仅是某人某物,而是全体有生之伦。生命中苦痛多于快乐,罪恶多于善行,祸多于福,事实常追不上理想。这是事实,而这事实在一般敏感者的心中所生的反响是根本对于人生的悲悯。悲悯理应引起救济的动机,而事实上人力不尽能战胜自然,已成的可悲悯的局面不易一手推翻,于是悲悯者变成悲剧中的主角,于失败之余,往往被逼向两种不甚康健的路上去,一是感伤愤慨,遗世绝俗,如屈原一派人;一是看空一切,徒作未来世界或另一世界的幻梦,如一般厌世出家的和尚。这两种倾向有时自然可以合流。近代许多文学作品可以见出这些倾向。比如哈代(T.Hardy)的小说,豪斯曼(A.E.Housman)的诗,都带着极深的哀怜情绪,同时也带着极浓的悲观色彩。许多人不满意于恻隐之心,也许因为它有时发生这种不康健的影响。

恻隐之心有时使人软弱怯懦,也有时使人悲观厌世。这或许都是事实。但是恻隐之心并没有产生怯懦和悲观的必然性。波斯大帝泽克西斯(Xerxes)百万大军西征希腊,站在桥头望台上看他的军队走过赫勒斯滂海峡，回头向他的叔父说："想到人寿短促，百年之后，这大军之中没有一个人还活着，我心里突然感到一阵怜悯。"但是这一阵怜悯并没有打消他征服希腊的雄图。屠格涅夫在一首散文诗里写一只老麻雀牺牲性命去从猎犬口里救落巢的雏鸟。那首诗里充满着恻隐之心，同时也充满着极大的勇气，令人起雄伟之感。孔子说得好："仁者必有勇。"古今伟大人物的生平大半都能证明真正敢作敢为的人往往是富于同类情感的。菩萨心肠与英雄气骨常有连带关系。最好的例是释迦。他未尝无人世空虚之感，但不因此打消救济人类世界的热望。"我不入地狱，谁入地狱！"这是何等的悲悯！同时，这是何等的勇气！孔子是另一个好例。他也明知"滔滔者天下皆是"，但是"知其不可为而为之"。"鸟兽不可与同群，吾非斯人之徒与而谁与？天下有道，丘不与易也。"这是何等的悲悯！同时，这是何等的勇气！世间勇于作淑世企图的人，无论是哲学家、宗教家或社会革命家，都有一片极深挚的悲悯心肠在驱遣他们，时时提起他们的勇气。

现在回到本文开始时所引的罗素的一段话。他说："人道的动机使我们尽一分力量来灭除其余九十九分力量所做的过恶，这是他们（中国人）所没有的。"这话似无可辩驳。但是我以为我们缺乏恻隐之心，倒不仅在遇饥荒不赈济，穷来卖儿女做奴隶，看到颠沛无告的人掩鼻而过之类的事情，而尤在许多人看到整个社会日趋于险境，不肯做一点挽救的企图。教育家们睁

着眼睛看青年堕落,政治家们睁着眼睛看社会秩序紊乱,富商大贾睁着眼睛看经济濒危,都漫不在意,仍是各谋各的安富尊荣,有心人会问:"这是什么心肝?"如果我们回答说:"这心肝缺乏恻隐。"也许有人觉得这话离题太远。其实病原全在这上面。成语中有"麻木不仁"的字样,意义极好,麻木与不仁是连带的。许多人对于社会所露的险象都太麻木,我想这是不能否认的。他们麻木,由于他们不仁(用我们的词语来说,缺乏恻隐之心)。麻木不仁,于是一切都受支配于盲目的自私。这毛病如何救济,大是问题。说来易,做来难。一般人把一切性格上的难问题都推到教育,教育是否有这样万能,我很怀疑。在我想,大灾大乱也许可以催促一部分人的猛醒,先哲伦理思想的彻底认识以及佛耶二教的基本精神的吸收,也许可造成一种力量。无论如何,在建国事业中的心理建设项下,培养恻隐之心必定是一个重要的节目。

谈人生与我

朋友：

我写了许多信，还没有郑重其事地谈到人生问题，这是一则因为这个问题实在谈滥了，一则也因为我看这个问题并不如一般人看得那样重要。在这最后一封信里我所以提出这个滥题来讨论者，并不是要说出什么一番大道理，不过把我自己平时几种对于人生的态度随便拿来做一次谈料。

我有两种看待人生的方法。在第一种方法里，我把我自己摆在前台，和世界一切人和物在一块玩把戏；在第二种方法里，我把我自己摆在后台，袖手看旁人在那儿装腔作势。

站在前台时，我把我自己看得和旁人一样，不但和旁人一样，并且和鸟兽虫鱼诸物也都一样。人类比其他物类痛苦，就因为人类把自己看得比其他物类重要。人类中有一部分人比其余的人苦痛，就因为这一部分人把自己比其余的人看得重要。

比方穿衣吃饭是多么简单的事，然而在这个世界里居然成为一个极重要的问题，就因为有一部分人要亏人自肥。再比方生死，这又是多么简单的事，无量数人和无量数物都已生过来死过去了。一个小虫让车轮压死了，或者一朵鲜花让狂风吹落了，在虫和花自己都决不值得计较或留恋，而在人类则生老病死以后偏要加上一个苦字。这无非是因为人们希望造物主宰待他们自己应该比草木虫鱼特别优厚。

因为如此着想，我把自己看作草木虫鱼的侪辈，草木虫鱼在和风甘露中是那样活着，在炎暑寒冬中也还是那样活着。像庄子所说，它们"诱然皆生，而不知其所以生；同焉皆得，而不知其所以得"。它们时而戾天跃渊，欣欣向荣，时而含葩敛翅，晏然蛰处，都顺着自然所赋予的那一副本性。它们决不计较生活应该是如何，决不追究生活是为着什么，也决不埋怨上天待它们特薄，把它们供人类宰割凌虐。在它们说，生活自身就是方法，生活自身也就是目的。

从草木虫鱼的生活，我觉得一个经验。我不在生活以外别求生活方法，不在生活以外别求生活目的。世间少我一个，多我一个，或者我时而幸运，时而受灾祸侵逼，我以为这都无伤天地之和。你如果问我，人们应该如何生活才好呢？我说，就顺着自然所给的本性生活着，像草木虫鱼一样。你如果问我，人们生活在这幻变无常的世相中究竟为着什么？我说，生活就是为着生活，别无其他目的。你如果向我埋怨天公说，人生是多么苦恼呵！我说，人们并非生在这个世界来享幸福的，所以那并不算奇怪。

这并不是一种颓废的人生观。你如果说我的话带有颓废的色彩，我请你在春天到百花齐放的园子里去，看看蝴蝶飞，听听鸟儿鸣，然后再回到十字街头，仔细瞧瞧人们的面孔，你看谁是活泼，谁是颓废？请你在冬天积雪凝寒的时候，看看雪压的松树，看着站在冰上的鸥和游在水中的鱼，然后再回头看看遇苦便叫的那"万物之灵"，你以为谁比较能耐苦持恒呢？

我拿人比禽兽，有人也许目为异端邪说。其实我如果要援引"经典"，称道孔孟以辩护我的见解，也并不是难事。孔子所谓"知命"，孟子所谓"尽性"，庄子所谓"齐物"，宋儒所谓"廓然大公，物来顺应"，和希腊廊下派哲学，我都可以引申成一篇经义文，做我的护身符。然而我觉得这大可不必。我虽不把自己比旁人看得重要，我也不把自己看得比旁人分外低能，如果我的理由是理由，就不用仗先圣先贤的声威。

以上是我站在前台对于人生的态度。但是我平时很欢喜站在后台看人生。许多人把人生看作只有善恶分别的，所以他们的态度不是留恋，就是厌恶。我站在后台时把人和物也一律看待，我看西施、嫫母、秦桧、岳飞也和我看八哥、鹦鹉、甘草、黄连一样，我看匠人盖屋也和我看鸟鹊营巢、蚂蚁打洞一样，我看战争也和我看斗鸡一样，我看恋爱也和我看雄蜻蜓追雌蜻蜓一样。因此，是非善恶对我都无意义，我只觉得对着这些纷纭扰攘的人和物，好比看图画，好比看小说，件件都很有趣味。

这些有趣味的人和物之中自然也有一个分别。有些有趣味，是因为它们带有很浓厚的喜剧成分；有些有趣味，是因为它们带有很深刻的悲剧成分。

我有时看到人生的喜剧。前天遇见一个小外交官，他的上下巴都光光如也，和人说话时却常常用大拇指和食指在腮旁捻一捻，像有胡须似的。他们说这是官气，我看到这种举动比看诙谐画还更有趣味。许多年前一位同事常常很气忿地向人说："如果我是一个女子，我至少已接得一尺厚的求婚书了！"偏偏他不是女子，这已经是喜剧；何况他又麻又丑，纵然他幸而为女子，也决不会有求婚书的麻烦，而他却以此沾沾自喜，这总算得喜剧之喜剧了。这件事和英国文学家哥尔德斯密斯的一段逸事一样有趣。他有一次陪几个女子在荷兰某一个桥上散步，看见桥上行人个个都注意他同行的女子，而没有一个睬他自己，便板起面孔很气忿地说："哼，在别地方也有人这样看我咧！"如此等类的事，我天天都见得着。在闲静寂寞的时候，我把这一类的小小事件从记忆中召回来，寻思玩味，觉得比抽烟饮茶还更有味。老实说，假如这个世界中没有曹雪芹所描写的刘姥姥，没有吴敬梓所描写的严贡生，没有莫里哀所描写的达尔杜弗和阿尔巴贡，生命更不值得留恋了。我感谢刘姥姥、严贡生一流人物，更甚于我感谢钱塘的潮和匡庐的瀑。

其次，人生的悲剧尤其能使我惊心动魄；许多人因为人生

多悲剧而悲观厌世,我却以为人生有价值正因其有悲剧。我在几年前做的《无言之美》里曾说明这个道理,现在引一段来:

"我们所居的世界是最完美的,就因为它是最不完美的。这话表面看来,不通已极。但是实含有至理。假如世界是完美的,人类所过的生活——比好一点,是神仙的生活,比坏一点,就是猪的生活便呆板单调已极,因为倘若件件事都尽美尽善了,自然没有希望发生,更没有努力奋斗的必要。人生最可乐的就是活动所生的感觉,就是奋斗成功而得的快慰。世界既完美,我们如何能尝创造成功的快慰?这个世界之所以美满,就在有缺陷,就在有希望的机会,有想象的田地。换句话说,世界有缺陷,可能性才大。"

这个道理李石岑先生在《一般》三卷三号所发表的《缺陷论》里也说得很透辟。悲剧也就是人生一种缺陷。它好比洪涛巨浪,令人在平凡中见出庄严,在黑暗中见出光彩。假如荆轲真正刺中秦始皇,林黛玉真正嫁了贾宝玉,也不过闹个平凡收场,哪得叫千载以后的人稀嘘赞叹了。以李太白那样天才,偏要和江淹戏弄笔墨,做了一篇《反恨赋》,和《上韩荆州书》一样庸俗无味。毛声山评《琵琶记》,说他有意要做"补天石"传奇十种,把古今几件悲剧都改个快活收场,他没有实行,总算是一件幸事。人生本来要有悲剧才能算人生,你偏想把它一笔

勾销,不说你勾销不去,就是勾销去了,人生反更索然寡趣。所以我无论站在前台或站在后台时,对于失败,对于罪孽,对于殃咎,都是一副冷眼看待,都是用一个热心惊赞。

朋友,我感谢你费去宝贵的时光读我的这十二封信,如果你不厌倦,将来我也许常常和你通信闲谈,现在让我暂时告别吧!

你的朋友 孟实①

---

①孟实,朱光潜的笔名。

谈价值意识

"物有本末,事有终始,知所先后,则近道矣。"

我初到英国读书时,一位很爱护我的教师——辛博森先生——写了一封很恳切的长信,给我讲为人治学的道理,其中有一句话说:"大学教育在使人有正确的价值意识,知道权衡轻重。"于今事隔二十余年,我还很清楚地记得这句看来颇似寻常的话。在当时,我看到了有几分诧异,心里想:大学教育的功用就不过如此么?这二三十年的人生经验才逐渐使我明白这句话的分量。我有时虚心检点过去,发现了我每次的过错或失败都恰是当人生歧路,没有能权衡轻重,以至去取失当。比如说,我花去许多工夫读了一些于今看来是值不得读的书,做了一些于今看来是值不得做的文章,尝试了一些于今看来是值不得尝试的事,这样地就把正经事业耽误了。

好比行军，没有侦出要塞，或是侦出要塞而不尽力去击破，只在无战争重要性的角落徘徊摸索，到精力消耗完了还没碰着敌人，这岂不是愚蠢？

我自己对于这种愚蠢有切身之痛，每衡量当世人物，也欢喜审察他们是否有没有犯同样的毛病。有许多在学问思想方面极为我所敬佩的人，希望本来很大，他们如果死心塌地做他们的学问，成就必有可观。但是因为他们在社会上名望很高，每个学校都要请他们演讲，每个机关都要请他们担任职务，每个刊物都要请他们做文章，这样一来，他们不能集中力量去做一件事，用非其长，长处不能发展，不久也就荒废了。名位是中国学者的大患。没有名位去挣扎求名位，旁驰博骛，用心不专，是一种浪费；既得名位而社会视为万能，事事都来打搅，惹得人心花意乱，是一种更大的浪费。"古之学者为己，今之学者为人。"在"为人""为己"的冲突中，"为人"是很大的诱惑。学者遇到这种诱惑，必须知所轻重，毅然有所取舍，否则随波逐流，不旋踵就有没落之祸。认定方向，立定脚跟，都需要很深厚的修养。

"正其谊不谋其利，明其道不计其功"，是儒家在人生理想上所表现的价值意识。"学也禄在其中"，既学而获禄，原亦未尝不可；为干禄而求学，或得禄而忘学便是颠倒本末。我国历来学子正坐此弊。记得从前有一个学生刚在中学毕业，他的父亲就要他做事谋生，有友人劝阻他说："这等于吃稻种。"这句聪明话可表现一般家长视教育子弟为投资的心理。近来一般社会重视功利，青年学子便以功利自期，入学校只图混资格作敲门砖，对学问没有浓厚的兴趣，至于立身处世的道理更视为迂阔而远于事情。这是价值意识的混乱。教育的根基不坚实，影响到整个社会风气以至于整个文化。轻重倒置，急其所应缓，缓其所应急，这种毛病在每个人的生活上，在政治上，在整个文化动向上都可以看见。近来我看了英人贝尔的《文化论》（Clive Bell: *Civilization*），其中有一章专论价值意识为文化要素，颇引起我的一些感触。贝尔专从文化观点立论，我联想到"价值意识"在人生许多方面的意义。这问题值得仔细一谈。

　　自然界事物纷纭错杂，人能不为之迷惑，赖有两种发现：一是条理，一是分寸。条理是联系线索，分寸是本末轻重。有了条理，事物才能分别类居，不相杂乱；有了分寸，事物才能尊卑定位，各适其宜。条理是横面上的秩序，分寸是纵面上的等差。条理在大体上是纯理活动的产品，是偏于客观的；分寸的鉴别则有赖于实用智慧，常为情感意志所左右，带有主观的成分。别条理，审分寸，是人类心灵的两种最大的功能。一般自然科学在大体上都是别条理的事，一般含有规范性的学术如文艺伦理政治之类都是审分寸的事。这两种活动有时相依为用，但是别条理易，审分寸难。一个稍有逻辑修养的人大半能别条理，审分寸则有待于一般修养。它不仅是分析，而且是衡量；

不仅是知解,而且是抉择。"厩焚,子退朝,曰:'伤人乎?'不问马。"这件事本很琐细,但足见孔子心中所存的分寸,这种分寸是他整个人格的表现。

所谓审分寸,就是辨别紧要的与琐屑的,也就是有正确的价值意识。"价值"是一个哲学上的术语,有些哲学家相信世间有绝对价值,永住常在,不随时空及人事环境为转移,如康德所说的道德责任,黑格尔所说的永恒公理。但是就一般知解说,价值都有对待,高下相形,美丑相彰,而且事物自身本无价值可言,其有价值,是对于人生有效用,效用有大小,价值就有高低。这所谓"效用"自然是指极广义的,包含一切物质的和精神的实益,不单指狭义功利主义所推崇的安富尊荣之类。作为这样的解释,价值意识对于人生委实是重要。人生一切活动,都各追求一个目的,我们必须先估定这目的有无追求的价值。如果根本没有价值而我们去追求,只追求较低的价值,我们就打错了算盘,没有尽量地享受人生最大的好处。有正确的价值意识,我们对于可用的力量才能作最经济的分配,对于人生的丰富意味才能尽量榨取。人投生在这个世界里如入珠宝市,有任意采取的自由,但是货色无穷,担负的力量不过百斤。有人挑去瓦砾,有人挑去钢铁,也有人挑去珠玉,这就看他们的价值意识如何。

价值意识的应用范围极广。凡是出于意志的行为都有所抉择,有所排弃。在各种可能的途径之中择其一而弃其余,都须经过价值意识的审核。小而衣食行止，大而道德学问事功，无一能为例外。

价值通常分为真善美三种。先说真，它是科学的对象。科学的思考在大体上虽偏于别条理，却也须审分寸。它分析事物的属性，必须辨别主要的与次要的；推求事物的成因，必须辨别自然的与偶然的；归纳事例为原则，必须辨别貌似有关的与实际有关的。苹果落地是常事，只有牛顿抓住它的重要性而发明引力定律；蒸汽上腾是常事，只有瓦特抓住它的重要性而发明蒸汽机。就一般学术研究方法说，提纲絜领是一套紧要的工夫，囫囵吞枣必定是食而不化。提纲絜领需要很锐敏的价值意识。

次说美，它是艺术的对象。艺术活动通常分欣赏与创造。欣赏全是价值意识的鉴别，艺术趣味的高低全靠价值意识的强弱。趣味低，不是好坏无鉴别，就是欢喜坏的而不了解好的。趣味高，只有真正好的作品才够味，低劣作品可以使人作呕。艺术方面的爱憎有时更甚于道德方面的爱憎，行为的失检可以原谅，趣味的低劣则无可容恕。至于艺术创造更步步需要谨严的价值意识。在作品酝酿中，许多意象纷呈，许多情致泉涌，当兴高采烈时，它们好像八宝楼台，件件惊心夺目，可是实际上它们不尽经得起推敲，艺术家必能知道割爱，知道剪裁洗炼，才可披沙拣金。这是第一步。已选定的材料需要分配安排，每部分的分量有讲究，各部分的先后位置也有讲究。凡是艺术作

品必有头尾和身材，必有浓淡虚实，必有着重点与陪衬点。"譬如北辰，居其所，而众星拱之。"艺术作品的意思安排也是如此。这是第二步。选择安排可以完全是胸中成竹，要把它描绘出来，传达给别人看，必借特殊媒介，如图画用形色，文学用语言。一个意思常有几种说法，都可以说得大致不差，但是只有一种说法，可以说得最恰当妥帖。艺术家对于所用媒介必有特殊敏感，觉得大致不差的说法实在是差以毫厘，谬以千里，并且在没有碰着最恰当的说法以前，心里就安顿不下去，他必肯呕出心肝去推敲。这是第三步。在实际创造时，这三个步骤虽不必分得如此清楚，可是都不可少，而且每步都必有价值意识在鉴别审核。每个大艺术家必同时是他自己的严厉的批评者。一个人在道德方面需要良心，在艺术方面尤其需要良心。良心使艺术家不苟且敷衍，不甘落下乘。艺术上的良心就是谨严的价值意识。

  再次说善，它是道德行为的对象。人性本可与为善，可与为恶，世间善人少而不善人多，可知为恶易而为善难。为善所以难者，道德行为虽根于良心，当与私欲相冲突，胜私欲需要极大的意志力。私欲引人朝抵抗力最低的路径走，而道德行为往往朝抵抗力最大的路径走。这本有几分不自然。但是世间终有人为履行道德信条而不惜牺牲一切者，即深切地感觉到善的价值。"朝闻道，夕死可矣。"孔子醇儒，向少作这样侠士气的口吻，而竟说得如此斩截者，即本于道重于生命一个价值意识。

古今许多忠臣烈士宁杀身以成仁，也是有见于此。从短见的功利观点看，这种行为有些傻气。但是人之所以为人，就贵在这点傻气。说浅一点，善是一种实益，行善社会才可安宁，人生才有幸福。说深一点，善就是一种美，我们不容行为有瑕疵，犹如不容一件艺术作品有缺陷。求行为的善，即所以维持人格的完美与人性的尊严。善的本身也有价值的等差。"礼与其奢也宁俭，丧与其奢也宁戚。"重在内心不在外表。"男女授受不亲，嫂溺援之以手"，重在权变不在拘守条文。"人尽夫也，父一而已"，重在孝不在爱。忠孝不能两全时，先忠而后孝。以德报怨，即无以报德，所以圣人主以直报怨。"其父攘羊，其子证之"，为国法而伤天伦，所以圣人不取。子夏丧子失明而丧亲民无所闻，所以为曾子所呵责。孔子自己的儿子死只有棺，所以不肯卖车为颜渊买椁。齐人拒嗟来之食，义本可嘉，施者谢罪仍坚持饿死，则为太过。有无相济是正当道理，微生高乞醯以应邻人之求，不得为直。战所以杀敌致胜，宋襄公不鼓不成列，不得为仁。这些事例有极重大的，有极寻常的，都可以说明权衡轻重是道德行为中的紧要工夫。道德行为和艺术一样，都要做得恰到好处。这就是孔子所谓"中"，孟子所谓"义"。中者无过无不及，义者事之宜。要事事得其宜而无过无不及，必须有很正确的价值意识。

真善美三种价值既说明了，我们可以进一步谈人生理想。每个人都不免有一个理想，或为温饱，或为名位，或为学问，或为德行，或为事功，或为醇酒妇人，或为斗鸡走狗，所谓"从其大体者为大人，从其小体者为小人"。这种分别究竟以什么为标准呢？哲学家们都承认：人生最高目的是幸福。什么才是真正的幸福？对于这问题也各有各的见解。积学修德可被看成幸福，饱食暖衣也可被看成幸福。究竟谁是谁非呢？我们从人的观点来说，须认清人的高贵处在哪一点。很显然地，在肉体方面，人比不上许多动物，人之所以高于禽兽者在他的心灵。人如果要充分地表现他的人性，必须充实他的心灵生活。幸福是一种享受。享受者或为肉体，或为心灵。人既有肉体，即不能没有肉体的享受。我们不必如持禁欲主义的清教徒之不近人情，但是我们也须明白：肉体的享受不是人类最上的享受，而是人类与鸡豚狗彘所共有的。人类最上的享受是心灵的享受。哪些才是心灵的享受呢？就是上文所述的真善美三种价值。学问、艺术、道德几无一不是心灵的活动，人如果在这三方面达到最高的境界，同时也就达到最幸福的境界。一个人的生活是否丰富，这就是说，有无价值，就看他对于心灵或精神生活的努力和成就的大小。如果只顾衣食饱暖而对于真善美漫不感觉兴趣，他就成为一种行尸走肉了。这番道理本无深文奥义，但是说起来好像很迂阔。灵与肉的冲突本来是一个古老而不易化除的冲突。许多人因顾到肉遂忘记灵，相习成风，心灵生活便被视为怪诞无稽的事。尤其是近代人被"物质的舒适"一个观念所迷惑，大家争着去拜财神，财神也就笼罩了一切。"哀莫大于心死"，而心死则由于价值意识的错乱。我们如想改正风气，必须改正教育，想改正教育，必须改正一般人的价值意识。

谈美感教育

世间事物有真善美三种不同的价值，人类心理有知情意三种不同的活动。这三种心理活动恰和三种事物价值相当。真关于知，善关于意，美关于情。人能知，就有好奇心，就要求知，就要辨别真伪，寻求真理。人能发意志，就要想好，就要趋善避恶，造就人生幸福。人能动情感，就爱美，就欢喜创造艺术，欣赏人生自然中的美妙境界。求知、想好、爱美，三者都是人类天性；人生来就有真善美的需要，真善美具备，人生才完美。

教育的功用就在顺应人类求知、想好、爱美的天性，使一个人在这三方面得到最大限度的调和的发展，以达到完美的生活。"教育"一词在西文为education，是从拉丁动词educate来的，原义是"抽出"，所谓"抽出"就是"启发"。教育的目的在"启发"人性中所固有的求知、想好、爱美的本能，使它们尽量生展。中国儒家的最高的人生理想是"尽性"。他们说：

"能尽人之性则能尽物之性,能尽物之性则可以赞天地之化育。"教育的目的可以说就是使人"尽性","发挥性之所固有"。

物有真善美三面,心有知情意三面,教育求在这三方面同时发展,于是有智育,德育,美育三节目。智育叫人研究学问,求知识,寻真理;德育叫人培养良善品格,学做人处世的方法和道理;美育叫人创造艺术,欣赏艺术与自然,在人生世相中寻出丰富的兴趣。三育对于人生本有同等的重要,但是在流行教育中,只有智育被人看重,德育在理论上的重要性也还没有人否认,至于美育则在实施与理论方面都很少有人顾及。二十年前蔡孑民先生一度提倡过"美育代宗教",他的主张似没有发生多大的影响。还有一派人不但忽略美育,而且根本仇视美育。他们仿佛觉得艺术有几分不道德,美育对于德育有妨碍。希腊大哲学家柏拉图就以为诗和艺术是说谎的,逢迎人类卑劣情感的,多受诗和艺术的熏染,人就会失去理智的控制而变成情感的奴隶,所以他对诗人和艺术家说了一番客气话之后,就把他们逐出"理想国"的境外。中世纪耶稣教徒的态度很类似。他们以倡苦行主义求来世的解脱,文艺是现世中一种快乐,所以被看成一种罪孽。近代哲学家中卢梭是平等自由说的倡导者,照理应该能看得宽远一点,但是他仍是怀疑文艺,因为他把文艺和文化都看成朴素天真的腐化剂。托尔斯泰对近代西方艺术的攻击更丝毫不留情面,他以为文艺常传染不道德的情感,对于世道人心影响极坏。他在《艺术论》里说:"每个有理性有

道德的人应该跟着柏拉图以及耶回教师，把这问题从新这样决定：宁可不要艺术，也莫再让现在流行的腐化的虚伪的艺术继续下去。"

这些哲学家和宗教家的根本错误在认定情感是恶的，理性是善的，人要能以理性镇压感情，才达到至善。这种观念何以是错误的呢？人是一种有机体，情感和理性既都是天性固有的，就不容易拆开。造物不浪费，给我们一份家当就有一份的用处。无论情感是否可以用理性压抑下去，纵是压抑下去，也是一种损耗，一种残废。人好比一棵花草，要根茎枝叶花实都得到平均的和谐的发展，才长得繁茂有生气。有些园丁不知道尽草木之性，用人工去歪曲自然，使某一部分发达到超出常态，另一部分则受压抑摧残。这种畸形发展是不健康的状态，在草木如此，在人也是如此。理想的教育不是摧残一部分天性而去培养另一部分天性，以致造成畸形的发展；理想的教育实让天性中所有的潜蓄力量都得尽量发挥，所有的本能都得平均调和发展，以造成一个全人。所谓"全人"除体格强壮以外，心理方面真善美的需要必都得到满足。只顾求知而不顾其他的人是书虫，只讲道德而不顾其他的人是枯燥迂腐的清教徒，只顾爱美而不顾其他的人是颓废的享乐主义者。这三种人都不是全人而是畸形人，精神方面的驼子、跛子。养成精神方面的驼子、跛子的教育是无可辩护的。

美感教育是一种情感教育，它的重要我们的古代儒家是知道的。儒家教育特重诗，以为它可以兴观群怨；又特重礼乐，以为"礼以制其宜，乐以导其和"。《论语》有一段话总述儒家教育宗旨说："兴于诗，立于礼，成于乐。"诗、礼、乐三项可以说都属于美感教育。诗与乐相关，目的在怡情养性，养成内心的和谐（harmony），礼重仪节，目的在使行为仪表就规范，养成生活上的秩序（order）。蕴于中的是性情，受诗与乐的陶冶而达到和谐；发于外的是行为仪表，受礼的调节而进到秩序。内具和谐而外具秩序的生活，从伦理观点看，是最善的；从美感观点看，也是最美的。儒家教育出来的人要在伦理和美感观点都可以看得过去。

　　这是儒家教育思想中最值得注意的一点。他们的着重点无疑地是在道德方面，德育是他们的最后鹄的，这是他们与西方哲学家、宗教家柏拉图和托尔斯泰诸人相同的。不过他们高于柏拉图和托尔斯泰诸人，因为柏拉图和托尔斯泰诸人误认美育可以妨碍德育，而儒家则认定美育为德育的必由之径。道德并非陈腐条文的遵守，而是至性真情的流露。所以德育从根本做起，必须怡情养性。美感教育的功用就在怡情养性，所以是德育的基础功夫。严格地说，善与美不但不相冲突，而且到最高境界，根本是一回事，它们的必有条件同是和谐与秩序，从伦理观点看，美是一种善；从美感观点看，善也是一种美，所以在古希腊文与近代德文中，美善只有一个字，在中文和其他近代语文中，"善"与"美"二字虽分开，仍可互相替用。真正的善人对于生活不苟且,犹如艺术家对于作品不苟且一样。过一世生活好比做一篇文章,文章求惬心贵当,生活也需求惬心贵当。我们嫌恶行为上的卑鄙龌龊,不仅因其不善,也因其丑,我们赞赏行为上的光明磊落,不仅因其善,也因其美,一个真正有美感修养的人必定同时也有道德修养。

美育为德育的基础,英国诗人雪莱在《诗的辩护》里也说得透辟。他说:

"道德的大原在仁爱,在脱离小我,去体验我以外的思想行为和体态的美妙。一个人如果真正做善人,必须能深广地想象,必须能设身处地替旁人想,人类的忧喜苦乐变成他的忧喜苦乐。要达到道德上的善,最大的途径是想象;诗从这根本上做功夫,所以能发生道德的影响。"

换句话说,道德起于仁爱,仁爱就是同情,同情起于想象。比如你哀怜一个乞丐,你必定先能设身处地地想象他的痛苦。诗和艺术对于主观的情境必能"出乎其外",对于客观的情境必能"入乎其中",在想象中领略它、玩索它,所以能扩大想象,培养同情。这种看法也与儒家学说暗合。儒家在诸德中特重"仁","仁"近于耶稣教的"爱"、佛教的"慈悲",是一种天性,也是一种修养。仁的修养就在诗。儒家有一句很简赅深刻的话:"温柔敦厚,诗教也。"诗教就是美育,温柔敦厚就是仁的表现。

美育不但不妨害德育而且是德育的基础，如上所述。不过美育的价值还不仅在此。西方人有一句恒言说："艺术是解放的，给人自由的。"（Art is liberative.）这句话最能见出艺术的功用，也最能见出美育的功用。现在我们就在这句话的意义上发挥。从那几方面看，艺术和美育是"解放的，给人自由的"呢？

第一，是本能冲动和情感的解放。人类生来有许多本能冲动和附带的情感，如性欲、生存欲、占有欲、爱、恶、怜、惧之类。本自然倾向，它们都需要活动，需要发泄。但是在实际生活中，它们不但常彼此互相冲突，而且与文明社会的种种约束如道德、宗教、法律、习俗之类不相容。我们每个人都知道，本能冲动和欲望是无穷的，而实际上有机会实现的却寥寥有数。我们有时察觉到本能冲动和欲望不大体面，不免起羞恶之心，硬把它们压抑下去；有时自己对它们虽不羞恶而社会的压力过大，不容它们赤裸裸地暴露，也还是将它们压抑下去。性欲是一个最显著的例。从前哲学家宗教家大半以为这些本能冲动和情感都是卑劣的、不道德的、危险的，承认压抑是最好的处置。他们的整部道德信条有时只在理智镇压情欲。我们在上文指出这种看法的不合理，说它违背平均发展的原则，容易造成畸形发展。其实它的祸害还不仅此，弗洛伊德（Freud）派心理学告诉我们，本能冲动和附带的情感仅可暂时压抑而不可永远消灭，它们理应有自由活动的机会，如果勉强被压抑下去，表面上像是消灭了，实际上在隐意识里凝聚成精神上的疮疖，为种种变态心理和精神病的根源。依弗洛伊德看，我们现代文明社会中人因受到的宗教、法律、习惯的裁制，本能冲动和情感常难得正常地发泄，大半都有些"被压抑的欲望"所凝成的"情意综"（complexes）。这些情意综潜蓄着极强烈的捣乱力，一旦爆发，就成精神上种种病态。但是这种潜力可以借文艺而发泄，因为文艺所给的是想象世界，不受现实世界的束缚和冲突，在这想象世界中，欲望可以用"望梅止渴"的办法得到满足。文艺还把带有野蛮性的本能冲动和情感提到一个较高尚较纯洁的境界去活动，所以有升华作用（sublimation）。有了文艺，本能冲动和情感才得自由发泄，不致凝成疮疖，酿成精神病，它的功用有如机器方面的"安全瓣"（safety volve）。弗洛伊德的心理学有时近于怪诞，但实含有一部分真理。文艺和其他美感活动给本能冲动和情感以自由发泄的机会，在日常经验中也可以得到证明。我们每当愁苦无聊时，费一点工夫来欣赏艺术作品或自然风景，满腹的牢骚就马上烟消云散了。读古人痛快淋漓的文章，我们常有"先得我心"的感觉。看过一部戏或是读过一部小说之后，我们觉得曾经紧张了一阵是一件痛快事。这些快感都起于本能冲动和情感在想象世界中得解放。最好的例子是歌德著《少年维特之烦恼》的经过。他少时爱过一个已经许人的女子，心里痛苦已极，想自杀以了一切。有一天他听到一位朋友失恋自杀的消息，想到这事和他自己的境遇相似，可以写成一部小说。他埋头两礼拜，写成《少年维特之烦恼》，把自己心中怨慕愁苦的情绪一齐倾泻到书里，书成了，他的烦恼便去了，自杀的念头也消了。从这实例看，文艺确有解放情感的功用，而解放情感对于心理健康也确有极大的裨益，我们通常说一个人情感要有所寄托，才不致苦恼烦闷，文艺是大家公认为寄托情感的最好的处所。所谓"情感有所寄托"还是说它要有地方可以活动，可得解放。

其次，是眼界的解放。宇宙生命时时刻刻在变动进展中，希腊哲人有"濯足急流，抽足再入，已非前水"的譬喻。所以在这种变动进展的过程中每一时每一境都是个别的、新鲜的、有趣的。美感经验并无深文奥义，它只在人生世相中见出某一时某一境特别新鲜有趣而加以流连玩味，或者把它描写出来。这句话中"见"字最紧要。我们一般人对于本来在那里的新鲜有趣的东西不容易"见"着。这是什么缘故呢？不能"见"，必有所蔽。我们通常把自己囿在习惯所画成的狭小圈套里，让它把眼界"蔽"着，使我们对它以外的世界都视而不见、听而不闻。比如我们如果囿于饮食男女，饮食男女以外的事物就见不着；囿于奔走钻营，奔走以外的事就见不着。有人向海边农夫称赞他的门前海景美，他很羞涩地指着屋后花园说："海没有什么，屋后的一园菜倒还不差。"一园菜囿住了他，使他不能见到海景美。我们每个人都有所囿，有所蔽，许多东西都不能见，

所见到的天地是非常狭小的、沉浮的、枯燥的。诗人和艺术家所以超过我们一般人者就在情感比较真挚、感觉比较锐敏、观察比较深刻、想象比较丰富。我们"见"不着的他们"见"得着,并且他们"见"得到就说得出,我们本来"见"不着的他们"见"着说出来了,就使我们也可以"见"着。像一位英国诗人所说的,他们"借他们的眼睛给我们看"(they lend their eyes for us to see)。中国人爱好自然风景的趣味是陶、谢、王、韦诸诗人所传染的。在 Turner 和 Whistler 以前,英国人就没有注意到泰晤士河上有雾。Byron 以前,欧洲人很少赞美威尼斯。前一世纪的人崇拜自然,常咒骂城市生活和工商业文化,但是现代美国俄国的文学家有时把城市生活和工商业文化写得也很有趣。人生的罪孽灾害通常只引起忿恨,悲剧却教我们于罪孽灾祸中见出伟大庄严;丑陋乖讹通常只引起嫌恶,喜剧却教我们在丑陋乖讹中见出新鲜的趣味。Rembrandt 画过一些疲癃残疾的老人以后,我们见出丑中也还有美。象征诗人出来以后,许多一纵即逝的情调使我们觉得精细微妙,特别值得留恋。文艺逐渐向前伸展,我们的眼界也逐渐放大,人生世相越显得丰富华严。这种眼界的解放给我们不少的生命力量,我们觉得人生有意义,有价值,值得活下去。许多人嫌生活干燥,烦闷无聊,原因就在缺乏美感修养,见不着人生世相的新鲜有趣。这种人最容易堕落颓废,因为生命对于他们失去意义与价值。"哀莫大于心死",所谓"心死"就是对于人生世相失去解悟与留恋,就是不能以美感态度去观照事物。美感教育不是替有闲阶级增加一件奢侈,而是使人在丰富华严的世界中随处吸收支持生命和推展生命的活力。朱子有一首诗说:"半亩方塘一鉴开,天光云影共徘徊,问渠哪得清如许,为有源头活水来。"这诗所写的是一种修养的胜境。美感教育给我们的就是"源头活水"。

第三,是自然限制的解放。这是德国唯心派哲学家康德、席勒、叔本华、尼采诸人所最着重的一点,现在我们用浅近语来说明它。自然世界是有限的,受因果律支配的,其中毫末细故都有它的必然性,因果线索命定它如此,它就丝毫移动不得。社会由历史铸就,人由遗传和环境造成。人的活动寸步离不开物质生存条件的支配,没有翅膀就不能飞,绝饮食就会饿死。由此类推,人在自然中是极不自由的。动植物和非生物一味顺从自然,接受它的限制,没有过分希冀,也就没有失望和痛苦。人却不同,他有心灵,有不可压的欲望,对于无翅不飞、绝食饿死之类事实总觉得有些歉然。人可以说是两重奴隶,第一服从自然的限制,其次要受自己的欲望驱使。以无穷欲望处有限自然,人便觉得处处不如意、不自由,烦闷苦恼都由此起。专就物质说,人在自然面前是很渺小的,它的力量抵不住自然的力量,无论你有如何大的成就,到头终不免一死,而且科学告诉我们,人类一切成就到最后都要和诸星球同归于毁灭,在自然圈套中求征服自然是不可能的,好比孙悟空跳来跳去,终跳不出如来佛的掌心。但是在精神方面,人可以跳开自然的圈套而征服自然,他可以在自然世界之外另在想象中造出较能合理慰情的世界。这就是艺术的创造。在艺术创造中可以把自然拿在手里来玩弄,剪裁它、锤炼它,从新给以生命与形式。每一部文艺杰作以至于每人在人生自然中所欣赏到的美妙世界都是这样创造出来的。美感活动是人在有限中所挣扎得来的无限,在奴属中所挣扎得来的自由。在服从自然限制而汲汲于饮食男女的寻求时,人是自然的奴隶;在超脱自然限制而创造欣赏艺术境界时,人是自然的主宰,换句话说,就是上帝。多受些美感教育,就是多学会如何从自然限制中解放出来,由奴隶变成上帝,充分地感觉人的尊严。

爱美是人类天性,凡是天性中所固有的必须趁适当时机去培养,否则像花草不及时下种、及时培植一样,就会凋残萎谢。达尔文在自传里懊悔他一生专在科学上做功夫,没有把年轻时对于诗和音乐的兴趣保持住,到老来他想用诗和音乐来调剂生活的枯燥,就抓不回年轻时那种兴趣,觉得从前所爱好的诗和音乐都索然无味。他自己说这是一部分天性的麻木。这是一个很好的前车之鉴。美育必须从年轻时就下手,年纪愈大,外务愈纷繁,习惯的牢笼愈坚固,感觉愈迟钝,心理愈复杂,欣赏艺术力也就愈薄弱。我时常想,无论学哪一科专门学问,干哪一行职业,每个人都应该会听音乐,不断地读文学作品,偶尔有欣赏图画雕刻的机会。在西方社会中这些美感活动是每个受教育者的日常生活中的重要节目。我们中国人除专习文学艺术者以外，一般人对于艺术都漠不关心。这是最可惋惜的事。它多少表示民族生命力的低降与精神的颓靡。从历史看，一个民族在最兴旺的时候，艺术成就必伟大，美育必发达。史诗悲剧时代的希腊、文艺复兴时代的意大利、莎士比亚时代的英国、歌德和贝多芬时代的德国都可以为证。我们中国人古代对于诗乐舞的嗜好也极普遍。《诗经》《礼记》《左传》诸书所记载的歌乐舞的盛况常使人觉得仿佛是置身近代欧洲社会。孔子处周衰之际，特置慨于诗亡乐坏，也是见到美育与民族兴衰的关系密切。现在我们要想复兴民族，必须恢复周以前歌乐舞的盛况，这就是说，必须提倡普及的美感教育。

音乐与教育

柏拉图写过一个长篇对话,叫做《理想国》,讨论理想的政治和教育。他知道要一个国家的政治合于理想,先要使它的教育合于理想,所以他费了大半篇幅谈理想国的统治阶级应该受什么样一种训练。他所定的课程异常简单。一个人在二十岁以前只消有两种教育工具,一是体操,一是音乐。至于我们现在的学校里许多功课,像史地,理化,数学,社会科学,哲学,外国文之类,他或是完全不讲,或是摆在二十岁以后的课程里。他的教育主张,在现代人看来,像很奇怪。可是如果你丢开成见,细心去想一想,你也许会佩服希腊人的思想,和他们的艺术一样,简单虽然简单,深刻却是深刻。体操讲究好了,身体可以健全;音乐讲究好了,心灵可以和谐。身心两方面都达到理想的状态,还愁有什么学不好或是做不好?身心是基本,我们近代人士基本不注意,只在一些肤浅的知识上做工夫,反自以为聪明。许多祸害似都由此起。我们急须回头猛省。

我在另一篇文章里已谈过体育的重要，现在专谈音乐。

音乐是一种最原始最普遍的艺术。飞禽走兽大半都欢喜歌唱，在歌唱中，它们表现生命的富裕和欢乐，同时，它们借歌舞把在生活中所领略得的乐趣传给同类，引起交感共鸣。歌唱在一般动物社会中是一种团结的原动力，它们没有文化传统和制度组织，但是它们一呼百应，一唱百和，全靠这一点声音上的感通。人类在原始阶段也还保持着这本能的音乐嗜好。没有一个原始民族不欢喜歌舞，小孩在个人生命史上相当于原始民族在种族生命史上，欢喜歌舞仍然是天性。人类到了开化以后，小孩到了成年以后，往往逐渐丧失音乐的嗜好，高兴时不放着嗓子唱一曲歌，颓唐时也不拿一种乐器来弹奏一番，哀乐全闷在心里，而且一个人关起来纳闷，生气因之萧索，同情也因之冷淡。这是一个极严重的损失，而且是违反自然本性的。对于这种现象的造成，教育家们要负一大部分责任，他们丢开了人类一个最强烈的本能，一个最有力的教育工具，不去利用。假如他们知道利用，音乐的力量要超出任何学问训练之上。

何以故呢？音乐不仅是最原始最普遍的艺术，而且是最完美的艺术，可以普及深入一般民众，从根本上陶冶人的性格。在其他艺术，实质与形式多少可以分别出来，了解实质与了解形式可以分为两事；音乐却完全融化实质与形式的分别，实质即形式，形式亦即实质，内外一致，天衣无缝。所以音乐达到

了艺术的最高理想。如果美育是教育中一项要目，美育的最好工具就应该是音乐。音乐虽是顶完美的，却不能算是最困难的艺术。叔本华说得最清楚，一般艺术都须借意象来表现，例如文学所用的语文意义，图画所用的形色光影；音乐则为意志的直接外射，用不着凭借意象。所以了解其他艺术，我们须假道于理智，比如说，不懂得语文意义，就无从了解文学；音乐则表现最直接，感动也最直接，我们接受声音的刺激，生理上马上就起反响，用不着理智的分析。中国人不一定能了解外国的文学，但是多少可以受外国音乐的感动，因为没有语文的障碍。小孩子和乡下文盲尽管不能读书明理，也多少可以欣赏成年人和音乐家的唱歌奏乐，因为没有知识经验的障碍。音乐是纯从感官打动人心的，耳里听到，心里就起哀乐共鸣。这件事实可以解释音乐的普及性，也可以解释它的深入性。如果要教育的力量普及而又深入，舍音乐还有什么其他途径呢？

音乐对于人生至少有三重大功用。

第一是表现。情感思想都需要发扬宣泄。我们都知道在欢喜时大笑一场，在悲哀时痛哭一场，是一件畅快事。严守一个秘密，心里才感觉不舒服；尤其是感情不能压抑，压抑便引起冲突和苦痛。依近代心理学看，许多精神病都是情感不得宣泄的结果。音乐表现在生气的洋溢。一个人或一个民族到了不需要艺术的表现时，那只有两种可能：一是生气萎竭，一是生气受不了自然的歪曲，向不正常不健康的路途发泄。所以给生气以正常的康健的表现,也就是培养生气。音乐的表现是最正常的康健的表现,因为它是人类的普遍嗜好,而同时它的命脉在和谐。亚理斯多德在《政治学》里谈到古希腊人用一种音乐医精神病。有一种癫狂病,医治的主法是叫病人听一种音乐,听了几回他的情感上的脓包化消了,病就自然好。亚理斯多德把音乐的这种功能叫做 katharsis,这字含有"发散"和"净化"两个意义。音乐对于人的情感不仅能"发散"而且能"净化",就因为它本身是和谐,对于人的心灵自然能产生和谐的影响。我们有听音乐经验的人都知道在凝神静听之后,全体筋肉脉搏都经过一番和谐的震荡,心灵仿佛在困倦之后洗过一回澡,汗垢尽去,血液畅通,有心旷神怡之乐。如果我们不仅是欣赏,自己能歌唱弹奏,除了这种生气洋溢的乐趣以外,我们还可以得到人生最大的快慰,成就一种作品的感觉。我们创造了一个可欣赏的世界,替人类开辟了一种愉悦的泉源,意识到这种力量,就如同创世主在第七天的神情。人能多尝这种创造的快感,人生便显得华严,而人的品格也就自然会高贵。

其次是感动。音乐直接打动感官,引起生理的反应,所以感人最普及而深入。这道理在上文已说过。中西神话和历史上都有不少的关于音乐感动力的传说。城市有借音乐造成的,也有借音乐毁倒的;胜仗有用音乐打来的,重围有用音乐解去的;美人有借音乐取得的,深交有因音乐结成的;名著有从音乐引起思致的,至道有借音乐证成的。瓠巴鼓琴,游鱼出听;据近

代生理学家的实验,对牛弹琴,也并非毫无影响。人类情感有许多花样,每种花样在脉搏呼吸和筋肉运动上都有一个特殊的节奏,特殊的模型。音乐的抑扬顿挫,长短急舒,往往与这种节奏和模型相称。某一种乐调在生理上激起某一种节奏和模型,就引起某一种情调。所以在听音乐时,实在有两种乐调在进行。一是外在的,耳朵听的;一是内在的,听者身体在无意中所表演。人类生理构造大致相同,所以一个乐调可以在无数听者的心弦上引起交感共鸣。音乐是极强烈的同情媒介,也就因为这个缘故。我们如果想尝广大同情的味道,最好在稠人广众中听音乐。乐声作时,全体听众屏息肃然静听,无论尊卑老幼,乐就都乐,哀就都哀,霎时间不独人我之见泯除净尽,即传统习俗所积累成的层层枷锁也一齐丢开,我们在霎时间回到自由的原始人,沉没到浑然一体的大我。音乐使我们畅快,四围许多人都同时在分享我的感觉,意识到这一点,我们更加畅快。这里没有分别界限,没有恩仇迎拒,我们同是一个阳光煦育的兄弟姊妹,我们皆大欢喜。要群众团结一气,最有效的媒介只有音乐。

第三是感化。感动是暂时的,感化是久远的。音乐由感动至感化,因为它的和谐浸润到整个身心,成为固定的模型(pattern),习惯成为自然,身心的活动也就处处不违背和谐的原则。内心和谐,则一切不和谐的卑鄙龌龊的念头自无从发生,表现于行为的也自从容中节。中国先儒以礼乐立教,就为明白了这个道理。乐的精神在和谐,礼的精神在秩序,这两者中间,乐更是根本的,因为内和谐外自然有秩序,没有和谐做基础的秩序就成了呆板形式,没有灵魂的躯壳。内心和谐而生活有秩序,一个人修养到这个境界,就不会有疵可指了。谈到究竟,德育须从美育上做起。道德必由真性情的流露,美育怡情养性,使性情的和谐流露为行为的端正,是从根本上做起。惟有这种修养的结果,善与美才能一致。明白这个道理,我们就会明白孔子谈政教何以那样重诗乐。诗与乐原来是一回事,一切艺术精神原来也都与诗乐相通。孔子提倡诗乐,犹如近代人提倡美育。他说:"诗可以兴,可以观,可以群,可以怨。"又说:"温柔敦厚,诗教也。"都是看到了诗乐对于情感教育的重要。他不但把诗乐认为教育的基础,而且把它们认为政治的基础,实在政教是不能分离的,世间安有无教之政呢?近代人舍教而言政,只见得他们愚昧。"颜渊问为邦。子曰,乐则韶舞,放郑声,远佞人。"远佞人还在放郑声之次,我们现在只知道厌恶佞人,其实还有比这更重要的事务——音乐教育。音乐教育上了轨道,佞人也许就不会存在,而政治也不会不修明了。

  一个民族的性格常表现于音乐,最显著的是中西音乐的分别。西方音乐偏于阳刚,使听者发扬蹈厉;中国音乐偏于阴柔,使听者沉潜肃穆。这各有所长,我们用不着偏袒。我们所最忧虑的是我国一般民众,尤其是士大夫阶级,大半没有真正的音乐的嗜好。这似乎表现了民族精神的衰落。我个人认为人心的污浊与社会的腐败都种根于此。我每想起柏拉图的教育主张，就深深感觉到我国目前教育须有一个彻底的改革。我们必须普及音乐教育，尤其是要把国乐本身大加一番整理洗刷。这不是宣传可以了事。但是制礼作乐是盛业也是美名，容易被宣传者当做一种口号呐喊了事。这是我草此文时心里所栗栗危惧的。大家须拿出一副极严肃的态度来应付这问题，前途才有希望。

第 二 辑
活在当下

畏首畏尾,徘徊歧路,心境既多苦痛,而事业也不能成就。许多人的生命都是这样模模糊糊地过去的。要免除这种人生悲剧,第一须要"摆脱得开"。消极说是"摆脱得开",积极说便是"提得起",便是"抓得住"。认定一个目标,便专心致志地向那里走,其余一切都置之度外,这是成功的秘诀,也是免除烦恼的秘诀。

朝抵抗力最大的路径走

我提出这个题目来谈，是根据一点亲身的经验。有一个时候，我学过做诗填词。往往一时兴到，我信笔直书，心里想到什么，就写什么，写成了自己读读看，觉得很高兴，自以为还写得不坏。后来我把这些处女作拿给一位精于诗词的朋友看，请他批评，他仔细看了一遍后，很坦白地告诉我说："你的诗词未尝不能做，只是你现在所做的还要不得。"我就问他："毛病在哪里呢？"他说："你的诗词都来得太容易，你没有下过力，你欢喜取巧，显小聪明。"听了这话，我捏了一把冷汗，起初还有些不服，后来对于前人作品多费过一点心思，才恍然大悟那位朋友批评我的话真是一语破的。我的毛病确是在没有下过力。我过于相信自然流露，没有知道第一次浮上心头的意思往往不是最好的意思，第一次附上心头的词句也往往不是最好的词句。意境要经过洗炼，表现意境的词句也要经过推敲，才能脱去渣淬，达到精妙世界。洗炼推敲要吃苦费力，要朝抵抗力最大的路径走。福楼拜自述写作的辛苦说："写作要超人的意志，而我却只是一个人！"我也有同样感觉，我缺乏超人的意志，不能拼死力往里钻，只朝抵抗力最低的路径走。

这一点切身的经验使我受到很深的感触。它是一种失败，然而从这种失败中我得到一个很好的教训。我觉得不但在文艺方面，就在立身处世的任何方面，贪懒取巧都不会有大成就，要有大成就，必定朝抵抗力最大的路径走。

"抵抗力"是物理学上的一个术语。凡物在静止时都本其固有"惰性"而继续静止，要使它动，必须在它身上加"动力"，动力愈大，动愈速愈远。动的路径上不能无抵抗力，凡物的动都朝抵抗力最低的方向。如果抵抗力大于动力，动就会停止，抵抗力纵是低，聚集起来也可以使动力逐渐减少以至于消灭，所以物不能永动，静止后要它续动，必须加以新动力。这是物理学上一个很简单的原理。也可以应用到人生上面。人像一般物质一样，也有惰性，要想他动，也必须有动力。人的动力就是他自己的意志力。意志力愈强，动愈易成功；意志力愈弱，动愈易失败。不过人和一般物质有一个重要的分别：一般物质的动都是被动，使它动的动力是外来的；人的动有时可以是主动，使他动的意志力是自生自发自给自足的。在物的方面，动不能自动地随抵抗力之增加而增加；在人的方面，意志力可以自动地随抵抗力之增加而增加；所以物质永远是朝抵抗力最低的路径走，而人可以超抵抗力最大的路径走。物的动必终为抵抗力所阻止，而人的动可以不为抵抗力所阻止。

照这样看，人之所以为人，就在能不为最大的抵抗力所压服。我们如果要测量一个人有多少人性，最好的标准就是他对于抵抗力所拿出的抵抗力，换句话说，就是他对于环境困难所表现的意志力。我在上文说过，人可以朝抵抗力最大的路径走，人的动可以不为抵抗力所阻。我说"可以"不说"必定"，因为世间大多数人仍是惰性大于意志力，欢喜朝抵抗力最低的路径走，抵抗力稍大，他就要缴械投降。这种人在事实上失去最高生命的特征，堕落到无生命的物质的水平线上，和死尸一样东推西倒。他们在道德学问事功各方面都决不会有成就，万一以庸庸得厚福，也是叨天之幸。

人生来是精神所附丽的物质，免不掉物质所常有的惰性。抵抗力最低的路径常是一种引诱，我们还可以说，凡是引诱所以能成为引诱，都因为它是抵抗力最低的路径，最能迎合人的惰性。惰性是我们的仇敌，要克服惰性，我们必须动员坚强的意志力，不怕朝抵抗力最大的路径走。走通了，抵抗力就算被征服，要做的事业也就算成功。举一个极简单的例子。在冬天早晨，你睡在热被窝里很舒适，心里虽知道这应该是起床的时候而你总舍不得起来。你不起来，是顺着惰性，朝抵抗力最低的路径走。被窝的暖和舒适，外面的空气寒冷，多躺一会儿的种种借口，对于起床的动作都是很大的抵抗力，使你觉得起床

是一件天大的难事。但是你如果下一个决心,说非起来不可,一耸身你也就起来了。这一起来事情虽小,却表示你对于最大抵抗力的征服,你的企图的成功。

这是一个琐屑的事例,其实世间一切事情都可作如此看法。历史上许多伟大人物所以能有伟大成就者,大半都靠有极坚强的意志力,肯向抵抗力最大的路径走。例如孔子,他是当时一个大学者,门徒很多,如果他贪图个人的舒适,大可以坐在曲阜过他安静的学者的生活。但是它毕生东奔西走,席不暇暖,在陈绝过粮,在匡遇过生命的危险,他那副奔波劳碌栖栖遑遑的样子颇受当时隐者的嗤笑。他为什么要这样呢?就因为他有改革世界的抱负,非达到理想,他不肯罢休。《论语》长沮、桀溺章最足见出他的心事。长沮、桀溺二人隐在乡下耕田,孔子叫子路去向他们问路,他们听说是孔子,就告诉子路说:"滔滔者天下皆是也,而谁以易之!"意思是说,于今世道到处都是一般糟,谁去理会它,改革它呢!孔子听到这话叹气说:"鸟兽不可同群,吾非斯人之徒与而谁之?天下有道,丘不与易也。"意思是说,我们既是人就应做人所应该做的事;如果世道不糟,我自然就用不着费气力去改革它。孔子平生所说的话,我觉得这几句最沉痛,最伟大。长沮、桀溺看天下无道,就退隐躬耕,是朝抵抗力最低的路径走,孔子看天下无道,就牺牲一切要拼命去改革它,是朝抵抗力最大的路径走。他说得很干脆:"天下有道,丘不与易也。"

再如耶稣,从《新约》中四部《福音》看,他的一生都是朝抵抗力最大的路径走。他抛弃父母兄弟,反抗当时旧犹太宗教,攻击当时的社会组织,要在慈爱上建筑一个理想的天国,受尽种种困难艰苦,到最后牺牲了性命,都不肯放弃了他的理想。在他的生命史中有一段是一发千钧的危机。他下决心要宣传天国福音后,跑到沙漠里苦修了四十昼夜。据他的门徒的记载,这四十昼夜中他不断地受恶魔引诱。恶魔引诱他去争尘世的威权,去背叛上帝,崇拜恶魔自己。耶稣经过四十昼夜的挣扎,终于拒绝恶魔的引诱,坚定了对于天国的信念。从我们非教徒的观点看,这段恶魔引诱的故事是一个寓言,表示耶稣自己内心的冲突。横在他面前的有两路:一是上帝的路,一是恶魔的路。走上帝的路要牺牲自己,走恶魔的路他可以握住政权,享受尘世的安富尊荣。经过了四十昼夜的挣扎,他决定了走抵抗力最大的路——上帝的路。

我特别在耶稣生命中提出恶魔引诱的一段故事,因为它很刻意说明宋明理学家所说的天理与人欲的冲突。我们一般人尽善尽恶的不多见,性格中往往是天理与人欲杂糅,有上帝也有恶魔,我们的生命史常是一部理与欲,上帝与恶魔的斗争史。我们常在歧途徘徊,理性告诉我们向东,欲念却引诱我们向西。在这种时候,上帝的势力与恶魔的势力好像摆在天平的两端,检不出谁轻谁重。这是"一发千钧"的时候,"一失足即成千古恨",一挣扎立即可成圣贤豪杰。如果要上帝的那一端天平沉重一点,我们必须在上面加一点重量,这重量就是拒绝引诱,克服抵抗力的意志力。有些人在这紧要关头拿不出一点意志力,听惰性摆布,轻轻易易地堕落下去,或是所拿的意志力不够坚决,经过一番冲突之后,仍然向恶魔缴械投降。例如洪承畴本是明末一个名臣,原来也很想效忠明朝,恢复河山,清兵入关后,大家都预料他以死殉国,清兵百计劝诱他投降,他原也很想不投降,但是到最后终于抵不住生命的执着于禄位的诱惑,做了明朝的汉奸。再举一个眼前的例子,汪精卫前半生对于民族革命很努力,当这次抗战开始时,他广播演说也很慷慨激昂。谁料到他的利禄熏心,一经敌人引诱,就起了卖国叛党的坏心事。依陶希圣的记载,他在上海时似仍感到良心上的痛苦,如果他拿出一点意志力,即早回头,或以一死谢国人,也还不失为知过能改的好汉。但是他拿不出一点意志力,就认错就错,甘心认贼作父。世间许多人失节败行,就像汪精卫、洪承畴之流,在紧要关头,不肯争一口气,就马马虎虎地朝抵抗力最低的路径走。

这是比较显著的例,其实我们涉身处世,随时随地都横着两条路径,一是抵抗力最低的,一是抵抗力最大的。比如当学生,不死心塌地去做学问,只敷衍功课,混分数文凭;毕业后不拿出本领去替社会服务,只奔走巴结,贪缘幸进,以不才而在高位;做事时又不把事当事做,只一味因循苟且,敷衍公事,甚至于贪污淫逸,遇钱即抓,不管它来路正当不正当——这都是放弃抵抗量最大的路径而走抵抗力最低的路径。这种心理如充类至尽，就可以逐渐使一个人堕落。我当穷究目前中国社会腐败的根源，以为一切都由于懒。懒，所以苟且因循敷衍，做事不认真；懒，所以贪小便宜，以不正当的方法解决个人的生计；懒，所以随俗浮沉，一味圆滑，不敢为正义公道奋斗；懒，所以遇引诱即堕落，个人生活无规律，社会生活无秩序。知识阶级懒，所以整个社会都"吊儿郎当"，暮气沉沉。懒是百恶之源，也就是朝抵抗力最低的路径走。如果要改造中国社会，第一件心理的破坏工作是除懒，第一件心理的建设工作是提倡奋斗精神。

　　生命就是一种奋斗，不能奋斗，就失去生命的意义与价值；能奋斗，则世间很少不能征服的困难。古话说得好，"有志者事竟成"。希腊最大的演说家是德摩斯梯尼，他生来口吃，一句话也说不清楚，但他抱定决心要成为一个大演说家，他天天一个人走到海边，向着大海练习演说，到后来居然达到了他的志愿。这个实例阿德勒派心理学家常喜援引。依他们说，人自觉有缺陷，就起"卑劣意识"，自耻不如人，于是心中就起一种"男性的抗议"，自己说我也是人，我不该不如人，我必用我的意志力来弥补天然的缺陷。阿德勒派学者用这原则解释许多伟大人物的非常成就，例如聋子成为大音乐家，瞎子成为大诗人之类。我觉得一个人的紧要关头在起"卑劣意识"的时候。起"卑劣意识"是知耻，孔子说得好，"知耻近乎勇"。但知耻虽近乎勇而却不就是勇。能勇必定有阿德勒派所说的"男性的抗议"。"男性的抗议"就是认清了一条路径上抵抗力最大而仍然勇往直前,百折不挠。许多人虽天天在"卑劣意识"中过活,却永不能发"男性的抗议",只知怨天尤人,甚至于自己不长进,希望旁人也跟着他不长进,看旁人长进,只怀满肚子醋意。这种人是由知耻回到无耻,注定地要堕落到十八层地狱,永不超生。

能朝抵抗力最大的路径走,是人的特点。人在能尽量发挥这特点时,就足见出他有富裕的生活力。一个人在少年时常是朝气勃勃,有志气,肯干,觉得世间无不可为之事,天大的困难也不放在眼里。到了年事渐长,受过了一些磨折,他就逐渐变成暮气沉沉,意懒心灰,遇事都苟且因循,得过且过,不肯出一点力去奋斗。一个人到了这时候,生活力就已经枯竭,虽是活着,也等于行尸走肉,不能有所作为了。所以一个人如果想奋发有为,最好是趁少年血气方刚的时候,少年时如果能努力,养成一种勇往直前百折不挠的精神,老而益壮,也还是可能的。

一个人的生活力之强弱,以能否朝抵抗力最大的路径为准,一个国家或是一个民族也是如此。这个原则有整个的世界史证明。姑举几个显著的例,西方古代最强悍的民族莫如罗马人,我们现在说到能吃苦肯干,重纪律,好冒险,仍说是"罗马精神"。因其有这种精神,所以罗马人东征西讨,终于统一了欧洲,建立一个庞大殖民帝国。后来他们从殖民地获得丰富的资源，一般罗马公民都可以坐在家里不动而享受富裕的生活，于是变成骄奢淫逸，无恶不为，一到新兴的"野蛮"民族从欧洲东北角向南侵略，罗马人就毫无抵抗而分崩瓦解。再如满清，他们在入关以前过的是骑猎生活，民性最强悍，很富于吃苦冒险的精神，所以到明末张李之乱社会腐败紊乱时，他们以区区数十万人之力就能入主中夏。可是他们做了皇帝之后，一切皇亲国戚都坐着不动吃皇粮，享大位，过舒服生活，不到三百年，一个新兴民族就变成腐败不堪，辛亥革命起，我们就轻轻易易地把他们推翻了。我们如果要明白一个民族能够堕落到什么地步，最好去看看北平的旗人。

我们中华民族在历史上经过许多波折，从周秦到现在，没有哪一个时代我们不遇到很严重的内忧，也没有哪一个时代我们没有和邻近的民族挣扎，我们爬起来蹶倒，蹶倒了又爬起，如此者已不知若干次。从这简单的史实看，我们民族的生活力确是很强旺，它经过不断的奋斗才维持住它的生存权。这一点祖传的力量是值得我们尊重的。

于今我们又临到严重的关头了。横在我们面前的只有两条路，一是汪精卫和一班汉奸所走的，抵抗力最低的——屈服；一是我们全民族在蒋委员长领导之下所走的，抵抗力最大的——抗战。我相信我们民族的雄厚的生活力能使我们克服一切困难。不过我们也要明白，我们的前途困难还很多，抗战胜利之解决困难的一部分，还有政治、经济、文化、教育各方面的建设还

需要更大的努力。一直到现在,我们所拿出来的奋斗精神还是不够。因循、苟且、敷衍,种种病象在社会上还是很流行。我们还是有些老朽,我们应该趁早还童。

孟子说:"天将降大任于斯人也,必先苦其心志,劳其筋骨,饿其体肤,空乏其身,行拂乱其所为,所以动心忍性,增益其所不能。"于今我们的时代是"天将降大任于斯人"的时代了,孟子所说的种种磨折,我们正在亲领身受。我希望每个中国人,尤其是青年们,要明白我们的责任,本着大无畏的精神,不顾一切困难,向前迈进。

谈交友

人生的快乐有一大半要建筑在人与人的关系上面。只要人与人的关系调处得好，生活没有不快乐的。许多人感觉生活苦恼，原因大半在没有把人与人的关系调处适宜。这人与人的关系在我国向称为"人伦"。在人伦中先儒指出五个最重要的，就是君臣、父子、夫妇、兄弟、朋友。在五伦之中，父子、夫妇、兄弟起于家庭，君臣和朋友起于国家社会。先儒谈伦理修养，大半在五伦上做功夫，以为五伦上面如果无亏缺，个人修养固然到了极境，家庭和国家社会也就自然稳固了。五伦之中，朋友一伦的地位很特别，它不像其他四伦都有法律的基础，它起于自由的结合，没有法律的力量维系它或是限定它，它的唯一的基础是友爱与信义。但是它的重要性并不因此减少。如果我们把人与人中间的好感称为友谊，则无论是君臣、父子、夫妇或是兄弟之中，都绝对不能没有友谊。就字源说，在中西文里

"友"字都含有"爱"的意义。无爱不成友,无爱也不成君臣、父子、夫妇或兄弟。换句话说,无论哪一伦,都非有朋友的要素不可,朋友是一切人伦的基础。懂得处友,就懂得处人;懂得处人,就懂得做人。一个人在处友方面如果有亏缺,他的生活不但不能是快乐的,而且也决不能是善的。

　　谁都知道,有真正的好朋友是人生一件乐事。人是社会的动物,生来就有同情心,生来也就需要同情心。读一篇好诗文,看一片好风景,没有一个人在身旁可以告诉他说:"这真好呀!"心里就觉得美中有不足。遇到一件大喜事,没有人和你同喜,你的欢喜就要减少七八分;遇到一件大灾难,没有人和你同悲,你的悲痛就增加七八分。孤零零的一个人不能唱歌,不能说笑话,不能打球,不能跳舞,不能闹架拌嘴,总之,什么开心的事也不能做。世界最酷毒的刑罚要算幽禁和充军,逼得你和你所常接近的人们分开,让你尝无亲无友那种孤寂的风味。人必须接近人,你如果不信,请你闭关独居十天半个月,再走到十字街头在人群中挤一挤,你心里会感到说不出来的快慰,仿佛过了一次大瘾,虽然街上那些行人在平时没有一个让你瞧得上眼。人是一种怪物,自己是一个人,却要显得瞧不起人,要孤高自赏,要闭门谢客,要把心里所想的看成神妙不可言说,"不可与俗人道",其实隐意识里面唯恐人不注意自己,不知道自己,不赞赏自己。世间最欢喜守秘密的人往往也是最不能守秘密的人。他们对你说:"我告诉你你却不要告诉人。"他不能不告诉你,却忘记你也不能不告人。这所谓"不能"实在出于天性中一种极大地压迫力。人需要朋友,如同人需要泄露秘密,都由于天性中一种压迫力在驱遣。它是一种精神上的饥渴,不满足就可以威胁到生命的健全。

谁也都知道,朋友对于性格形成的影响非常重大。一个人的好坏,朋友熏染的力量要居大半。既看重一个人,把他当作真心朋友,他就变成一种受崇拜的英雄,他的一言一笑、一举一动,都要顾到他的赞许或非难。一个人可以蔑视一切人的毁誉,却不能不求见谅于知己。每个人身旁有一个"圈子",这圈子就是他所尝亲近的人围成的,他跳来跳去,尝跳不出这圈子。在某一种圈子就成为某一种人。圣贤有道,盗亦有道。隔着圈子相视,尧可非桀,桀亦非可尧。究竟谁是谁非,责任往往不在个人而在他所在的圈子。古人说:"与善人交,如入芝兰之室,久而不闻其香;与恶人交,如入鲍鱼之肆,久而不闻其臭。"久闻之后,香可以变成寻常,臭也可以变成寻常,而习安之,就不觉其为香为臭。一个人应该谨慎择友,择他所在的圈子,道理就在此。人是善于模仿的,模仿品的好坏,全看模型的好坏,有如素丝,染于青则青,染于黄则黄。"告诉我谁是你的朋友,我就知道你是怎样的一种人"这句西谚确实是经验之谈。《学记》论教育,一则曰:"七年视论学取友。"再则曰:"相观而善之谓摩。"从孔孟以来,中国士林向奉尊师敬友为立身治学的要道。这都是深有见于朋友的影响重大。师弟向不列

于五伦,实包括于朋友一伦里面,师与友是不能分开的。

许叔重《说文解字》谓"同志为友"。就大体说,交友的原则是"同声相应,同气相求"。但是绝对相同在理论与事实都是不可能。"人心不同,各如其面。"这不同亦正有它的作用。朋友的乐趣在相同中容易现出;朋友的益处却往往在相异处才能得到。古人尝拿"如切如磋,如琢如磨"来譬喻朋友的交互影响。这譬喻实在是很恰当。玉石有瑕疵棱角,用一种器具来切磋琢磨它,它才能圆融光润,才能"成器"。人的性格也难免有瑕疵棱角,如私心、成见、骄矜、暴躁、愚昧、顽恶之类,要多受切磋琢磨的利器,与自己愈不同,磨擦愈多,切磋琢磨的影响也就愈大。这影响在学问思想方面最容易见出。一个人多和异己的朋友讨论,会逐渐发现自己的学说不圆满处,对方的学说有可取处,逼得不得不作进一层的思考,这样地对于学问才能逐渐鞭辟入里。在朋友互相切磋中,一方面被"磨",一方面也在受滋养。一个人被"磨"的方面愈多,吸收外来的滋养也就愈丰富。孔子论益友,所以特重直谅多闻。一个不能有诤友的人永远是愚而好自用,在道德学问上都不会有很大的成就。

好朋友在我国语文里向来叫做"知心"或"知己","知交"也是一个习用的名词。这个语言的习惯颇含有深长的意味。从心理观点看,求见知于人是一种社会本能,有这本能,人与人才可免除隔阂,打成一片,社会才能成立。它是社会生命所借以维持的,犹如食色本能是个人与种族生命所借以维持的,所以它与食色本能是个人与种族生命所借以维持的，所以它与食色本能同样强烈。古人尝以一死报知己，钟子期死后，伯牙不复鼓琴。这种行为在一般人看近似于过激，其实是由于极强烈的社会本能在驱遣。其次，从伦理哲学观点看，知人是处人的基础，而知人却极不易，因为深刻的了解必基于深刻的同情。深刻的同情只在真挚的朋友中才常发现，对于一个人有深交，你才能真正知道他。了解与同情是互为因果的，你对于一个人愈同情，就愈能了解他；你愈了解他，也就愈同情他。法国人有一句成语说："了解一切，就是宽容一切。"（tout comprendre, c'est tout pardonner）。这句话说来像很容易，却是人生的最高智慧，需要极伟大的胸襟才能做到。古今有这种胸襟的只有几个大宗教家，像释迦牟尼和耶稣，有这种胸襟才能谈到大慈大悲；没有它，任何宗教都没有灵魂。修养这种胸襟的捷径是多与人做真正的好朋友，多与人推心置腹，从对于一部分人得到深刻的了解，做到对于一般人类起深厚的同情。从这方面看，交友的范围宜稍广泛，各种人都有最好，不必限于自己同行同趣味的。蒙田在他的论文里提出一个很奇怪的主张，以为一个人只能有一个真正的朋友，我对这主张很怀疑。

　　交友是一件寻常事，人人都有朋友，交友却也不是一件易事，很少人有真正的朋友。势利之交固容易破裂，就是道义之交也有时不免闹意气之争。王安石与司马光、苏轼、程颢诸人在政治和学术上的侵轧便是好例。他们个个都是好人，彼此互有相当的友谊，而结果闹成和世俗人一般的翻云覆雨。交道之难，从此可见。从前人谈交道的话说得很多。例如"朋友有信"，"久而敬之"，"君子之交淡如水"，视朋友须如自己，要急难相助，须知护友之短，像孔子不假盖于悭吝朋友；要劝善规过，但"不可则止，无自辱焉"。这些话都是说起来颇容易，做起来颇难。许多人都懂得这些道理，但是很少人真正会和人做朋友。

孔子常劝人"无友不如己者"，这话使我很惶惶不安。你不如我，我不和你做朋友，要我和你做朋友，就要你胜似我，这样我才能得益。但是这算盘我会打你也就会打，如果你也这么说，你我之间不就没有做朋友的可能么？柏拉图写过一篇谈友谊的对话，另有一番奇妙议论。依他看，善人无须有朋友，恶人不能有朋友，善恶混杂的人才或许需要善人为友来消除他的恶，恶去了，友的需要也就随之消灭。这话显然与孔子的话有些抵牾。谁是谁非，我至今不能断定，但是我因此想到朋友之中，人我的比较是一个重要问题，而这问题又和善恶问题密切相关。我从前研究美学上的欣赏与创造问题，得到一个和常识不相通的结论，就是：欣赏与创造根本难分，每人所欣赏的世界就是每人所创造的世界，就是他自己的情趣和性格的返照；你在世界中能"取"多少，就看你在你的性灵中能提出多少"与"它，物与我之中有一种生命的交流，深入所见于物者深，浅入所见于物者浅。现在我思索这比较实际的交友问题，觉得它与欣赏艺术自然的道理颇可暗合默契。你自己是什么样的人，就会得到什么样的朋友。人类心灵常交感回流。你拿一分真心待你，人也就拿一分真心待你，你所"取"如何？"爱人者人恒爱之，敬人者人恒敬之"。人不爱你敬你，就显得你自己有损缺。你不必责人，先须返求诸己。不但在情感方面如此，在性格方面也都是如此。友必同心，所谓"心"是指性灵同在一个水准上。如果你我在性灵上有高低，我高就须感化你，把你提高到同样水准；你高也是如此，否则友谊就难成立。朋友往往是测量自己的一种最精确的尺度。你自己如果不是一个好朋友，就决不能希望得到一个好朋友。要是好朋友，自己须先是一个好人。我很相信柏拉图的"恶人不能有朋友"的那一句话。恶人可以做好朋友时，他在他方面尽管是坏，在能为好朋友一点上就可证明他还有人性，还不是一个绝对的恶人。说来说去，"同声相应，同气相求"那句老话还是对的，何以交友的道理在此，如何交友的方法也在此。交友和一般行为一样，我们应该常牢记在心的是"责己宜严，责人宜宽"。

谈青年的心理病态

这题目是一位青年读者提议要我谈的。他的这个提议似显示青年们自己感觉到他们在心理上有毛病。这毛病究竟何在，是怎样酝酿成的，最好由青年们自己作一个虚心的检讨。我是一个中年人，和青年人已隔着一层，现时代和我当青年的时代也迥然有别，不能全据私人追忆到的经验，刻舟求剑似的去臆测目前的事实。我现在所谈的大半根据在教书任职时的观察，观察有时不尽可据，而且我的观察范围限于大学生。我希望青年读者们拿这旁观者的分析和他们自己的自我检讨比较，并让我知道比较的结果。这于他们自己有益，于我更有益。

一个人的性格形成，大半固靠自己的努力，环境的影响也不可一笔抹杀。"豪杰之士，虽无文王犹兴"，但是多数人并非豪杰之士，就不能不有所凭借。很显然地，现时一般青年所可凭借的实太薄弱。他们所走的并非玫瑰之路。

活在当下

先说家庭。多数青年一入学校,便与家庭隔绝,尤其是来自沦陷区域的。在情感上他们得不到家庭的温慰。抗战期中一般人都感受经济的压迫,衣食且成问题,何况资遣子弟受教育。在经济上他们得不到家庭的援助。父兄既远隔,又各各为生计所迫,终日奔波劳碌,既送子弟入学校,就把一切委托给学校,自己全不去管。在学业品行上他们得不到家庭的督导。这些还只是消极的,有些人能受到家庭影响的,所受的往往是恶影响。父兄把教育子弟当作一种投资,让他们混资格去谋衣食,子弟有时顺承这个意旨,只把学校当作进身之阶,此其一。父兄有时是贪官污吏或土豪劣绅,自己有许多恶习,让子弟也染着这些恶习,此其二。中国家庭向来是多纠纷,而这种纠纷对于青年人常是隐痛,易形成心理的变态,此其三。

次说社会国家。中国社会正当新旧交替之际,过去封建时代的许多积弊恶习还没有涤除净尽,贪污腐败欺诈凌虐的事情处处都有。青年人心理单纯,对于复杂的社会不能了解。他们凭自己的单纯心理,建造一种难于立即实现的社会理想,而事实却往往与这理想背驰,他们处处感觉到碰壁,于是失望、惊疑、悲观等情绪源源而来。其次,青年人富于感受性,少定见,好言是非而却不真能辨别是非,常轻随流俗转移,有如素丝,染于青则青,染于黄则黄。社会既腐浊,他们就不知不觉地跟着它腐浊。总之,目前环境对于纯洁的青年是一种恶性刺激,对于意志薄弱的青年是一种恶性引诱。加以国家处在危难的局

面,青年人心里抱着极大地希望,也怀着极深的忧惧。他们缺乏冷静的自信,任一股热情鼓荡,容易提升到高天,也容易降落到深渊。一个人迭次经过这种虐疾式的暖冷夹攻,自然容易变成虚弱,在身体方面如此,在精神方面也如此。

再次说学校。教育必以发展全人为宗旨,德育、智育、美育、群育、体育五项应同时注重。就目前实际状况说,德育在一般学校等于具文,师生的精力都集中于上课,专图授受知识,对于做人的道理全不讲究。优秀青年感觉到这方面的缺乏而彷徨,顽劣青年则放纵恣肆,毫无拘束。即退一步言智育,途径亦多错误,灌输多于启发,浅尝多于深入,模仿多于创造,揣摩风气多于效忠学术。在抗战期中,师资与设备多因陋就简,研究的空气尤不易提高。向学心切者感觉饥荒,凡庸者敷衍混资格。美育的重要不但在事实上被忽略,即在理论上亦未被充分了解。我国先民在文艺上早就本极优越,而子孙数典忘祖,有极珍贵的文艺作品而不知欣赏,从事艺术创作者更寥寥。大家都迷于浅狭的功利主义,对文艺不下功夫,结果乃有情操驳杂、趣味卑劣、生活干枯、心灵无寄托等种种现象。群育是吾国人向来缺乏的,现代学校教育对此亦毫无补救。一般学校都没有社会生活,教师与学生相视如路人,同学彼此也相视如路人。世间大概没有比中国大学教授与学生更孤僻更寂寞的一群动物了。体育的忽略也不自今日始,有些学生还在鄙视运动,黄皮刮瘦几乎是知识阶级的标志。抗战中忽略运动之外又添上缺乏营养。我常去参观学生吃饭，七八人一席只有一两碗无油的蔬菜，有时甚至只有白饭。吃苦本是好事，亏损虚弱却不是好事。青年人正当发育时期，日复一日年复一年地缺乏最低限度的营养，结果只有亏损虚弱，甚至于疾病死亡。心理的毛病往往起于生理的毛病，生理的损耗必酿成心理的损耗。这问题有关于民族的生命力，凡是远见的教育家政治家都不应忽视。

家庭、社会、国家和学校对于青年人的影响如上所述。在这种情形之下，青年人在心理方面发生下列几种不健康的感觉。

第一是压迫感觉。青年人当生气旺盛的时候，有如春日的草木萌芽，需要伸展与生长，而伸展与生长需要自由的园地与丰富的滋养。如果他们像墙角生出来的草木，上面有沉重的砖石压着，得不着阳光与空气，他们只得黄瘦萎谢，纵然偶尔能费力支撑，破石罅而出，也必变成臃肿拳曲，不中绳墨。不幸得很，现代许多青年都恰在这种状况之下出死力支撑层层重压。家庭对于子弟上进的企图有时作不合理的阻挠，社会对于勤劳的报酬不尽有保障，国家为着政策有时须限制思想与言论的自由，学校不能使天赋的聪明与精力得充分发展，国家前途与世界政局常纠缠不清，强权常歪曲公理。这一切对于青年人都是沉重的压迫。此外又加上经济的艰窘、课程的繁重、营养的缺乏所酿成的体质羸弱，真所谓"双肩上公仇私仇，满腔儿家忧国忧"。一个人究竟有几多力量，能支撑这层层重压呢？撑不起，却也推不翻，于是都积成一个重载，压在心头。

其次是寂寞感觉。人是富于情感的动物，人也是群居的动物，所以人需要同类的同情心最为剧烈。哲学家和宗教家抓住这一点，所以都以仁爱立教。他们知道人类只有在仁爱中才能得到真正幸福。青年人血气方刚，同情的需要比中年人与老年人更为迫切。我们已经说过，现代中国青年不常能得到家庭的温慰，在学校里又缺乏社会生活，他们终日独行踽踽，举目无亲，人生最强烈的要求不能得到最低限度的满足，他们心里如何快乐得起来呢？这里所谓"同情心"包含异性的爱在内。男女中间除着人类同情心的普遍需要之外，又加上性爱的成分，所以情谊一日投合，便特别坚强。这是一个极自然的现象，不容教育家们闭着眼睛否认或推翻。我们所应该留意的是施以适当教育，因势利导，纳于正轨，不使其泛滥横流。这些年来我们都在采男女同学制，而对于男女同学所有的问题未加精密研究，更未予以正确指导。结果男女中间不是毫无来往，便是偷偷摸摸地来往。毫无来往的似居多数，彼此摆在面前，徒增一种刺激。许多青年人的寂寞感觉，细经分析起来，大半起于异性中缺乏合理而又合体的交际。

第三是空虚感觉。"自然厌恶空虚"，这个古老的自然律可应用于物质，也可应用于心灵。空虚的反面是充实，是丰富。人生要充实丰富，必须有多方的兴趣与多方的活动。一个在道德、学问、艺术或事业方面有浓厚兴趣的人，自然能在其中发现至乐，决不会感觉到人生的空虚。宋儒教人心地常有"源头活水",此心须常是"活泼泼的"。又教人玩味颜子在箪食瓢饮的情况之下"所乐何事",用意都在使内心生活充实丰富。据近代一般心理学家的见解,艺术对于充实内心生活的功用尤大,因为它帮助人在事事物物中都可发现乐趣。观照就是欣赏,而欣赏就是快乐。现在一般青年人对学术既无浓厚兴趣,对艺术及其他活动更漠不置意,生活异常干枯贫乏,所以常感到人生空虚。此外又加上述的压迫与寂寞,使他们追问到人生究竟,而他们的单纯头脑所能想出的回答就是"空虚"。他们由自己个人的生活空虚推论到一般人生的空虚,犯着逻辑学家所谓"以偏概全"的错误。个人生活的空虚往往是事实,至于一般人生是否空虚则大有问题,至少历史上许多伟大人物不是这么想。

以上所说的三种不健康的感觉都有几分是心病,但是它们所产生的后果更为严重。在感觉压迫、寂寞和空虚中,青年人始而彷徨,身临难关而找不着出路,踌躇不知所措;继而烦闷,仿佛以为家庭、社会、国家、学校以至于造物主,都有意在和他们为难,不让他们有一件顺心事,于是对一切生厌恶,动辄忧郁、烦躁、苦闷;继而颓唐麻木,经不起一再挫折,逐渐失去辨别是非的敏感与向上的意志,随世俗苟且敷衍,以"世故"为智慧,视腐浊为人之常情。彷徨犹可抉择正路,烦闷犹可力求正路,到了颓唐麻木,就势必至于堕落,无可救药了。我不敢说现在多数青年都已到了颓唐麻木的阶段,但是我相信他们都在彷徨烦闷,如果不及早振作,离颓唐麻木也就不远了。总

之，我感觉到现在青年人大半缺乏青年人所应有的朝气，对一切缺乏真正的兴趣和浓厚的热情。他们的志向大半很小，在学校只求敷衍毕业，以后找一个比较优裕的差缺，姑求饱暖舒适，就混过这一生。自然也偶尔遇着少数的例外，但少数例外优秀的青年军势孤力薄，不能造成一种风气。现时代的青年，就他所表现的精神而论，决不能担当起现时代的艰巨任务。这是有心人不能不为之犹惧的。

这种现状究竟如何救济呢？照以上的分析，病的成因远在家庭社会国家与学校所给的不良的影响，近在青年人自己承受这影响而起的几种不健康的感觉。治本的办法当然是改良环境的影响，尤其是学校教育。这要牵涉到许多问题，非本文所能详谈。这里我只向青年人说话，说的话限于在我想是他们可以受用的，就是他们如何医治自己，拯救自己。

第一，青年人对于自己应有勇气负起责任。我们旁观者分析青年人的心理性格，把环境影响当作一个重要的成因，是科学家所应有的平正态度。但是我们也必须补充一句，环境影响并非唯一的决定因素，世间有许多人所受的环境影响几完全相同而成就却有天渊之别，这就是证明个人的努力可以胜过环境的影响。青年们自己不应该把自己的失败完全推诿到环境影响，如果这样办，那就是对自己不负责任，为自己不努力去找借口。我们旁观者固不能以豪杰之士期待一切青年，但是每一个青年自己却不应只以庸碌人自期待。旁人在同样环境之下所能达到的成就，他如果达不到，他就应自引以为耻。对自己没有勇气负责的人在任何优越环境之下，都不会有大成就。对自己负责任，是一切向上心的出发点。

其次，青年人应知实事求是，接受当前事实而谋应付，不假想在另一环境中自己如何可以显大本领，也不把自己现在不能显本领的过失推诿到现实环境。自己所处的是甲境，应付不好，聊自宽解说："如果在乙境，我必能应付好。"这是"文不对题"，仍是变态心理的表现。举个具体的例，问一位青年人为什么不努力做学问，他回答说："教员不好，图书不够，饭没有吃饱。"这样一来，他就把责任推诿得干干净净了。他应该知道，教员不好，图书不够，饭没有吃饱，这些都是事实；他须接受这些事实去应付。如果能设法把教员换好，图书买够，饭吃饱，那固然再好没有；如果这些一时为事实所不允许，他就得在教员不好，图书不够，饭没有吃饱的事实条件之下，研究一个办法，看如何仍可读书做学问。他如果以为这样的事实条件不让他能读书做学问，那就是承认自己的失败；如果只假想在另一套事实条件之下才读书做学问，那就是逃避事实而又逃避责任。

第三，青年人应明了自己的心病须靠自己努力去医治。法国有一位心理学家——库维——发明一种自治疗术，叫做"自暗示"。依这个方法，一个人如果有什么毛病，只要自己常专心存着自己必定好的念头，天天只朝好处想，绝不能朝坏处想，不久他自会痊愈。他实验过许多病人，无论所患的是生理方面的或是心理方面的病，都特着奇效。他的实验可证明自信对于一个人的心理影响非常之大。自信是一个不幸的人，就随时随地碰着不幸事，自信是一个勇敢的人，世间便无不可征服的困难。许多青年人所缺乏的正在自信心。没有自信心就没有勇气，困难还没有临头就自认失败。

比如上文所说的三种不健康的感觉，都并非绝对不可避免的。如果能接受事实，有勇气对自己负责任，尽其在我，不计成败，则压迫感觉不至发生。每个人都需要同情，如果每个人都肯拿一点同情出来对付四周的人，则大家互有群居之乐，寂寞感觉不至发生。人生来需要多方活动，精力可发泄，心灵有寄托，兴趣到处泉涌，则生活自丰富，空虚感觉不至发生。这些事都不难做到，一般青年人所以不能做到者，原因就在没有自信，缺乏勇气，不肯努力。

谈摆脱

朋友：

近来研究黑格尔（Hegel）讨论悲剧的文章，有时拿他的学说来印证实际生活，颇觉欣然有会意。许久没有写信给你，现在就拿这点道理作谈料。

黑格尔对于古今悲剧，最推尊希腊索福克勒斯（Sophocles）的《安提戈涅》（Antigone）。安提戈涅的哥哥因为争王位，借重敌国的兵攻击他自己的祖国忒拜，他在战场上被打死了。忒拜新王克瑞翁（Creon）悬令，如有人敢收葬他，便处死罪，因为他是一个国贼。安提戈涅很像中国的聂嫈，毅然不避死刑，把她哥哥的尸骨收葬了。安提戈涅又是和克瑞翁的儿子海蒙（Haemon）订过婚的，她被绞以后，海蒙痛恨她，也自杀了。

黑格尔以为凡悲剧都生于两理想的冲突，而安提戈涅是最好的实例。就克瑞翁说，做国王的职责和做父亲的职责相冲突。

就安提戈涅说，做国民的职责和做妹妹的职责相冲突。就海蒙说，做儿子的职责和做情人的职责相冲突。因此冲突，故三方面结果都是悲剧。

黑格尔只是论文学，其实推广一点说，人生又何尝不是一种理想的冲突场？不过实在界和舞台有一点不同，舞台上的悲剧生于冲突之得解决，而人生的悲剧则多生于冲突之不得解决。生命途程上的歧路尽管千差万别，而实际上只有一条路可走，有所取必有所舍，这是自然的道理。世间有许多人站在歧路上只徘徊顾虑，既不肯有所舍，便不能有所取。世间也有许多人既走上这一条路，又念念不忘那一条路。结果也不免差误时光。"鱼我所欲，熊掌亦我所欲，二者不可得兼，舍鱼而取熊掌可也。"有这样果决，悲剧决不会发生。悲剧之发生就在既不肯舍鱼，又不肯舍熊掌，只在那儿垂涎打算盘。这个道理我可以举几个实例来说明：

"禾"是一个大学生，很好文学，而他那一班的功课有簿记、有法律，都是他所厌恶的。他每见到我便愁眉蹙额地说："真是无聊！天天只是预备考试！天天只是读这些没有意味的课本！"我告诉他，"你既不欢喜那些东西，便把它们丢开就是了。"他说："既然花了家里的钱进学堂，总得要勉强敷衍考试才是。"我说："你要敷衍考试，就敷衍考试是了。"然而他天天嫌恶考试，天天又在那儿预备考试。

我有一个幼时的同学恋爱了一个女子。他的家庭极力阻止他。他每次来信都向我诉苦。我去信告诉他说:"你既然爱她,便毅然不顾一切去爱她就是了。"他又说:"家庭骨肉的恩爱就能够这样恝然置之么?"我回复他说:"事既不能两全,你便应该趁早疏绝她。"但是他到现在还是犹豫不知所可,还是照旧叫苦。

"禹"也是一个旧相识。他在衙门里充当一个小差事。他很能做文章,家里虽不丰裕,也还不至于没有饭吃。衙门里案牍和他的脾胃不很合,而且妨碍他著述。他时常觉得他的生活没有意味,和我谈心时,不是说,"嗳,如果我不要就这个事,这本稿子久已写成了。"就是说:"这事简直不是人干的,我回家陪妻子吃糙米饭去了!"像这样的话我也不知道听他说过多少回数,但是他还是依旧风雨无阻地去应卯。

这些朋友的毛病都不在"见不到"而在"摆脱不开"。"摆脱不开"便是人生悲剧的起源。畏首畏尾,徘徊歧路,心境既多苦痛,而事业也不能成就。许多人的生命都是这样模模糊糊地过去的。要免除这种人生悲剧,第一须要"摆脱得开"。消极说是"摆脱得开",积极说便是"提得起",便是"抓得住"。认定一个目标,便专心致志地向那里走,其余一切都置之度外,这是成功的秘诀,也是免除烦恼的秘诀。现在姑且举几个实例来说明我所谓"摆脱得开"。

释迦牟尼当太子时,乘车出游,看到生老病死的苦状,便恍然解悟人生虚幻,把慈父娇妻爱子和王位一齐抛开,深夜遁入深山，静坐菩提树下，冥心默想解脱人类罪苦的方法。这是古今第一个知道摆脱的人。其次如苏格拉底，如耶稣，如屈原，如文天祥，为保持人格而从容就死，能摆脱开一般人所摆脱不开的生活欲，也很可以廉顽立懦。再其次如希腊第欧根尼提倡克欲哲学，除一个饮水的杯子和一个盘坐的桶子以外，身旁别无长物，一日见童子用手捧水喝，他便把饮水的杯子也掷碎。犹太斯宾诺莎学说与犹太教义不合，犹太教徒行贿不遂，把他驱逐出籍，他以后便专靠磨镜过活。他在当时是欧洲第一个大哲学家，海得尔堡大学请他去当哲学教授，他说"我还是磨我的镜子比较自由"，所以谢绝教授的位置。这是能为真理为学问摆脱一切的。卓文君逃开富家的安适，去陪司马相如当垆卖酒，是能为恋爱摆脱一切的。张翰在齐做大司马东曹掾，一天看见秋风乍起，想起吴中菰菜纯羹鲈鱼脍，立刻就弃官归里。陶渊明做彭泽令，不愿束带见督邮，向县吏说："我岂能为五斗米折腰向乡里小儿！"立即解绶辞官。这是能摆脱禄位以行吾心所安的。英国小说家司各特早年颇致力于诗，后读拜伦著作，知道自己在诗的方面不能有大成就，便丢开音律专去做他的小说。这是能为某一种学问而摆脱开其他学问之引诱的。孟敏堕甑，不顾而去。郭林宗问他的缘故，他回答说："甑已碎，顾之何益了。"这是能摆脱过去失败的。

　　斯蒂文森论文，说文章之术在知遗漏（the art of omitting），其实不独文章如是，生活也要知所遗漏。我幼时，有一位最敬爱的国文教师看出我不知摆脱的毛病,尝在我的课卷后面加这样的批语:"长枪短戟,用各不同,但精其一,已足致胜,汝才有偏向,姑发展其所长,不必广心博骛也。"十年以来,说了许多废话,看了许多废书,做了许多不中用的事,走了许多没有目标的路,多尝试,少成功,回忆师训,殊觉棘然,冷眼观察,世间像我这样暗中摸索的人正亦不少。大节固不用说,请问街头那纷纷群众忙的为什么?为什么天天做明知其无聊的工作,说明知其无聊的话,和明知其无聊的朋友假意周旋?在我看来,这都由于"摆脱不开"。因为人人都"摆脱不开",所以生命便成了一幕最大的悲剧。

朋友,我写到这里,已超过寻常篇幅,把上面所写的翻看一过,觉得还没有把"摆脱"的道理说得透。我只谈到粗浅处,细微处让你自己暇时细心体会。

你的朋友　孟实

谈十字街头

朋友：

岁暮天寒，得暇便围炉嘘烟遐想。今日偶然想到日本厨川白村的《出了象牙之塔》和《走向十字街头》两部书，觉得命名大可玩味。玩味之余，不觉发生一种反感。

所谓"走向十字街头"有两种解释。从前学士大夫好以清高名贵相尚，所以力求与世绝缘，冥心孤往。但是闭户读书的成就总难免空疏虚伪。近代哲学与文艺都逐渐趋向写实，于是大家都极力提倡与现实生活接触。世传苏格拉底把哲学从天上搬到地下，这是"走向十字街头"的一种意义。

学术思想是天下公物，须得流布人间，以求雅俗共赏。威廉·莫里斯和托尔斯泰所主张的艺术民众化，叔琴先生在《一般》诞生号中所主张的特殊的一般化，爱迪生所谓把哲学从课室图书馆搬到茶寮客座，这是"走向十字街头"的另一意义。

这两种意义都含有极大的真理。可是在这"德谟克拉西"呼声极高的时代，大家总不免忘记关于十字街头的另一面真理。

十字街头的空气中究竟含有许多腐败剂，学术思想出了象牙之塔到了十字街头以后，一般化的结果常不免流为俗化（vulgarized）。昨日的殉道者，今日或成为市场偶像，而真纯面目便不免因之污损了。到了市场而不成为偶像，成偶像而不至于破落，都是很难的事。老庄经过流俗化以后，其结果乃为白云观以静坐骗铜子的道士。易学经过流俗化以后，其结果乃为街头摆摊卖卜的江湖客。佛学经过流俗化以后，其结果乃为祈财求子的三姑六婆和秃头肥脑的蠢和尚。这都是世人所共见周知的。不必远说，且看西方科学哲学和文学落到时下一般打学者冒牌的人手里，弄得成何体统！

寂居文艺之宫，固然会像不流通的清水，终久要变成污浊恶臭的。可是十字街头的叫嚣，十字街头的尘粪，十字街头的挤眉弄眼，都处处引诱你汩没自我。臣门如市，臣心就决不能如水。名利声势虚伪刻薄肤浅欺侮等等字样，听起来多么刺耳朵，实际上谁能摆脱得净尽？所以站在十字街头的人们尤其是你我们青年要时时戒备十字街头的危险，要时时回首瞻顾象牙之塔。

十字街头上握有最大权威的是习俗。习俗有两种，一为传说（Tradition），一为时尚（Fashion）。儒家的礼教，五芝斋的馄饨，是传说；新文化运动，四马路的新装，是时尚。传说尊旧，时尚趋新，新旧虽不同，而盲从附和，不假思索，则根本无二致。社会是专制的，是压迫的，是不容自我伸张的。比方九十九个人守贞节，你一个人偏要不贞，你固然是伤风败俗，大逆不道；可是如果九十九个人都是娼妓，你一个人偏要守贞节，你也会成为社会公敌，被人唾弃的。因此，苏格拉底所以饮鸩，伽利略所以被教会加罪，罗曼·罗兰、罗素所以在欧战期中被人谩骂。

本来风化习俗这件东西，孽虽造得不少，而为维持社会安宁计，却亦不能尽废。人与人相接触，问题就会发生。如果世界只有我，法律固为虚文，而道德也便无意义。人类须有法律道德维持，固足证其顽劣；然而人类既顽劣，道德法律也就不能勾销。所以老庄上德不德绝圣弃智的主张，理想虽高，而究不适于顽劣的人类社会。

习俗对于维持社会安宁，自有相当价值，我们是不能否认的。可是以维持安宁为社会唯一目的，则未免大错特错。习俗是守旧的，而社会则须时时翻新，才能增长滋大，所以习俗有时时打破的必要。人是一种贱动物，只好模仿因袭，不乐改革创造。所以维持固有的风化，用不着你费力。你让它去，世间自有一般庸人懒人去担心。可是要打破一种习俗，却不是一件易事。物理学上仿佛有一条定律说，凡物既静，不加力不动。而所加的力必比静物的惰力大，才能使它动。打破习俗，你须以一二人之力，抵抗千万人之惰力，所以非有雷霆万钧的力量不可。因此，习俗的背叛者比习俗的顺从者较为难能可贵，从历史看社会进化，都是靠着几个站在十字街头而能向十字街头宣战的人。这般人的报酬往往不是十字架，就是断头台。可是世间只有他们才是不朽，倘若世界没有他们这些殉道者，人类早已为乌烟瘴气闷死了。

一种社会所最可怕的不是民众肤浅顽劣，因为民众通常都是肤浅顽劣的。它所最可怕的是没有在肤浅卑劣的环境中而能不肤浅不卑劣的人。比方英国民众就是很沉滞顽劣的，然而在这种沉滞顽劣的社会中，偶尔跳出一二个性坚强的人，如雪莱、卡莱尔、罗素等，其特立独行的胆与识，却非其他民族所可多得。这是英国人力量所在的地方。路易·狄更生常批评日本，说她是一个没有柏拉图和亚理斯多德的希腊，所以不能造伟大的境界。据生物学家说，物竞天择的结果不能产生新种，须经突变（sports）。所谓突变，是指不像同种的新裔。社会也是如此，它能否生长滋大，就看它有无突变式的分子；换句话说，就看十字街头的矮人群中有没有几个大汉。

说到这点，我不能不替我们中国人汗颜了。处人胯下的印度还有一位泰戈尔和一位甘地，而中国满街只是一些打冒牌的学者和打冒牌的社会运动家。强者皇然叫嚣，弱者随声附和，旧者盲从传说，新者盲从时尚，相习成风，每况愈下，而社会之浮浅顽劣虚伪酷毒，乃日不可收拾。在这个当儿，站在十字街头的我们青年怎能免彷徨失措？朋友，昔人临歧而哭，假如你看清你面前的险径，你会心寒胆裂哟！围着你的全是肤浅顽劣虚伪酷毒，你只有两种应付方法：你只有和它冲突，要不然，就和它妥洽。在现时这种状况之下，冲突就是烦恼，妥洽就是堕落。无论走哪一条路，结果都是悲剧。

但是，朋友，你我正不必因此颓丧！假如我们的力量够，冲突结果，也许是战胜。让我们相信世界达真理之路只有自由思想，让我们时时记着十字街头肤浅虚伪的传说和时尚都是真理路上的障碍，让我们本着少年的勇气把一切市场偶像打得粉碎！

最后，打破偶像，也并非卤莽叫嚣所可了事。卤莽叫嚣还是十字街头的特色，是肤浅卑劣的表征。我们要能于叫嚣扰攘中：以冷静态度，灼见世弊；以深沉思考，规划方略；以坚强意志，征服障碍。总而言之，我们要自由伸张自我，不要汩没在十字街头的影响里去。

朋友，让我们一齐努力吧！

你的朋友　孟实

谈英雄崇拜

关于英雄崇拜有两种相反的看法，依一种看法，英雄造时势，人类文化各方面的发端与进展都靠着少数伟大人物去倡导推动，多数人只在随从附和。一个民族有无伟大成就，要看他有无伟大人物，也要看他中间多数民众对于伟大人物能否倾倒敬慕，闻风兴起。卡莱尔在他的名著《英雄崇拜》里大致持这种看法。"世界历史，"他说，"人类在这世界上所成就的事业的历史，骨子里就是在当中工作的几个伟大人物的历史。""英雄崇拜就是对于伟大人物的极高度的爱慕。在人类胸中没有一种情操比这对于高于自己者的爱慕更为高贵。"尼采的超人主义其实也是一种英雄崇拜主义涂上了一层哲学的色彩。但依另一种看法，时势造英雄，历史的原动力是多数民众，民众的努力造成每时代政教文化各方面的"大势所趋"，而所谓英雄不过顺承这"大势所趋"而加以尖锐化，并没有什么神奇。这是托尔斯泰在《战争与和平》里所提出的主张。他说："英雄只是贴在历史上的标签,他们的姓名只是历史事件的款识。"有些人根据这个主张而推论到英雄不必受崇拜。从史实看,自从古雅典城时代的群众领袖(demagogue)一直到现代极权国家的独裁者,有不少的事例可证明盲目的英雄崇拜往往酿成极大的灾祸。有些人根据这些事例而推论到英雄崇拜的危险。此外也还有些人以为崇拜英雄势必流于发展奴性,阻碍独立自由的企图,造成政治上的独裁与学术思想上的正统专制,与德谟克拉西精神根本不相容。

就大体说,反对英雄崇拜的理论在现代颇占优胜,因为它很合一批不很英雄的人们的口味。不过在事实上,英雄崇拜到现在还很普遍而且深固,无论带哪一种色彩的人心中都免不掉有几分。托尔斯泰不很看重英雄,而他自己却被许多人当作英雄去崇拜。这是一个很有趣而也很有意义的人生讽刺。社会靠着传统和反抗两种相反的势力演进。无论你站在哪一方壁垒,双方都各有它的理想的斗士,它的英雄;维拥传统者如此,反抗者也是如此。从有人类社会到现在,每时代每社会都有它的英雄,而英雄也都被人崇拜,这是铁一般的事实,没有人能否认的。我们在这里用不着替一个与历史俱久的事实辩护,我们只需研究它的涵义和在人生社会上的可能的功用。

什么叫做"英雄"。牛津字典所给 hero 的字义大要有四:第一是"具有超人的本领,为神灵所默佑者";其次是"声名煊赫的战士,曾为国争战者";第三是"其成就及高贵性格为人所景仰者";最后是"诗和戏剧中的主角"。这四个意义显然是互相关联的。凡是英雄必定是非常人,得天独厚,能人之所难能,在艰危时代能为国家杀敌御侮,在承平时代他的事业和品学也能为民族的楷模,在任何重大事件中,他必是倡导推动者,如戏剧中的主角。他的名称有时不很一致,"圣贤"、"豪杰"、"至人",所指的都大致相同。

一谈到英雄,大概没有不明了他是什么一种人;可是追问到究竟哪一个人才算是英雄,意见却很难一致。小孩子们看惯侠义小说,心目中的英雄是在峨眉山修炼得道的拳师剑侠;江湖帮客所知道的英雄是《水浒传》里所形容的梁山泊一群好汉和他们帮里的"柁把子"。读书人言必讲周孔,弄武艺的人拜关羽、岳飞。古代和近代,中国和西方,所持的英雄标准也不完全一致。仔细研究起来,每种社会,每种阶级,甚至于每个人都各有各的英雄。所以这个意义似很明显的名称所指的究为何种人实在很难确定。

这也并不足为奇。英雄本是一种理想人物。一群人或一个人所崇拜的英雄其实就是他们的或他的人生理想的结晶。人生理想如忠孝节义智仁勇之类都是抽象概念,颇难捉摸,而人类心理习性常倾向于依附可捉摸的具体事例。英雄就是抽象的人生理想所实现的具体事例,他是一幅天然图画,大家都可以指着他向自己说:"像那样的人才是我们所应羡慕而仿效的!"说到英勇,一般人印象也许很模糊,但是一般人都知道崇拜秦皇汉武,或是亚历山大和拿破仑。人人尽管知道忠义为美德,但是要一般人为忠义所感动，千言万语也抵不上一篇岳飞或文天祥的叙传。每个人，每个社会，都有他的特殊的人生理想；很显然的，也就有他的特殊英雄。哲学家的英雄是孔子和苏格拉底，宗教家的英雄是释迦和耶稣，侵略者的英雄是拿破仑，而资本家的英雄则为煤油大王和钢铁大王。行行出状元，就是行行有英雄。

人们所崇拜的英雄尽管不同，而崇拜的心理则无二致。这心理分析起来也很复杂。每个英雄必有确足令人钦佩之点，经得起理智衡量，不仅能引起盲目的崇拜。但是"崇拜"是宗教上的术语，既云崇拜，就不免带有几分宗教的迷信，就不免有几分盲目。英雄尽管有不足崇拜处，可是我们既然崇拜他，就只看得见他的长处，看不见他的短处。"爱而知其恶"就不是崇拜，崇拜是无限制的敬慕，有时甚至失去理性。西谚说："没有人是他的仆从的英雄。"因为亲信的仆从对主人看得太清楚。古代帝王要"深居简出"，实有一套秘诀在里面。在崇拜的心理中，情感的成分远过于理智的成分。英雄崇拜的缺点在此，因为它免不掉几分盲目的迷信；但是优点也正在此，因为它是敬贤向上心的表现。敬贤向上是人类心灵中最可宝贵的一点光焰，个人能上进，社会能改良，文化能进展，都全靠有它在烛照。英雄常在我们心中煽燃这一点光焰，常提醒我们人性尊严的意识，将我们提升到高贵境界。崇拜英雄就是崇拜他所特有的道德价值。世间只有几种人不能崇拜英雄：一是愚昧者，根本不能辨别好坏；一是骄矜妒忌者，自私的野心蒙蔽了一切，不愿看旁人比自己高一层；一是所谓"犬儒"（cynics），轻世玩物，视一切无足道；最后就是丧尽天良者，毫无人性，自然也就没有人性中最高贵的虔敬心。这几种人以外，任何人都多少可以崇拜英雄，一个人能崇拜英雄，他多少还有上进的希望，因为他还有道德方面的价值意识。

崇拜英雄的情操是道德的，同时也是超道德的。所谓"超道德的"，就是美感的。太史公在《孔子世家》赞里说："高山仰止，景行行止，虽不能至，然心焉向往之。"这几句话写英雄崇拜的情绪最为精当。对着伟大人物，有如对着高山大海，使人起美学家所说的"崇高雄伟之感"（sense of the sublime）。依美学家的分析，起崇高雄伟感觉时，我们突然间发现对象无限伟大，无形中自觉此身渺小，不免肃然起敬，栗然生畏，惊奇赞叹，有如发呆；但惊心动魄之余，就继以心领神会，物我同一而生命起交流，我们于不知不觉中吸收融会那一种伟大的气魄，而自己也振作奋发起来，仿佛在模仿它，努力提升到同样伟大的境界。对高山大海如此，对暴风暴雨如此，对伟大英雄也如此。崇拜英雄是好善也是审美。在人生胜境，善与美常合二为一，此其一例。

这种所描写的自然只是极境，在实际上英雄崇拜有深有浅，不一定都达到这种极境。但无论深浅，它的影响都大体是好的。社会的形成与维系都不外藉宗教、政治、教育、学术几种"文化"的势力。宗教起于英雄崇拜，卡莱尔已经详论过。世界中最宗教的民族要算希伯来人，读《旧约》的人们大概都明了希伯来也是一个最崇拜英雄的民族，政治的灵魂在秩序组织，而秩序组织的建立与维持必赖有领袖。一个政治团体里有领袖能号召，能得人心悦诚服，政治没有不修明的。极权国家固然需要独裁者，民主国家仍然需要独裁者，无论你给他什么一个名义。至于教育学术也都需要有人开风气之先。假想没有孔、墨、庄、老几个哲人，中国学术思想还留在怎样一个地位！没有柏拉图、亚理斯多德、笛卡儿、康德几个哲人，西方学术思想还留在怎样一个地位！如此等类问题是颇耐人寻思的。俗话有一句说得有趣："山中无老虎，猴子称霸王。"阮步兵登广武曾发"时无英雄，遂令竖子成名"之叹。一个国家民族到了"猴子称霸王"或是"竖子成名"的时候，他的文化水准也就可想而见了。

学习就是模仿，人是最善于学习的动物，因为他是最善于模仿的动物。模仿必有模型，模型的美丑注定模仿品的好丑，所谓"种瓜得瓜，种豆得豆"。英雄（或是叫他"圣贤"、"豪杰"）是学做人的好模型。所以从教育观点看，我们主张维持一般人所认为过时的英雄崇拜。尤其在青年时代，意象的力量大于概念，与其向他们说仁义道德，不如指点几个有血有肉的具有仁义道德的人给他们看。教育重人格感化，必须是一个具体的人格才真正有感化力。

我们民族中从古至今，做人的好模型委实不少，可惜长篇传记不发达，许多伟大人物都埋在断简残篇里面，不能以全副面目活现于青年读者眼前。这个缺陷希望将来有史家去弥补。

活在当下

悲剧与人生的距离

莎士比亚说得好：世界只是一座舞台，生命只是一个可怜的戏角。但从另一意义说，这种比拟却有不精当处。世界尽管是舞台，舞台却不能是世界。倘若堕楼的是你自己的绿珠，无辜受祸的是你自己的伊菲革涅亚，你会心寒胆裂。但是她们站在舞台时，你却袖手旁观，眉飞色舞。纵然你也偶一洒同情之泪，骨子里你却觉得开心。有些哲学家说这是人类恶根性的暴露，把"幸灾乐祸"的大罪名加在你的头上。这自然是冤枉，其实你和剧中人物有何仇何恨？

看戏和做人究竟有些不同。杀曹操泄义愤，或是替罗米欧与朱丽叶传情书，就做人说，自是一种功德；就看戏说，似未免近于傻瓜。

悲剧是一回事，可怕的凶灾险恶又另是一回事。悲剧中有人生，人生中不必有悲剧。我们的世界中有的是凶灾险恶，但是说这种凶灾险恶是悲剧，只是在修词用比譬。悲剧所描写的固然也不外凶灾险恶，但是悲剧的凶灾险恶是在艺术锅炉中蒸馏过来的。

像一切艺术一样，戏剧要有几分近情理，也要有几分不近情理。它要有几分近情理，否则它和人生没有接触点，兴味索然；它也要有几分不近情理，否则你会把舞台真正看作世界，看《奥瑟罗》回想到自己的妻子，或者老实递消息给司马懿，说诸葛亮是在演空城计！

"软玉温香抱满怀，春至人间花弄色，露滴牡丹开"，淫词也，而读者在兴酣采烈之际忘其为淫，正因在实际人生中谈男女间事，话不会说得那样漂亮。俄狄浦斯弑父娶母，奥瑟罗信谗杀妻，悲剧也，而读者在兴酣采烈之际亦忘其为悲，正因在实际人生中天公并未曾儒染大笔，把痛心事描绘成那样惊心动魄的图画。

悲剧和人生之中自有一种不可跨越的距离，你走进舞台，你便须暂时丢开世界。

悲剧都有些古色古香。希腊悲剧流传于人间的几十部之中只有《波斯人》一部是写当时史实，其余都是写人和神还没有分家时的老故事老传说。莎士比亚并不醉心古典，在这一点他却近于守旧。他的悲剧事迹也大半是代远年演的。十七世纪法国悲剧也是如此。拉辛在《巴雅泽》（*Bajazet*）序文里说，"说老实话，如果剧情在哪一国发生，剧本就在哪一国表演，我不劝作家拿这样近代的事迹做悲剧。"他自己用近代的"巴雅泽"事迹，因为它发生在土耳其，"国度的辽远可以稍稍补救时间的邻近"。莎士比亚也很明白这个道理。《奥瑟罗》的事迹比较晚。他于是把它的场合摆在意大利，用一个来历不明的黑面将军做主角。这是以空间的远救时间的近。他回到本乡本土搜材料时，他心焉向往的是李尔王、麦克自一些传说上的人物。这是以时间的远救空间的近。你如果不相信这个道理，让孔明脱去他的八卦衣，丢开他的羽扇，穿西装吸雪茄烟登场！

悲剧和平凡是不相容的，而在实际上不平凡就失人生世相的真面目。所谓"主角"同时都有几分"英雄气"。普罗米修斯、哈姆雷特乃至于无恶不作的埃及皇后克莉奥佩特拉都不是你我们凡人所能望其项背的，你我们凡人没有他们的伟大魄力，却也没有他们那副傻劲儿。许多悲剧情境移到我们日常世界中来，都会被妥协酿成一个平凡收场，不至引起轩然大波。如果你我是俄狄浦斯，要逃弑父娶母的预言，索性不杀人，独身到老，便什么祸事也没有。如果你我是哈姆雷特，逞义气，就痛痛快快把仇人杀死，不逞义气，便低首下心称他做父亲，多么干脆！悲剧的产生就由于不平常人睁着大眼睛向我们平常人所易避免的灾祸里问。悲剧的世界和我们是隔着一层的。

这种另一世界的感觉往往因神秘色彩而更加浓厚。悲剧压根儿就是一个不可解的谜语，如果能拿理性去解释它的来因去果，便失其为悲剧了。善有善报，恶有恶报，是人类的普遍希

望,而事实往往不如人所期望,不能尤人,于是怨天,说一切都是命运。悲剧是不虔敬的,它隐约指示冥冥之中有一个捣乱鬼,但是这个捣乱鬼的面目究竟如何,它却不让我们知道,本来它也无法让我们知道。看悲剧要带几分童心,要带几分原始人的观世法。狼在街上走,枭在白天里叫,人在空中飞,父杀子,女驱父,普洛斯彼罗呼风唤雨,这些光怪陆离的幻相,如果拿读《太上感应篇》或是计较油盐柴米的心理去摸索,便失其为神奇了。

艺术往往在不自然中寓自然。一部《红楼梦》所写的完全是儿女情,作者却要把它摆在"金玉缘"一个神秘的轮廓里。一部《水浒》所写的完全是侠盗生活,作者却要把它的根源埋到"伏魔之洞"。戏剧在人情物理上笼上一层神秘障,也是惯技。梅特林克的《普莱雅斯和梅丽桑德》写叔嫂的爱,本是一部人间性极重要的悲剧,作者却把场合的空气渲染得阴森冷寂如地窖,把剧中人的举止言笑描写得如僵尸活鬼,使观者察觉不到它的人间性。邓南遮的《死城》也是如此。别说什么自然主义或是写实主义,易卜生写的在房子里养野鸭来打的老头儿,是我们这个世界里的人物么?

像一切艺术一样,戏剧和人生之中本来要有一种距离,所以免不了几分形式化,免不了几分不自然。人事里哪里有恰好分成五幕的?谁说情话像张君瑞出口成章?谁打仗只用几十个人马?谁像奥尼尔在《奇妙的插曲》里所写的角色当着大众说心中隐事？以此类推，古希腊和中国旧戏的角色戴面具，穿高跟鞋，拉了嗓子唱，以及许多其他不近情理的玩艺儿都未尝没有几分情理在里面。它们至少可以在舞台和世界之中辟出一个应有的距离。

悲剧把生活的苦恼和死的幻灭通过放大镜，射到某种距离以外去看。苦闷的呼号变成庄严灿烂的意象，霎时间使人脱开现实的重压而游魂于幻境，这就是尼采所说的"从形相得解脱"（redemption through appearance）。

谈恐惧心理

最近这几个月中,人们都有大难临头的预感,骚动得特别厉害。一会儿大家纷纷抢购粮食,出比市价高几倍的价钱也在所不惜,仿佛以为不如此就会有一天会饿死,像长春人民一样,一会儿大家又纷纷抛售衣物房屋,仿佛以为他们所居的地方危在旦夕,先捞几个现钱再说,到必要时可以逃到他们所想象的安全地带。平津人纷纷逃到京沪,京沪人纷纷逃到平津,像惊鼠似的东奔西窜,惹得交通格外拥挤,秩序格外紊乱。这种惊慌的情形可以从政治经济教育社会种种观点来看,在这里我想只把它当作一个心理学的课题来稍加分析。

一切惊慌恐惧都起于危险的感觉,而一切危险,分析到究竟,都是对于生命的威胁。贪生是人与一般动物的最强烈的本能。尽管一个生命如何渺小,如何苦痛,尽管它的主子有时对它如何咒骂,真正到它有丧失的危险时,它还是一种"食之无肉，弃之可惜"的鸡肋，它的主子拼命也要把握着不放。就是这种生命的执着引起对于威胁生命的危险情境生恐惧。一切恐惧到头来只不过是"怕死"。

可是一个人如果真正到了绝境，面前只有死路一条，无可避免，恐惧无补于事，他也就不会恐惧。牛羊到了屠场，知道一切都完了，心里冷了下来，也就定了下来。许多死囚很潇洒自在地上刑场，道理也是如此。引起恐惧的危险情境大抵不是绝境。从心理学观点看，恐惧情绪与逃避本能是分不开的，所以恐惧的对象是可逃避的，这逃避的可能在恐惧者的心中还是一线希望。希望本是恐惧的反面，可是二者常在"狼狈为奸"，缺了一个，另一个就不能行。临到一个险境好比站在一面剃刀锋上，倒东则活，倒西则死，望到倒东的可能便起希望，望到倒西的可能便起恐惧。所以贪生与怕死只是一件事的两面相。怕死，对于生就还没有绝望。

险境既然不是绝境，它就只有可能性而没有确定性。一个人当着险境，常是悬在虚空中，捉摸不定，把握不住，茫然不知所措，于是才感到恐惧。所以在恐惧心理状态中，理智难得清醒，知识总是模糊，情境在疑似之中，应付无果决之策，当其境者似有所知。又似无所知。如果毫无所知，他就会糊涂胆大，不知恐惧。"盲人骑瞎马，夜半临深池"，是一个典型的险境，但是盲人自己却若无其事。如果知道得清清楚楚，把握得住情境，也把握得住自己，他就应付有方，也不会恐惧。比

如说生死问题,古今圣贤豪杰都不在这上面绞脑筋,因为他们"知命",一切看透了,生和死都只是理所当然。再比如危险境界,像拿破仑那一类冒险家对之也无动于衷,因为他们明白那只是一个待解决的问题,而他们对于那问题的解决抱有坚强的自信。恐惧都表现性格上的一种弱点,或是理智的欠缺,或是意志的薄弱。俗语说得好:"心虚胆怯"。心不虚,胆就不怯。所谓"心虚"就是由于把握不住环境,因而把握不住自己。所以多疑者最易起恐惧,狐鼠是最好的例。

"疑心生暗鬼",恐惧者由于知解的含糊和自信心的丧失,对于所恐惧的对象常用幻想把它加以夸张放大,望见风,就是雨,一两分的危险便夸张放大成为十二万分。往往所谓危险全是一种错觉,"风声鹤唳,草木皆兵"。我自己亲眼见过一件事可以为证。约莫三十年前,我在武昌高师校读书。有一天正午。一百多同学正在饭厅里吃饭,猛然有几声枪声,顿时全饭厅里的人们都惊慌起来,有躲在饭桌下面的,有拿凳子顶在头上的,有乱窜乱叫的,有用拳头打破玻璃窗打得鲜血淋漓的。我当时没有注意到那响声,所以若无其事,能很清楚地观察到当场的人们的那种可怜可笑的神色。由那神色看来,他们仿佛以为那响声起于饭厅建筑本身,他们所恐惧的是那座旧房屋的倒塌,会使他们同归于尽。房屋当然并没有倒塌,而事后调查,那枪声的出发点距饭厅还有一里多路。这也许是一个极端的事例,不过许多引起惊慌恐惧的情境往往像这样是错觉所生的幻象,把本不存在，或者不如所想象的那么严重。

"恐惧的对象都是经过夸张放大的，在群众中这种夸张放大尤其一放不可收拾。群众是一个两面头的怪物，它可以壮声势也可以寒心胆。一个人怕，不算一回事，周围的人们都怕，那就真正可怕了。若是树上只有一只鸟，你放一声枪，它可能不理睬，纵然飞逃也是懒洋洋的。若是树上有一大群鸟，一声枪响就吓得它们惊叫乱窜。是鸟都飞散了，你从来不会发现有一只大胆的鸟敢留在那里。理由是很简单的。一只孤单的鸟在恐惧中见不到自己恐惧的神色，好比一个声音触不起回响，就不会放大。一大群鸟都恐惧时，每只鸟的恐惧神色都映在余鸟的眼帘里，于是每只鸟就由于同情的回荡，把所见到的许多鸟的恐惧都灌注到他自己的恐惧里去，汇众水于巨流。这是群众心理学家们所说的模拟作用和暗示作用。很显然地这时候引起恐惧的并非当时危险情境本身，而是同类的恐惧的神色。不消说得，这种放大的恐惧要远超过当时危险情境本身所需要的。这可以说是群众的病态心理。一个群众到了染上这种病态时，就失去一切自制力与自信心，什么事也不会成功。俗语说，"兵败如山崩"，就是这个道理。群众也有群众的错觉和幻想，当然也就可以把一个危险情境夸张放大，以讹传讹，往往把真实情况弄得牛头不对马嘴。由于这个缘故，谣言在一个恐慌的群众中特别占势力。

恐惧是一种情绪，根源在逃避本能。依一般心理学家说，凡是情绪和本能在生物进化上都有它们的功用，对于人和动物的生存都有裨益。关于恐惧，我就不免怀疑。恐惧的最常见的后果不外两种。一种是使当事者落到瘫痪状态。请看鼠见着猫或是小动物见着蛇，还没有被捕噬，就吓得不能动弹。有时猫还故意把捕得的鼠放去，任它逃而它却吓得不能逃。人也是如此，许多人在惊慌中最常见的反应是"仓皇失措"，不知道怎么办，只好什么都不办。另一种是使当事者落到狂乱状态。应该逃开那危险的局面，他是知道的，可是怎样逃开，他却不知道，于是手慌脚忙，乱冲乱撞，结果往往闯出更大的祸事。许多避难的人并不死于枪林弹雨而死于拥挤践踏之类意外之灾。我颇疑心恐惧这种情绪在动物的原始阶段或许有它的用处，到了人类现阶段，它就有如盲肠，害多于利。因此，我很同情于柏拉图，他认为"理想国"的公民应尽力拔除恐惧的情绪，同时，我也很向往中国先贤所提倡的雍容镇静和大无畏的精神。

第 三 辑
文学的价值

每个人不都能运用形色或音调,可是每个人只要能说话就能运用语言,只要能识字就能运用文字。语言文字是每个人表现情感思想的一套随身法宝,它与情感思想有最直接的关系。因为这个缘故,文学是一般人接近艺术的一条最直截简便的路;也因为这个缘故,文学是一种与人生最密切相关的艺术。

无言之美

孔子有一天突然很高兴地对他的学生说:"予欲无言。"子贡就接着问他:"子如不言,则小子何述焉?"孔子说:"天何言哉?四时行焉,百物生焉。天何言哉?"

这段赞美无言的话,本来从教育方面着想。但是要明瞭无言的意蕴,宜从美术观点去研究。

言所以达意,然而意决不是完全可以言达的。因为言是固定的,有迹象的;意是瞬息万变,飘渺无踪的。言是散碎的,意是混整的。言是有限的,意是无限的。以言达意,好像用断续的虚线画实物,只能得其近似。

所谓文学,就是以言达意的一种美术。在文学作品中,语言之先的意象,和情绪意旨所附丽的语言,都要尽美尽善,才能引起美感。

尽美尽善的条件很多。但是第一要不违背美术的基本原理,要"和自然逼真"（true to nature）：这句话讲得通俗一点，就是说美术作品不能说谎。不说谎包含有两种意义：一、我们所说的话，就恰似我们所想说的话。二、我们所想说的话，我们都吐肚子说出来了，毫无余蕴。

意既不可以完全达之以言，"和自然逼真"一个条件在文学上不是做不到么？或者我们问得再直截一点，假使语言文字能够完全传达情意，假使笔之于书的和存之于心的铢两悉称，丝毫不爽，这是不是文学上所应希求的一件事？

这个问题是了解文学及其他美术所必须回答的。现在我们姑且答道：文字语言固然不能全部传达情绪意旨，假使能够，也并非文学所应希求的。一切美术作品也都是这样，尽量表现，非惟不能，而也不必。

先从事实下手研究。譬如有一个荒村或任何物体，摄影家把它照一幅相，美术家把它画一幅画。这种相片和图画可以从两个观点去比较：第一，相片或图画，哪一个较"和自然逼真"？不消说得，在同一视阈以内的东西，相片都可以包罗尽致，并且体积比例和实物都两两相称，不会有丝毫错误。图画就不然；美术家对一种境遇，未表现之先，先加一番选择。选择定的材料还须经过一番理想化，把美术家的人格参加进去，然后表现出来。所表现的只是实物一部分，就连这一部分也不必和实物完全一致。所以图画决不能如相片一样"和自然逼真"。第二，我们再问，相片和图画所引起的美感哪一个浓厚，所发生的印象哪一个深刻,这也不消说,稍有美术口胃的人都觉得图画比相片美得多。

文学作品也是同样。譬如《论语》,"子在川上曰:'逝者如斯夫,不舍昼夜!'"几句话决没完全描写出孔子说这番话时候的心境,而"如斯夫"三字更笼统,没有把当时的流水形容尽致。如果说详细一点,孔子也许这样说:"河水滚滚地流去,日夜都是这样,没有一刻停止。世界上一切事物不都像这流水时常变化不尽么?过去的事物不就永远过去决不回头么?我看见这流水心中好不惨伤呀!……"但是纵使这样说去,还没有尽意。而比较起来,"逝者如斯夫,不舍昼夜!"九个字比这段长而臭的演义就值得玩味多了!在上等文学作品中,尤其在诗词中这种言不尽意的例子处处都可以看见。譬如陶渊明的《时运》,"有风自南,翼彼新苗;"《读〈山海经〉》,"微雨从东来,好风与之俱;"本来没有表现出诗人的情绪,然而玩味起来,自觉有一种闲情逸致,令人心旷神怡。钱起的《省试湘灵鼓瑟》末二句,"曲终人不见,江上数峰青,"也没有说出诗人的心绪,然而一种凄凉惜别的神情自然流露于言语之外。此外像陈子昂的《幽州台怀古》,"前不见古人,后不见来者,念天地之悠悠,独怆然而涕下!"李白的《怨情》,"美人卷珠帘,深坐颦蛾眉。但见泪痕湿,不知心恨谁。"虽然说明了诗人的情感,而所说出来的多么简单,所含蓄的多么深远!再就写景说,无论何种境遇,要描写得惟妙惟肖,都要费许多笔墨。但是大手笔只选择两三件事轻描淡写一下,完全境遇便呈露眼前,栩栩如生。譬如陶渊明的《归园田居》,"方宅十余亩,草屋八九间。榆柳荫后檐,桃李罗堂前。暧暧远人村,依依墟里烟。狗吠深巷中,鸡鸣桑树颠。"四十字把乡村风景描写多么真切!再如杜工部的《后出塞》,"落日照大旗,马鸣风萧萧。平沙列万幕,部伍各见招。中天悬明月,令严夜寂寥。悲笳数声动,壮士惨不骄。"寥寥几句话,把月夜沙场状况写得多么有声有色,然而仔细观察起来,乡村景物还有多少为陶渊明所未提及,战地情况还有多少为杜工部所未提及。从此可知文学上我们并不以尽量表现为难能可贵。

在音乐里面,我们也有这种感想,凡是唱歌奏乐,音调由洪壮急促而变到低微以至于无声的时候,我们精神上就有一种沉默肃穆和平愉快的景象。白香山在《琵琶行》里形容琵琶声音暂时停顿的情况说,"水泉冷涩弦凝绝,凝绝不通声暂歇。别有幽愁暗恨生,此时无声胜有声。"这就是形容音乐上无言之美的滋味。著名英国诗人济慈(Keats)在《希腊花瓶歌》也说,"听得见的声调固然幽美,听不见的声调尤其幽美"(Heard melodies are sweet; but, those unheard are sweeter),也是说同样道理。大概喜欢音乐的人都尝过此中滋味。

就戏剧说,无言之美更容易看出。许多作品往往在热闹场中动作快到极重要的一点时,忽然万籁俱寂,现出一种沉默神秘的景象。梅特林克(Maeterlinck)的作品就是好例。譬如《青

文学的价值

鸟》的布景,择夜阑人静的时候,使重要角色睡得很长久,就是利用无言之美的道理。梅氏并且说:"口开则灵魂之门闭,口闭则灵魂之门开。"赞无言之美的话不能比此更透辟了。莎士比亚的名著《哈姆雷特》一剧开幕便描写更夫守夜的状况,德林瓦特(Drinkwater)在其《林肯》中描写林肯在南北战争军事旁午的时候跪着默祷,王尔德(O. Wilde)的《温德梅尔夫人的扇子》里面描写温德梅尔夫人私奔在她的情人寓所等候的状况,都在兴酣局紧,心悬悬渴望结局时,放出沉默神秘的色彩,都足以证明无言之美的。近代又有一种哑剧和静的布景,或只有动作而无言语,或连动作也没有,就将靠无言之美引人入胜了。

雕刻塑像本来是无言的,也可以拿来说明无言之美。所谓无言,不一定指不说话,是注重在含蓄不露。雕刻以静体传神,有些是流露的,有些是含蓄的。这种分别在眼睛上尤其容易看见。中国有一句谚语说,"金刚怒目,不如菩萨低眉",所谓怒目,便是流露;所谓低眉,便是含蓄。凡看低头闭目的神像,所生的印象往往特别深刻。最有趣的就是西洋爱神的雕刻,她们男女都是瞎了眼睛。这固然根据希腊的神话,然而实在含有美术的道理,因为爱情通常都在眉目间流露,而流露爱情的眉目是最难比拟的。所以索性雕成盲目,可以耐人寻思。当初雕刻家原不必有意为此,但这些也许是人类不用意识而自然碰的巧。

要说明雕刻上流露和含蓄的分别,希腊著名雕刻《拉奥孔》

(Laocoön)是最好的例子。相传拉奥孔犯了大罪,天神用了一种极惨酷的刑法来惩罚他,遣了一条恶蛇把他和他的两个儿子在一块绞死了。在这种极刑之下,未死之前当然有一种悲伤惨戚、目不忍睹的一顷刻,而希腊雕刻家并不擒住这一顷刻来表现,他只把将达苦痛极点前一顷刻的神情雕刻出来,所以他所表现的悲哀是含蓄不露的。倘若是流露的,一定带了挣扎呼号的样子。这个雕刻,一眼看去,只觉得他们父子三人都有一种难言之恫;仔细看去,便可发现条条筋肉根根毛孔都暗示一种极苦痛的神情。德国辛(Lessing)的名著《拉奥孔》就根据这个雕刻,讨论美术上含蓄的道理。

以上是从各种艺术中信手拈来的几个实例。把这些个别的实例归纳在一起,我们可以得一个公例,就是:拿美术来表现思想和情感,与其尽量流露,不如稍有含蓄;与其吐肚子把一切都说出来,不如留一大部分让欣赏者自己去领会。因为在欣赏者的头脑里所生的印象和美感,有含蓄比较尽量流露的还要更加深刻。换句话说,说出来的越少,留着不说的越多,所引起的美感就越大越深越真切。

这个公例不过是许多事实的总结束。现在我们要进一步求出解释这个公例的理由。我们要问何以说得越少,引起的美感反而越深刻?何以无言之美有如许势力?

想答复这个问题,先要明白美术的使命。人类何以有美术的要求了这个问题本非一言可尽。现在我们姑且说,美术是帮

文学的价值

助我们超现实而求安慰于理想境界的。人类的意志可向两方面发展：一是现实界，一是理想界。不过现实界有时受我们的意志支配，有时不受我们的意志支配。譬如我们想造一所房屋，这是一种意志。要达到这个意志，必费许多力气去征服现实，要开荒辟地，要造砖瓦，要架梁柱，要赚钱去请泥水匠。这些事都是人力可以办到的，都是可以用意志支配的。但是我们的意志想造一座空中楼阁。现实界凡物皆向他心下坠一条定律，就不可以用意志征服。所以意志在现实界活动，处处遇障碍，处处受限制，不能圆满地达到目的，实际上我们的意志十之八九都要受现实限制，不能自由发展。譬如谁不想有美满的家庭？谁不想住在极乐国？然而在现实界决没有所谓极乐美满的东西存在。因此我们的意志就不能不和现实发生冲突。

一般人遇到意志和现实发生冲突的时候，大半让现实征服了意志，走到悲观烦闷的路上去，以为件件事都不如人意，人生还有什么意味了，所以堕落，自杀，逃空门种种的消极的解决法就乘虚而入了，不过这种消极的人生观不是解决意志和现实冲突最好的方法。因为我们人类生来不是懦弱者，而这种消极的人生观甘心让现实把意志征服了，是一种极懦弱的表示。

然则此外还有较好的解决法？有的，就是我所谓超现实。我们处世有两种态度，人力所能做到的时候，我们竭力征服现实。人力莫可奈何的时候，我们就要暂时超脱现实，储蓄精力待将来再向他方面征服现实。超脱到哪里去呢？超脱到理想界去。现实界处处有障碍有限制，理想界是天空任鸟飞，极空阔极自由的。现实界不可以造空中楼阁，理想界是可以造空中楼阁的。现实界没有尽美尽善，理想界是有尽美尽善的。

姑取实例来说明。我们走到小城市里去，看见街道窄狭污浊，处处都是阴沟厕所，当然感觉不快，而意志立时就要表示态度。如果意志要征服这种现实哩，我们就要把这种街道房屋一律拆毁，另造宽大的马路和清洁的房屋。但是谈何容易？物质上发生种种障碍，这一层就不一定可以做到。意志在此时如何对付呢？他说：我要超脱现实，去在理想界造成理想的街道房屋来，把它表现在图画上，表现在雕刻上，表现在诗文上。于是结果有所谓美术作品。美术家成了一件作品，自己觉得有创造的大力，当然快乐已极。旁人看见这种作品，觉得它真美丽，于是也愉快起来了，这就是所谓美感。

因此美术家的生活就是超脱现实的生活，美术作品就是帮助我们超脱现实到理想界去求安慰的。换句话说，我们有美术的要求，就因为现实界待遇我们太刻薄，不肯让我们的意志推行无碍，于是我们的意志就跑到理想界去求慰情的路径。美术作品之所以美，就美在它能够给我们很好的理想境界。所以我们可以说，美术作品的价值高低就看它超脱现实的程度大小，就看它所创造的理想世界是阔大还是窄狭。

但是美术又不是完全可以和现实界绝缘的。它所用的工具——例如雕刻用的石头、图画用的颜色、诗文用的语言——

都是在现实界取来的。它所用的材料例如人物情状悲欢离合——也是现实界的产物。所以美术可以说是以毒攻毒，利用现实的帮助以超脱现实的苦恼。上面我们说过，美术作品的价值高低要看它超脱现实的程度如何。这句话应稍加改正，我们应该说，美术作品的价值高低，就看它能否借极少量的现实界的帮助，创造极大量的理想世界出来。

在实际上说，美术作品借现实界的帮助愈少，所创造的理想世界也因而愈大。再拿相片和图画来说明。何以相片所引起的美感不如图画呢？因为相片上一形一影，件件都是真实的，而且应有尽有，发泄无遗。我们看相片，种种形影好像钉子把我们的想象力都钉死了。看到相片，好像看到二五，就只能想到一十，不能想到其他数目。换句话说，相片把事物看得忒真，没有给我们以想象余地。所以相片，只能抄写现实界，不能创造理想界。图画就不然。图画家用美术眼光，加一番选择的功夫，在一个完全境遇中选了一小部事物，把它们又经过一番理想化，然后才表现出来。惟其留着一大部分不表现，欣赏者的想象力才有用武之地。想象作用的结果就是一个理想世界。所以图画所表现的现实世界虽极小而创造的理想世界则极大。孔子谈教育说，"举一隅不以三隅反，则不复也。"相片是把四隅通举出来了，不要你劳力去"复"。图画就只举一隅，叫欣赏者加一番想象，然后"以三隅反"。

流行语中有一句说："言有尽而意无穷"。无穷之意达之以有尽之言,所以有许多意,尽在不言中。文学之所以美,不仅在有尽之言,而尤在无穷之意。推广地说,美术作品之所以美,不是只美在已表现的一部分,尤其是美在未表现而含蓄无穷的一大部分,这就是本文所谓无言之美。

因此美术要和自然逼真一个信条应该这样解释:和自然逼真是要窥出自然的精髓所在,而表现出来;不是说要把自然当作一篇印版文字,很机械地抄写下来。

这里有一个问题会发生。假使我们欣赏美术作品,要注重在未表现而含蓄着的一部分,要超"言"而求"言外意",各个人有各个人的见解,所得的言外意不是难免殊异吗?当然,美术作品之所以美,就美在有弹性,能拉得长,能缩得短。有弹性所以不呆板。同一美术作品,你去玩味有你的趣味,我去玩味有我的趣味。譬如莎氏乐府所以在艺术上占极高位置,就因为各种阶级的人在不同的环境中都欢喜读他。有弹性所以不陈腐。同一美术作品,今天玩味有今天的趣味,明天玩味有明天的趣味。凡是经不得时代淘汰的作品都不是上乘。上乘文学作品,百读都令人不厌的。

就文学说,诗词比散文的弹性大;换句话说,诗词比散文所含的无言之美更丰富。散文是尽量流露的,愈发挥尽致,愈见其妙。诗词是要含蓄暗示,若即若离,才能引人入胜。现在一般研究文学的人都偏重散文——尤其是小说。对于诗词很疏忽。这件事实可以证明一般人文学欣赏力很薄弱。现在如果要提高文学，必先提高文学欣赏力，要提高文学欣赏力，必先在诗词方面特下功夫，把鉴赏无言之美的能力养得很敏捷。因此我很希望文学创作者在诗词方面多努力，而学校国文课程中诗歌应该占一个重要的位置。

本文论无言之美，只就美术一方面着眼。其实这个道理在伦理哲学教育宗教及实际生活各方面，都不难发现。老子《道德经》开卷便说："道可道，非常道；名可名，非常名。"这就是说伦理哲学中有无言之美。儒家谈教育，大半主张潜移默化，所以拿时雨春风做比喻。佛教及其他宗教之能深入人心，也是借沉默神秘的势力。幼稚园创造者蒙台梭利利用无言之美的办法尤其有趣。在她的幼稚园里，教师每天趁儿童玩得很热闹的时候，猛然地在粉板上写一个"静"字，或奏一声琴。全体儿童于是都跑到自己的座位去，闭着眼睛蒙着头伏案假睡的姿势，但是他们不可睡着。几分钟后，教师又用很轻微的声音，从颇远的地方呼唤各个儿童的名字。听见名字的就要立刻醒起来。这就是使儿童可以在沉默中领略无言之美。

就实际生活方面说，世间最深切的莫如男女爱情。爱情摆在肚子里面比摆在口头上来得恳切。"齐心同所愿，含意俱未伸"和"更无言语空相觑"，比较"细语温存""怜我怜卿"的滋味还要更加甜蜜。英国诗人布莱克（Blake）有一首诗叫做《爱情之秘》(Love's Secret)里面说：

(一)

切莫告诉你的爱情,

爱情是永远不可以告诉的,

因为她像微风一样,

不做声不做气地吹着。

(二)

我曾经把我的爱情告诉而又告诉,

我把一切都披肝沥胆地告诉爱人了,

打着寒颤,耸头发地告诉,

然而她终于离我去了!

(三)

她离我去了,

不多时一个过客来了。

不做声不做气地,只微叹一声,

便把她带去了。

这首短诗描写爱情上无言之美的势力,可谓透辟已极了。本来爱情完全是一种心灵的感应,其深刻处是老子所谓不可道不可名的。所以许多诗人以为"爱情"两个字本身就太滥太寻常太乏味,不能拿来写照男女间神圣深挚的情绪。

其实何只爱情?世间有许多奥妙,人心有许多灵悟,都非言语可以传达,一经言语道破,反如甘蔗渣滓,索然无味。这个道理还可以推到宇宙人生诸问题方面去。我们所居的世界是最完美的，就因为它是最不完美的。这话表面看去，不通已极。但是实在含有至理。假如世界是完美的，人类所过的生活——比好一点，是神仙的生活，比坏一点，就是猪的生活——便呆板单调已极，因为倘若件件都尽美尽善了，自然没有希望发生，更没有努力奋斗的必要。人生最可乐的就是活动所生的感觉，就是奋斗成功而得的快慰。世界既完美，我们如何能尝创造成功的快慰？这个世界之所以美满，就在有缺陷，就在有希望的机会，有想象的田地。换句话说，世界有缺陷，可能性（potentiality）才大。这种可能而未能的状况就是无言之美。世间有许多奥妙，要留着不说出；世间有许多理想，也应该留着不实现。因为实现以后，跟着"我知道了！"的快慰便是"原来不过如是！"的失望。

　　天上的云霞有多么美丽！风涛虫鸟的声息有多么和谐！用颜色来摹绘，用金石丝竹来比拟，任何美术家也是作践天籁，糟蹋自然！无言之美何限？让我这种拙手来写照，已是糟粕枯骸！这种罪过我要完全承认的。倘若有人骂我胡言乱道，我也只好引陶渊明的诗回答他说："此中有真意，欲辨已忘言！"

我与文学

我生平有一种坏脾气,每到市场去闲逛,见一样就想买一样,无论是怎样无用的破铜破铁,只要我一时高兴它,就保留不住腰包里最后的一文钱。我做学问也是如此。今天丢开雪莱,去看守熏烟鼓测量反应动作,明天又丢开柏拉图,去在古罗马地道阴森曲折的坟窟中溯"哥特式"大教寺的起源。我已经整整地做过三十年的学生,这三十年的光阴都是这样东打一拳西踢一脚地过去了。

在现代社会制度和学问状况之下,百科全书式的学者已经没有存在的可能,一个人总得在许多同样有趣的路径之中选择一条出来走。这已经成为学术界中不成文的宪法,所以读书人初见面,都有一番寒暄套语,"您学哪一科?""文科。""哪一门?""文学。"假如发问者也是学文学的,于是"哪一国文学?

文学的价值

哪一方面？哪一时代？哪一个作者？"等问题就接着逼来了。我也屡次被人这样一层紧逼一层地盘问过，虽然也照例回答，心中总不免有几分羞意，我何尝专门研究文学？何况是哪一方面和哪一时代的文学呢？

在许多歧途中，我也碰上文学这条路，说来也颇堪一笑。我立志研究文学，完全由于字义的误解。我在幼时所接触的小知识阶级中，"研究文学"四个字只有两种流行的涵义：做过几首诗，发表几篇文章，甚至翻译过几篇伊索寓言或是安徒生童话，就算"研究文学"。其次随便哼哼诗念念文章，或是看看小说，也是"研究文学"。我幼时也欢喜哼哼诗，念念文章，自以为比做诗发表文章者固不敢望尘，若云哼诗念文即研究文学，则我亦何敢多让？这是我走上文学路的一个大原因。

谁知道区区字义的误解就误了我半世的光阴！到欧洲后见到西方"研究文学"者所做的工作以及他们所有的准备，才懂庄子海若望洋而叹的比喻，才知道"研究文学"这个玩艺儿并不像我原来所想象的那样简单，尤其不像我原来所想象的那样有趣。文学并不是一条直路通天边，由你埋头一直向前走，就可以走到极境的。"研究文学"也要绕许多弯路，也要做许多干燥辛苦的工作。学了英文还要学法文，学了法文还要学德文、希腊文、意大利文、印度文等等，时代的背景常把你拉到历史哲学和宗教的范围里去，文艺原理又逼你去问津图画、音乐、美学、心理学等等学问。这一场官司简直没有方法打得清！学科学的朋友们往往羡慕学文学者天天可以消闲自在地哼诗看小说是幸福，不像他们自己天天要埋头记干燥的公式，搜罗干燥的事实。其实我心里有苦说不出，早知道"研究文学"原来要这样东奔西窜，悔不如学得一件手艺，备将来自食其力。我现在还时时存着学做小儿玩具或编藤器的念头。学会做小儿玩具或编藤器，我还是可以照旧哼诗念文章，但是遇到一般人对于"研究文学"者"专门哪一方面？"式的问题就可以名正言顺地置之不理了。那是多么痛快的一大解脱！

我这番话并不是要唐突许多在外国大学中预备博士论文者，只是向国内一般青年自道甘苦。青年们免不掉像我一样有一个嗜好文艺的时期，在现代中国学风之中，也恐怕免不掉像我一样以哼诗念文章为"研究文学"。倘若他们再像我一样因误解字义而走上错路，自然也难免有一日要懊悔。文艺像历史哲学两种学问一样，有如金字塔，要铺下一个很宽广笨重的基础，才可以逐渐砌成一个尖顶出来。如果入手就想造成一个尖顶，结果只有倒塌。中国学者对于西方文艺思想和政教已有半世纪的接触了，而仍然是隔膜，不能不归咎于只想望尖顶而不肯顾到基础。在文艺、哲学、历史三种学问中，"专门"和"研究工作"种种好听的名词，在今日中国实在都还谈不到。

这番话只是一个已经失败者对于将来想成功者的警告。如果不死心踏地做基础工作,哼哼诗念念文章可以,随便做做诗发表几篇文章也可以,只是不要去"研究文学"。像我费过二三十年工夫的人还要走回头来学编藤器做小儿玩具,你说冤枉不冤枉!

文学与人生

文学是以语言文字为媒介的艺术。就其为艺术而言，它与音乐、图画、雕刻及一切号称艺术的制作有共同性：作者对于人生世相都必有一种独到的新鲜的观感，而这种观感都必有一种独到的新鲜的表现；这观感与表现即内容与形式，必须打成一片，融合无间，成为一种有生命的和谐的整体，能使观者由玩索而生欣喜。达到这种境界，作品才算是"美"。美是文学与其他艺术所必具的特质。就其以语言文字为媒介而言，文学所用的工具就是我们日常运思说话所用的工具，无待外求，不像形色之于图画雕刻，乐声之于音乐。每个人不都能运用形色或音调，可是每个人只要能说话就能运用语言，只要能识字就能运用文字。语言文字是每个人表现情感思想的一套随身法宝，它与情感思想有最直接的关系。因为这个缘故，文学是一般人接近艺术的一条最直截简便的路；也因为这个缘故，文学是一种与人生最密切相关的艺术。

我们把语言文字联在一起说，是就文化现阶段的实况而言，其实在演化程序上，先有口说的语言而后有手写的文字，写的文字与说的语言在时间上的距离可以有数千年乃至数万年之久，到现在世间还有许多民族只有语言而无文字。远在文字未产生以前，人类就有语言，有了语言就有文学。文学是最原始的也是最普遍的一种艺术。在原始民族中，人人都欢喜唱歌，都欢喜讲故事，都欢喜戏拟人物的动作和姿态。这就是诗歌、小说和戏剧的起源。于今仍在世间流传的许多古代名著，像中国的《诗经》，希腊的荷马史诗，欧洲中世纪的民歌和英雄传说，原先都由口头传诵，后来才被人用文字写下来。在口头传诵的时期，文学大半是全民众的集体创作。一首歌或是一篇故事先由一部分人倡始，一部分人随和，后来一传十，十传百，辗转相传，每个传播的人都贡献一点心裁把原文加以润色或增损。我们可以说，文学作品在原始社会中没有固定的著作权，它是流动的，生生不息的，集腋成裘的。它的传播期就是它的生长期，它的欣赏者也就是它的创作者。这种文学作品最能表现一个全社会的人生观感，所以从前关心政教的人要在民俗歌谣中窥探民风国运，采风观乐在春秋时还是一个重要的政典。我们还可以进一步说，原始社会的文字就几乎等于它的文化；它的历史、政治、宗教、哲学等等都反应在它的诗歌、神话和传说里面。希腊的神话史诗，中世纪的民歌传说以及近代中国边疆民族的歌谣、神话和民间的故事都可以为证。

口传的文学变成文字写定的文学，从一方面看，这是一个大进步，因为作品可以不纯由记忆保存，也不纯由口诵流传，它的影响可以扩充到更久更远。但从另一方面看，这种变迁也是文学的一个厄运，因为识字另需一番教育，文学既由文字保存和流传，文字便成为一种障碍，不识字的人便无从创造或欣赏文学，文学便变成一个特殊阶级的专利品。文人成了一个特殊阶级，而这阶级化又随社会演进而日趋尖锐，文学就逐渐和全民众疏远。这种变迁的坏影响很多，第一，文学既与全民众疏远，就不能表现全民众的精神和意识，也就不能从全民众的生活中吸收力量与滋养，它就不免由窄狭化而传统化，形式化，僵硬化。其次，它既成为一个特殊阶级的兴趣，它的影响也就限于那个特殊阶级，不能普及于一般人，与一般人的生活不发生密切关系，于是一般人就把它认为无足轻重。文学在文化现阶段中几已成为一种奢侈，而不是生活的必需。在最初，凡是能运用语言的人都爱好文学；后来文字产生，只有识字的人才能爱好文学；现在连识字的人也大半不能爱好文学，甚至有一部分鄙视或仇视文学，说它的影响不健康或根本无用。在这种情形之下，一个人要郑重其事地来谈文学，难免有几分心虚胆怯，他至少须说出一点理由来辩护他的不合时宜的举动。这篇开场白就是替以后陆续发表的十几篇谈文学的文章作一个辩护。

先谈文学有用无用问题。一般人嫌文学无用，近代有一批主张"为文艺而文艺"的人却以为文学的妙处正在它无用。它和其它艺术一样,是人类超脱自然需要的束缚而发出的自由活动。比如说,茶壶有用,因能盛茶,是壶就可以盛茶,不管它是泥的、瓦的、扁的、圆的,自然需要止于此。但是人不以此为满足,制壶不但要能盛茶,还要能娱目赏心,于是在质料、式样、颜色上费尽机巧以求美观。就浅狭的功利主义看,这种工夫是多余的,无用的;但是超出功利观点来看,它是人自作主宰的活动。人不惮烦要作这种无用的自由活动,才显得人是自家的主宰,有他的尊严,不只是受自然驱遣的奴隶;也才显得他有一片高尚的向上心。要胜过自然,要弥补自然的缺陷,使不完美的成为完美。文学也是如此。它起于实用,要把自己所感的说给旁人知道;但是它超过实用,要找好话说,要把话说的好,使旁人在话的内容和形式上同时得到愉快。文学所以高贵,值得我们费力探讨,也就在此。

这种"为文艺而文艺"的看法确有一番正当道理,我们不应该以浅狭的功利主义去估定文学的身价。但是我以为我们纵然退一步想,文学也不能说是完全无用。人之所以为人,不只因为他有情感思想,尤在他能以语言文字表现情感思想。试假想人类根本没有语言文字,像牛羊犬马一样,人类能否有那样灿烂的文化?文化可以说大半是语言文字的产品。有了语言文字,许多崇高的思想,许多微妙的情境,许多可歌可泣的事迹才能那样流传广播,由一个心灵出发,去感动无数的心灵,去启发无数心灵的创作。这感动和启发的力量大小与久暂,就看语言文字运用的好坏。在数千载之下,《左传》《史记》所写的人物事迹还能活现在我们眼前,若没有左丘明、司马迁的那种生动的文笔,这事如何能做到?在数千载之下,柏拉图的《对话集》所表现的思想对于我们还是那么亲切有趣,若没有柏拉图的那种深入而浅出的文笔,这事又如何能做到?从前也许有许多值得流传的思想与行迹,因为没有遇到文人的点染,就湮没无闻了。我们自己不时常感觉到心里有话要说而不出的苦楚么?孔子说得好:"言之无文,行之不远。"单是"行远"这一个功用就深广不可思议。

柏拉图、卢梭、托尔斯泰和程伊川都曾怀疑到文学的影响,以为它是不道德的或是不健康的。世间有一部分文学作品确有这种毛病,本无可讳言,但是因噎不能废食,我们只能归咎于作品不完美,不能断定文学本身必有罪过。从纯文艺观点看,在创作与欣赏的聚精会神的状态中,心无旁涉,道德的问题自无从闯入意识阈。纵然离开美感态度来估定文学在实际人生中的价值,文艺的影响也决不会是不道德的,而且一个人如果有纯正的文艺修养,他在文艺方面所受的道德影响可以比任何其他体验与教训的影响更较深广。"道德的"与"健全的"原无二义。健全的人生理想是人性的多方面的谐和的发展,没有残废也没有臃肿。譬如草木,在风调雨顺的环境之下,它的一般生机总是欣欣向荣,长得枝条茂畅,花叶扶疏。情感思想便是人的生机,生来就需要宣泄生长,发芽开花。有情感思想而不能表现,生机便遭窒塞残损,好比一株发育不完全而呈病态的花草。文艺是情感思想的表现,也就是生机的发展,所以要完全实现人生,离开文艺决不成。世间有许多对文艺不感兴趣的人干枯浊俗,生趣索然,其实都是一些精神方面的残废人,或是本来生机就不畅旺,或是有畅旺的生机因为窒塞而受摧残。如果一种道德观要养成精神上的残废人,它的本身就是不道德的。

表现在人生中不是奢侈而是需要,有表现才能有生展,文艺表现情感思想,同时也就滋养情感思想使它生展。人都知道文艺是"怡情养性"的。请仔细玩索"怡养"两字的意味!性情在怡养的状态中,它必是健旺的,生发的,快乐的。这"怡养"两字却不容易做到,在这纷纭扰攘的世界中,我们大部分时间与精力都费在解决实际生活问题,奔波劳碌,很机械地随着疾行车流转,一日之中能有几许时刻回想到自己有性情?还论怡养!凡是文艺都是根据现实世界而铸成另一超现实的意象世界,所以它一方面是现实人生的反照,一方面也是现实人生的超脱。在让性情怡养在文艺的甘泉时,我们霎时间脱去尘劳,得到精神的解放,心灵如鱼得水地徜徉自乐;或是用另一个比喻来说,在干燥闷热的沙漠里走得很疲劳之后,在清泉里洗一个澡,绿树阴下歇一会儿凉。世间许多人在劳苦里打翻转,在罪孽里打翻转,俗不可耐,苦不可耐,原因只在洗澡歇凉的机会太少。

从前中国文人有"文以载道"的说法，后来有人嫌这看法的道学气太重，把"诗言志"一句老话抬出来，以为文学的功用只在言志；释志为"心之所之"，因此言志包含表现一切心灵活动在内。文学理论家于是分文学为"载道"、"言志"两派，仿佛以为这两派是两极端，绝不相容——"载道"是"为道德教训而文艺"，"言志"是"为文艺而文艺"。其实这个问题的关键全在"道"字如何解释。如果释"道"为狭义的道德教训，载道显然就小看了文学。文学没有义务要变成劝世文或是修身科的高头讲章。如果释"道"为人生世相的道理，文学就决不能离开"道"，"道"就是文学的真实性。志为心之所之，也就要合乎"道"，情感思想的真实本身就是"道"，所以"言志"即"载道"，根本不是两回事，哲学科学所谈的是"道"，文艺所谈的仍是"道"，所不同者哲学科学的道理是抽象的，是从人生世相中抽绎出来的，好比从盐水中提出来的盐；文艺的道是具体的，是含蕴在人生世相中的，好比盐溶于水，饮者知咸，却不辨何者为盐，何者为水。用另一个比喻来说，哲学科学的道是客观的、冷的、有精气而无血肉的；文艺的道是主观的、热的，通过作者的情感与人格的渗沥，精气和血肉凝成完整生命的。换句话说，文艺的"道"与作者的"志"融为一体。

　　我常感觉到，与其说"文以载道"，不如说"因文证道"。《楞严经》记载佛有一次问他的门徒从何种方便之门，发菩提心，证圆通道。几十个菩萨罗汉轮次起答，有人说从声音，有人说从颜色,有人说从香味,大家共说出二十五个法门(六根、六尘、六识、七大,每一项都可成为证道之门)。读到这段文章,我心里起了一个幻想,假如我当时在座,轮到我起立作答时,我一定说我的方便之门是文艺。我不敢说我证了道,可是从文艺的玩索,我窥见了道的一斑。文艺到了最高的境界,从理智方面说,对于人生世相必有深广的观照与彻底的了解,如阿波罗凭高远眺,华严世界尽成明镜里的光影,大有佛家所谓万法皆空,空而不空的景象;从情感方面说,对于人世悲欢好丑必有平等的真挚的同情,冲突化除后的谐和,不沾小我利害的超脱,高等的幽默与高等的严肃,成为相反者之同一。博格森说世界时时刻刻在创化中,这好比一个无始无终的河流,孔子所看到的"逝者如斯夫,不舍昼夜",希腊哲人所看到的"濯足清流,抽足再入,已非前水",所以时时刻刻有它的无穷的兴趣。抓住某一时刻的新鲜景象与兴趣而给以永恒的表现,这是文艺。一个对于文艺有修养的人决不感觉到世界的干枯或人生的苦闷。他自己有表现的能力固然很好,纵然不能,他也有一双慧眼看世界,整个世界的动态便成为他的诗,他的图画,他的戏剧,让他的性情在其中"怡养"。到了这种境界,人生便经过了艺术化,而身历其境的人,在我想,可以算是一个有"道"之士。从事于文艺的人不一定都能达到这个境界,但是它究竟不失为一个崇高的理想,值得追求,而且在努力修养之后,可以追求得到。

谈作文

朋友：

我们对于许多事，自己愈不会做，愈望朋友做得好。我生平最大憾事就是对于美术和运动都一无所长。幼时薄视艺事为小技，此时亦偶发宏愿去学习，终苦于心劳力拙，怏怏然废去。所以每遇年幼好友，就劝他趁早学一种音乐，学一项运动。

其次，我极羡慕他人做得好文章。每读到一种好作品，看见自己所久想说出而说不出的话，被他人轻轻易易地说出来了，一方面固然以作者"先获我心"为快，而另一方面也不免心怀惭怍，惟其惭怍，所以每遇年幼好友，也苦口劝他练习作文，虽然明明知道人家会奚落我说："你这样起劲谈作文，你自己的文章就做得'蹩脚'！"

文章是可以练习的么？迷信天才的人自然嗤着鼻子这样问。但是在一切艺术里，天资和人力都不可偏废。古今许多第一流作者大半都经过刻苦的推敲揣摩的训练。法国福楼拜尝费三个月的功夫做成一句文章；莫泊桑尝登门请教，福楼拜叫他把十年辛苦成就的稿本付之一炬，从新起首学描实境。我们读莫泊桑那样的极自然极轻巧极流利的小说，谁想到他的文字也是费功夫作出来的呢？我近来看见两段文章，觉得是青年作者应该悬为座右铭的，写在下面给你看看：

一段是从托尔斯泰的儿子 Count Ilya Tolstoy 所做的《回想录》(*Reminiscences*)里面译出来的，这段记载托尔斯泰着《安娜·卡列尼娜》(*Anna Karenina*)修稿时的情形。他说："《安娜·卡列尼娜》初登俄报 Vyetnik 时，底页都须寄吾父亲自校对。他起初在纸边加印刷符号如删削句读等。继而改字，继而改句，继而又大加增删，到最后，那张底页便成百孔千疮，糊涂得不可辨识。幸吾母尚能认清他的习用符号以及更改增删。她尝终夜不眠替吾父誊清改过底页。次晨，她便把他很整洁的清稿摆在桌上，预备他下来拿去付邮。吾父把这清稿又拿到书房里去看'最后一遍'，到晚间这清稿又重新涂改过，比原来那张底页要更加糊涂，吾母只得再抄一遍。他很不安地向吾母道歉。'松雅吾爱，真对不起你，我又把你誊的稿子弄糟了。我再不改了。明天一定发出去。'但是明天之后又有明天。有时甚至于延迟几礼拜或几月。他总是说，'还有一处要再看一下'，于是把稿子再拿去改过。再誊清一遍。有时稿子已发出了，吾父忽然想到还要改几个字，便打电报去吩咐报馆替他改。"

你看托尔斯泰对文字多么谨慎，多么不惮烦！此外小泉八云给张伯伦教授（Prof. Chamberlain）的信也有一段很好的自白，他说："……题目择定，我先不去运思，因为恐怕易生厌倦。我作文只是整理笔记。我不管层次，把最得意的一部分先急忙地信笔写下。写好了，便把稿子丢开，去做其他较适宜的工作。到第二天，我再把昨天所写的稿子读一遍，仔细改过，再从头至尾誊清一遍，在誊清中，新的意思自然源源而来，错误也呈现了，改正了。于是我又把他搁起，再过一天，我又修改第三遍。这一次是最重要的，结果总比原稿大有进步，可是还不能说完善。我再拿一片干净纸作最后的誊清，有时须誊两遍。经过这四五次修改以后，全篇的意思自然各归其所，而风格也就改定妥帖了。"

小泉八云以美文著名，我们读他这封信，才知道他的成功秘诀。一般人也许以为这样咬文嚼字近于迂腐。在青年心目中，这种训练尤其不合胃口。他们总以为能倚马千言不加点窜的才算好脚色。这种念头不知误尽多少苍生！在艺术田地里比在道德田地里，我们尤其要讲良心。稍有苟且，便不忠实。听说印度的甘地主办一种报纸，每逢作文之先，必斋戒静坐沉思一日夜然后动笔。我们以文字骗饭吃的人们对此能不愧死么？

文章像其他艺术一样，"神而明之，存乎其人，"精微奥妙都不可言传，所可言传的全是糟粕。不过初学作文也应该认清路径，而这种路径是不难指点的。

文学的价值

　　学文如学画，学画可临帖，又可写生。在这两条路中间，写生自然较为重要。可是临帖也不可一笔勾销，笔法和意境在初学时总须从临帖中领会。从前中国文人学文大半全用临帖法。每人总须读过几百篇或几千篇名著，揣摩呻吟，至能背诵，然后执笔为文，手腕自然纯熟。欧洲文人虽亦重读书，而近代第一流作者大半由写生人手。莫泊桑初请教于福楼拜，福楼拜叫他描写一百个不同的面孔。霸若因为要描写吉卜赛野人生活，便自己去和他们同住，可是这并非说他们完全不临帖。许多第一流作者起初都经过模仿的阶段。莎士比亚起初模仿英国旧戏剧作者。布朗宁起初模仿雪莱。陀思妥耶夫斯基和许多俄国小说家都模仿雨果。我以为向一般人说法，临帖和写生都不可偏废。所谓临帖在多读书。中国现当新旧交替时代，一般青年颇苦无书可读。新作品寥寥有数，而旧书又受复古反动影响，为新文学家所不乐道。其实冬烘学究之厌恶新小说和白话诗，和新文学运动者之攻击读经和念古诗文，都是偏见。文学上只有好坏的分别，没有新旧的分别。青年们读新书已成时髦，用不着再提倡，我只劝有闲工夫有好兴致的人对于旧书也不妨去读读看。

　　读书只是一步预备的工夫，真正学作文，还要特别注意写生。要写生，须勤做描写文和记叙文。中国国文教员们常埋怨学生们不会做议论文。我以为这并不算奇怪。中学生的理解和知识大半都很贫弱，胸中没有议论，何能做得出议论文？许多国文教员们叫学生入手就做议论文，这是没有脱去科举时代的陋习。初学作议论文是容易走入空疏俗滥的路上去。我以为初学作文应该从描写文和记叙文入手，这两种文做好了，议论文是很容易办的。

这封信只就一时见到的几点说说。如果你想对于作文方法还要多知道一点，我劝你看看夏丏尊和刘薰宇两先生合著的《文章作法》。这本书有许多很精当的实例，对于初学是很有用的。

你的朋友　孟实

文学的价值

谈读书(一)

朋友:

中学课程很多,你自然没有许多时间去读课外书。但是你试抚心自问:你每天真抽不出一点钟或半点钟的功夫么?如果你每天能抽出半点钟,你每天至少可以读三四页,每月可以读一百页,到了一年也就可以读四五本书了。何况你在假期中每天断不会只能读三四页呢?你能否在课外读书,不是你有没有时间的问题,是你有没有决心的问题。

世间有许多人比你忙得多。许多人的学问都在忙中做成的。美国有一位文学家、科学家和革命家富兰克林,幼时在印刷局里做小工,他的书都是在做工时抽暇读的。不必远说,你应该还记得,国父孙中山先生,难道你比那一位奔走革命席不暇暖的老人家还要忙些么?他生平无论忙到什么地步,没有一天不偷暇读几页书。你只要看他的《建国方略》和《孙文学说》,你便知道他不仅是一个政治家,而且还是一个学者。不读书讲革命,不知道"光"的所在,只是窜头乱撞,终难成功。这个道理,孙先生懂得最清楚的,所以他的学说特别重"知"。

人类学问逐天进步不止,你不努力跟着跑,便落伍退后,这固不消说。尤其要紧的是养成读书的习惯,是在学问中寻出一种兴趣。你如果没有一种正常嗜好,没有一种在闲暇时可以寄托你的心神的东西,将来离开学校去做事,说不定要被恶习惯引诱。你不看见现在许多叉麻雀抽鸦片的官僚们绅商们乃至于教员们,不大半由学生出身么?你慢些鄙视他们,临到你来,再看看你的成就罢!但是你如果在读书中寻出一种趣味,你将来抵抗引诱的能力比别人定要大些。这种兴趣你现在不能寻出,将来永不会寻出的。凡人都越老越麻木,你现在已比不上三五岁的小孩子那样好奇、那样兴味淋漓了。你长大一岁,你感觉兴味的锐敏力便须迟钝一分。达尔文在自传里曾经说过,他幼时颇好文学和音乐,壮时因为研究生物学,把文学和音乐都丢开了,到老来他再想拿诗歌来消遣,便寻不出趣味来了。兴味要在青年时设法培养,过了正常时节,便会萎谢。比方打网球,你在中学时欢喜打,你到老都欢喜打。假如你在中学时代错过机会,后来要发愿去学,比登天边要难十倍。养成读书习惯也是这样。

你也许说,你在学校里终日念讲义看课本就是读书吗?讲义课本着意在平均发展基本知识,固亦不可不读。但是你如果

文学的价值

以为念讲义看课本，便尽读书之能事，就是大错特错。第一，学校功课门类虽多，而范围究极窄狭。你的天才也许与学校所有功课都不相近，自己在课外研究，去发现自己性之所近的学问。再比方你对于某种功课不感兴趣，这也许并非由于性不相近，只是规定课本不合你的口胃。你如果能自己在课外发现好书籍，你对于那种功课的兴趣也许就因而浓厚起来了。第二，念讲义看课本，免不掉若干拘束，想借此培养兴趣，颇是难事。比方有一本小说，平时自由拿来消遣，觉得多么有趣，一旦把它拿来当课本读，用预备考试的方法去读，便不免索然寡味了。兴趣要逍遥自在地不受拘束地发展，所以为培养读书兴趣起见，应该从读课外书入手。

书是读不尽的，就读尽也是无用，许多书没有一读的价值。你多读一本没有价值的书，便丧失可读一本有价值的书的时间和精力；所以你须慎加选择。你自己自然不会选择，须去就教于批评家和专门学者。我不能告诉你必读的书，我能告诉你不必读的书。许多人曾抱定宗旨不读现代出版的新书。因为许多流行的新书只是迎合一时社会心理，实在毫无价值，经过时代淘汰而巍然独存的书才有永久性，才值得读一遍两遍以至于无数遍。我不敢劝你完全不读新书，我却希望你特别注意这一点，因为现代青年颇有非新书不读的风气。别的事都可以学时髦，惟有读书做学问不能学时髦。我所指不必读的书，不是新书，是谈书的书，是值不得读第二遍的书。走进一个图书馆，

你尽管看见千卷万卷的纸本子,其中真正能够称为"书"的恐怕难上十卷百卷。你应该读的只是这十卷百卷的书。在这些书中间,你不但可以得较真确的知识,而且可以于无形中吸收大学者治学的精神和方法。这些书才能撼动你的心灵,激动你的思考。其他像"文学大纲"、"科学大纲"以及杂志报章上的书评,实在都不能供你受用。你与其读千卷万卷的诗集,不如读一部《国风》或《古诗十九首》,你与其读千卷万卷希腊哲学的书籍,不如读一部柏拉图的《理想国》。

你也许要问我像我们中学生究竟应该读些什么书呢?这个问题可是不易回答。你大约还记得北平京报副刊曾征求"青年必读书十种",结果有些人所举十种尽是几何代数,有些人所举十种尽是史记汉书。这在旁人看起来似近于滑稽,而应征的人却各抱有一番大道理。本来这种征求的本意,求以一个人的标准做一切人的标准,好像我只喜欢吃面,你就不能吃米,完全是一种错误见解。各人的天资、兴趣、环境、职业不同,你怎么能定出万应灵丹似的十种书,供天下无量数青年读之都能感觉同样趣味发生同样效力?

我为了写这封信给你,特地去调查了几个英国公共图书馆。他们的青年读物部最流行的书可以分为四类:(一)冒险小说和游记,(二)神话和寓言,(三)生物故事,(四)名人传记和爱国小说。就中代表的书籍是凡尔纳的《八十天环游地球》(Jules Verne: *Around the World in Eighty Days*)和《海底二万里》(*Twenty Thousand Leagues Under the Sea*)，笛福的《鲁滨孙漂流记》(Defoe: *Robinson Crusoe*)，大仲马的《三剑客》(A. Dumas: *Three Musketeers*)，霍桑的《奇书》和《丹谷闲话》(Hawthorne: *Wonder Book* and *Tangle Wood Tales*)，金斯利的《希腊英雄传》(Kingsley: *Heroes*)，法布尔的《鸟兽故事》(Fabre: *Story Book of Birds and Beasts*)，安徒生的《童话》(Andersen: *Fairy Tales*)，骚塞的《纳尔逊传》(Southey: *Life of Nelson*)，房龙的《人类故事》(Vanloon: *The Story of Mankind*)之类。这些书在国外虽流行，给中国青年读，却不十分相宜。中国学生们大半是少年老成，在中学时代就欢喜像煞有介事的谈一点学理。他们——你和我自然都在内——不仅欢喜谈谈文学，还要研究社会问题，甚至于哲学问题。这既是一种自然倾向，也就不能漠视，我个人的见解也不妨提起和你商量商量。十五六岁以后的教育宜注重发达理解，十五六岁以前的教育宜注重发达想象。所以初中的学生们宜多读想象的文字，高中的学生才应该读含有学理的文字。

谈到这里，我还没有答复应读何书的问题。老实说，我没有能力答复，我自己便没曾读过几本"青年必读书"，老早就读些壮年必读书。比方在中国书里，我最欢喜《国风》、《庄子》、《楚辞》、《史记》、《古诗源》、《文选》中的书笺、《世说新语》、《陶渊明集》、《李太白集》、《花间集》、张惠言《词选》、《红楼梦》等等。在外国书里，我最欢喜济慈(Keats)，雪莱

（Shelly），柯尔律治（Coleridge），布朗宁（Browning）诸人的诗集、索福克勒斯（Sophocles）的七悲剧、莎士比亚的《哈姆雷特》（Shakespeare：*Hamlet*），《李尔王》（*King Lear*）和《奥瑟罗》（*Othello*），歌德的《浮士德》（Goethe：*Faust*），易卜生（Ibsen）的戏剧集、屠格涅夫（Turgenef）的《处女地》（*Virgin Soil*）和《父与子》（*Fathers and Children*）、陀思妥耶夫斯基的《罪与罚》（Dostoyevsky：*Crime and Punishment*）、福楼拜的《包法利夫人》（Flaubert：*Madame Bovary*）、莫泊桑（Maupassant）的小说集、小泉八云（Lafcadio Hearn）关于日本的著作等等。如果我应北平京报副刊的征求，也许把这些古董洋货捧上，凑成"青年必读书十种"。但是我知道这是荒谬绝伦。所以我现在不敢答复你应读何书的问题。你如果要知道，你应该去请教你所知的专门学者，请他们各就自己所学范围以内指定三两种青年可读的书。你如果请一个人替你面面俱到的设想，比方他是学文学的人，他也许明知青年必读书应含有社会问题科学常识等等，而自己又没甚把握，姑且就他所知的一两种拉来凑数，你就像问道于盲了。同时，你要知道读书好比探险，也不能全靠别人指导，你自己也须得费些功夫去搜求。我从来没有听见有人按照别人替他定的"青年必读书十种"或"世界名著百种"读下去，便成就一个学者。别人只能介绍，抉择还要靠你自己。

关于读书方法。我不能多说，只有两点须在此约略提起。第一，凡值得读的书至少须读两遍。第一遍须快读，着眼在醒豁全篇大旨与特色。第二遍须慢读，须以批评态度衡量书的内容。第二，读过一本书，须笔记纲要和精彩的地方和你自己的意见。记笔记不特可以帮助你记忆，而且可以逼得你仔细，刺激你思考。记着这两点，其他琐细方法便用不着说。各人天资习惯不同，你用那种方法收效较大，我用那种方法收效较大，不是一概论的。你自己终久会找出你自己的方法，别人决不能给你一个方单，使你可以"依法炮制"。

你嫌这封信太冗长了吧？下次谈别的问题，我当力求简短。再会！

你的朋友　孟实

谈读书（二）

十几年前我曾经写过一篇短文谈读书，这问题实在是谈不尽，而且这些年来我的见解也有些变迁，现在再就这问题谈一回，趁便把上次谈学问有未尽的话略加补充。

学问不只是读书，而读书究竟是学问的一个重要途径。因为学问不仅是个人的事而是全人类的事，每科学问到了现在的阶段，是全人类分途努力日积月累所得到的成就，而这成就还没有淹没，就全靠有书籍记载流传下来。书籍是过去人类的精神遗产的宝库，也可以说是人类文化学术前进轨迹上的里程碑。我们就现阶段的文化学术求前进，必定根据过去人类已得的成就做出发点。如果抹煞过去人类已得的成就，我们说不定要把出发点移回到几百年前甚至几千年前，纵然能前进，也还是开倒车落伍。读书是要清算过去人类成就的总账，把几千年的人类思想经验在短促的几十年内重温一遍，把过去无数亿万人辛苦获来的知识教训集中到读者一个人身上去受用。有了这种准备，一个人总能在学问途程上作万里长征，去发现新的世界。

历史愈前进，人类的精神遗产愈丰富，书籍愈浩繁，而读书也就愈不易。书籍固然可贵，却也是一种累赘，可以变成研究学问的障碍。它至少有两大流弊。第一，书多易使读者不专精。我国古代学者因书籍难得，皓首穷年才能治一经，书虽读得少，读一部却就是一部，口诵心惟，咀嚼得烂熟，透入身心，变成一种精神的原动力，一生受用不尽。现在书籍易得，一个青年学者就可夸口曾过目万卷，"过目"的虽多，"留心"的却少，譬如饮食，不消化的东西积得愈多，愈易酿成肠胃病，许多浮浅虚骄的习气都由耳食肤受所养成。其次，书多易使读者迷方向。任何一种学问的书籍现在都可装满一图书馆，其中真正绝对不可不读的基本著作往往不过数十部甚至于数部。许多初学者贪多而不务得，在无足轻重的书籍上浪费时间与精力，就不免把基本要籍耽搁了；比如学哲学者尽管看过无数种的哲学史和哲学概论，却没有看过一种柏拉图的《对话集》，学经济学者尽管读过无数种的教科书，却没有看过亚当·斯密的《原富》。做学问如作战，须攻坚挫锐，占住要塞。目标太多了，掩埋了坚锐所在，只东打一拳，西踏一脚，就成了"消耗战"。

读书并不在多，最重要的是选得精，读得彻底。与其读十部无关轻重的书，不如以读十部书的时间和精力去读一部真正值得读的书；与其十部书都只能泛览一遍，不如取一部书精读十遍。"好书不厌百回读,熟读深思子自知",这两句诗值得每个读书人悬为座右铭。读书原为自己受用,多读不能算是荣誉,少读也不能算是羞耻。少读如果彻底,必能养成深思熟虑的习惯,涵泳优游,以至于变化气质;多读而不求甚解,则如驰骋十里洋场,虽珍奇满目,徒惹得心花意乱,空手而归。世间许多人读书只为装点门面,如暴发户炫耀家私,以多为贵。这在治学方面是自欺欺人,在做人方面是趣味低劣。

读的书当分种类,一种是为获得现世界公民所必需的常识,一种是为做专门学问。为获常识起见,目前一般中学和大学初年级的课程,如果认真学习,也就很够用。所谓认真学习,熟读讲义课本并不济事,每科必须精选要籍三五种来仔细玩索一番。常识课程总共不过十数种,每种选读要籍三五种,总计应读的书也不过五十部左右。这不能算是过奢的要求。一般读书人所读过的书大半不止此数,他们不能得实益,是因为他们没有选择,而阅读时又只潦草滑过。

常识不但是现世界公民所必需,就是专门学者也不能缺少它。近代科学分野严密,治一科学问者多故步自封,以专门为借口,对其他相关学问毫不过问。这对于分工研究或许是必要,而对于淹通深造却是牺牲。宇宙本为有机体,其中事理彼此息息相关,牵其一即动其余,所以研究事理的种种学问在表面上虽可分别,在实际上却不能割开。世间绝没有一科孤立绝缘的学问。比如政治学须牵涉到历史、经济、法律、哲学、心理学以至于外交、军事等等，如果一个人对于这些相关学问未曾问津，入手就要专门习政治学，愈前进必愈感困难，如老鼠钻牛角，愈钻愈窄，寻不着出路。其他学问也大抵如此，不能通就不能专，不能博就不能约。先博学而后守约，这是治任何学问所必守的程序。我们只看学术史，凡是在某一科学问上有大成就的人，都必定于许多它科学问有深广的基础。目前我国一般青年学子动辄喜言专门，以至于许多专门学者对于极基本的学科毫无常识，这种风气也许是在国外大学做博士论文的先生们所酿成的。它影响到我们的大学课程，许多学系所设的科目"专"到不近情理，在外国大学研究院里也不一定有。这好像逼吃奶的小孩去嚼肉骨，岂不是误人子弟？

有些人读书，全凭自己的兴趣。今天遇到一部有趣的书就把预拟做的事丢开，用全副精力去读它；明天遇到另一部有趣的书，仍是如此办，虽然这两书在性质上毫不相关，一年之中可以时而习天文，时而研究蜜蜂，时而读莎士比亚。在旁人认为重要而自己不感兴味的书都一概置之不理。这种读法有如打游击，亦如蜜蜂采蜜。它的好处在使读书成为乐事，对于一时兴到的著作可以深入，久而久之，可以养成一种不平凡的思路与胸襟。它的坏处在使读者泛滥而无所归宿，缺乏专门研究所必需的"经院式"的系统训练，产生畸形的发展，对于某一方面知识过于重视，对于另一方面知识可以很蒙昧。我的朋友中有专门读冷僻书籍，对于正经正史从未过问的，他在文学上虽有造就，但不能算是专门学者。如果一个人有时间与精力允许他过享乐主义的生活，不把读书当做工作而只当做消遣，这种蜜蜂采蜜式的读书法原亦未尝不可采用。但是一个人如果抱有成就一种学问的志愿，他就不能不有预定计划与系统。对于他，读书不仅是追求兴趣，尤其是一种训练，一种准备。有些有趣的书他得牺牲，也有些初看很干燥的书他必须咬定牙关去硬啃，啃久了他自然还可以啃出滋味来。

读书必须有一个中心去维持兴趣，或是科目，或是问题。以科目为中心时，就要精选那一科要籍，一部一部的从头读到尾，以求对于该科得到一个赅括的了解，作进一步高深研究的准备。读文学作品以作家为中心，读史学作品以时代为中心，也属于这一类。以问题为中心时，心中先须有一个待研究的问题，然后采关于这问题的书籍去读，用意在搜集材料和诸家对于这问题的意见，以供自己权衡去取，推求结论。重要的书仍须全看，其余的这里看一章，那里看一节，得到所要搜集的材料就可以丢手。这是一般做研究工作者所常用的方法，对于初学不相宜。不过初学者以科目为中心时，仍可约略采取以问题为中心的微意。一书作几遍看，每一遍只着重某一方面。苏东坡与王郎书曾谈到这个方法：

少年为学者，每一书皆作数次读之。当如入海，百货皆有，人之精力不能并收尽取，但得其所欲求者耳。故愿学者每一次作一意求之,如欲求古今兴亡治乱圣贤作用,且只作此意求之,勿生余念;又别作一次求事迹文物之类,亦如之。他皆仿此。若学成,八面受敌,与慕涉猎者不可同日而语。

朱子尝劝他的门人采用这个方法。它是精读的一个要诀,可以养成仔细分析的习惯。举看小说为例,第一次但求故事结构,第二次但注意人物描写,第三次但求人物与故事的穿插,以至于对话、辞藻、社会背景、人生态度等等都可如此逐次研求。

读书要有中心,有中心才易有系统组织。比如看史书,假定注意的中心是教育与政治的关系,则全书中所有关于这问题的史实都被这中心联系起来,自成一个系统。以后读其它书籍如经子专集之类,自然也常遇着关于政教关系的事实与理论,它们也自然归到从前看史书时所形成的那个系统了。一个人心里可以同时有许多系统中心,如一部字典有许多"部首",每得一条新知识,就会依物以类聚的原则,汇归到它的性质相近的系统里去,就如拈新字贴进字典里去,是人旁的字都归到人部,是水旁的字都归到水部。大凡零星片断的知识,不但易忘,而且无用。每次所得的新知识必须与旧有的知识联络贯串,这就是说,必须围绕一个中心归聚到一个系统里去,才会生根,才会开花结果。

记忆力有它的限度,要把读过的书所形成的知识系统,原本枝叶都放在脑里储藏起,在事实上往往不可能。如果不能储藏,过目即忘,则读亦等于不读。我们必须于脑以外另辟储藏室,把脑所储藏不尽的都移到那里去。这种储藏室在从前是笔记,在现代是卡片。记笔记和做卡片有如植物学家采集标本,须分门别类订成目录,采得一件就归入某一门某一类,时间过久了,采集的东西虽极多,却各有班位,条理井然。这是一个极合乎科学的办法,它不但可以节省脑力,储有用的材料,供将来的需要,还可以增强思想的条理化与系统化。预备做研究工作的人对于记笔记做卡片的训练,宜于早下工夫。

第 四 辑
闲情逸致

阿尔卑斯山谷中有一条大汽车路,两旁景物极美,路上插着一个标语牌劝告游人说:"慢慢走,欣赏啊!"许多人在这车如流水马如龙的世界过活,恰如在阿尔卑斯山谷中乘汽车兜风,匆匆忙忙地急驰而过,无暇一回首流连风景,于是这丰富华丽的世界便成为一个了无生趣的囚牢。这是一件多么可惋惜的事啊!

闲情逸致

谈休息

在世界各民族中,我们中国人要算是最能刻苦耐劳的。第一是农人。他们日出而作,日入而息,不分阴晴冷暖,总是硬着头皮,流着血汗,忙个不休。一年之中,他们最多只能在过年过节时歇上三五天,你如果住在乡下,常看他们在炎天烈日下车水、拔草,挑重担推重车上高坡,或是拉牵绳拖重载船上急滩。你对他们会起敬心也会起怜悯心,觉得他们虽是人,却在做牛马的工作,过牛马的生活。读书人比较算是有闲阶级,但在未飞黄腾达以前,也要经过一番艰苦的奋斗。从前私塾学生从天亮到半夜,都有规定的课程,休息对于他们是一个稀奇的名词。小学生们只有在先生打瞌睡时偷耍一阵,万一先生不打瞌睡,就只有找借口逃学。从前读书人误会"自强不息"的意思,以为"不息"就是不要休息。十年不下楼、十年不窥园、囊萤刺股、发愤忘食之类的故事在读书人中传为美谈,奉为模范。近代学校教育比从前私塾教育似乎也并不轻松多少。从小学以至大学，功课都太繁重，每日除上六七小时课外还要看课本做练习。世界各国学校上课钟点之多，假期之短少，似没有比得上我们的。

这种刻苦耐劳的精神原可佩服，但是对于身心两方的修养却是极大的危害。最刻苦耐劳的是我们中国人，体格最羸弱而工作最不讲效率的也是我们中国人。这中间似不无密切关系。我们对于休息的重要性太缺乏彻底的认识了。它看来虽似小问题，却为全民族的生命力所关，不能不提出一谈。

自然界事物都有一个节奏。脉搏一起一伏，呼吸一进一出，筋肉一张一弛，以至日夜的更替，寒暑的往来，都有一个劳动和休息的道理在内。草木和虫豸在冬天要枯要眠，土壤耕种了几年之后须休息，连机器输电灯线也不能昼夜不息地工作。世间没有一件事物能在一个状态维持到久远的，生命就是变化，而变化都有一起一伏的节奏，跳高者为着跳得高，先蹲着很低；演戏者为着造成一个紧张的局面，先来一个轻描淡写；用兵者守如处女，才能出如脱兔；唱歌者为着要拖长一个高音，先须深深地吸一口气。事例是不胜枚举的。世间固然有些事可以违拗自然去勉强，但是勉强也有它的限度。人的力量，无论是属于身或属于心的，到用过了限度时，必定是由疲劳而衰竭，由衰竭而毁灭。譬如弓弦，老是尽量地拉满不放松，结果必定是裂断。我们中国人的生活常像满引得弓弦，只图张的速效，不顾弛的蓄力，所以常在身心俱惫的状态中。这是政教当局所必须设法改善的。

一般人以为多延长工作的时间就可以多收些效果，比如说，一天能走一百里路，多走一天，就可以多走一百里路，如此天天走着不歇，无论走得多久，都可以维持一百里的速度。凡是走过长路的人都知道算盘打得不很精确，走久了不歇，必定愈走愈慢，以至完全走不动。我们走路的秘诀"不怕慢，只怕站"，实在只是片面的真理。永远站着固然不行，永远不站也不一定能走得远，不站就须得慢，慢有时延误事机；而偶尔站站却不至于慢，站后再走是加速度的唯一办法。我们中国人做事的通病就在怕站而不怕慢，慢条斯理地不死不活地望前挨，说不做而做着并没有歇，说做却并没有做出什么名色来。许多事就不讲效率，就要落后。西方各国都把效率看作一个迫切的问题，心理学家对这问题做了无数的实验，所得的结论是以同样时间去做同样工作，有休息的比没有休息的效率大得多。比如说，一长页的算学加法习题，继续不断地去做要费两点钟，如果先做五十分钟，继以二十分钟的休息，再做五十分钟，也还可以做完，时间上无损失而错误却较少。西方新式工厂大半都已应用这个原则去调节工作和休息的时间，结果工人的工作时间虽然少了，雇主的出品质量反而增加了。一般人以为休息是浪费时间，其实不休息的工作才真是浪费时间。此外还有精力的损耗更不经济。拿中国人与西方人相比，可工作的年龄至少有二十年的差别,我们到五六十岁就衰老无能为,他们那时还正年富力强,事业刚开始,这分别有多大!

休息不仅为工作蓄力,而且有时工作必须在休息中酝酿成熟。法国大数学家潘家赉研究数学上的难题,苦思不得其解,后来跑到街上闲逛,原来费尽气力不能解决的难题却于无意中就轻轻易易地解决了。据心理学家的解释,有意识作用的工作须得退到潜意识中酝酿一阵,才得着土生根。通常我们在放下一件工作之后,表面上似在休息,而实际上潜意识中那件工作还在进行,詹姆斯有"夏天学溜冰,冬天学泅水"的比喻,溜冰本来是前冬练习的,今夏无冰可溜,自然就想不到溜冰,算是在休息,但是溜冰的筋肉技巧却恰巧此时凝固起来。泅水也是如此,一切学习都如此。比如我们学写字,用功甚勤,进步总是显得很慢,有时甚至越写越坏。但是如果停下一些时候再写,就猛然觉得字有进步。进步之后又停顿,停顿之后又进步,如此辗转多次,字才易写得好。习字需要停顿,也是因为要有时间让筋肉技巧在潜意识中酝酿凝固。习字如此,习其他技术也是如此。休息的工夫并不是白费的,它的成就往往比工作的成就更重要。

《佛说四十二章经》里有一段故事,戒人为学不宜操之过急,说得很好:

"沙门夜诵迦叶佛教遗经,其声悲紧,思悔欲退。佛问之曰：'汝昔在家，曾为何业？'对曰：'爱弹琴。'佛言：'弦缓如何？'对曰：'不鸣矣。''弦急如何？'对曰：'声绝矣。''急缓得中如何？'对曰：'诸音普矣。'佛言：'沙门学道亦然。心若调适，道可得矣。于道若暴，暴即身疲；其身若疲，意即生恼；意若生恼，行即退矣。'"

我国先儒如程朱诸子教人为学，亦常力戒急迫，主张"优游涵泳"。这四字含有妙理，它所指的功夫是猛火煎后的慢火煨，紧张工作后的潜意识的酝酿。要"优游涵泳"，非有充分休息不可。大抵治学和治事，第一件要事是清明在躬，从容而灵活，常做得自家的主宰，提得起也放得下。急迫躁进最易误事。我有时写字或作文，在意兴不佳或微感倦怠时，手不应心，心里愈想好，而写出来的愈坏，在此时仍不肯丢下，带着几分气忿的念头勉强写下去，写成要不得就扯去，扯去重写仍是要不得，于是愈写愈烦躁，愈烦躁也就写得愈不像样。假如再发现神志不旺时立即丢开，在乡下散步，吸一口新鲜空气，看看蓝天绿水，陡然间心旷神怡，回头来再伏案做事，便觉精神百倍，本来做得很艰苦而不能成功的事，现在做起来却有手挥目送之乐，轻轻易易就做成了。不但作文写字如此，要想任何事做得好，做时必须精神饱满，工作成为乐事。一有倦怠或烦躁的意思，最好就把它搁下休息一会儿，让精神恢复后再来。

人须有生趣才能有生机。生趣是在生活中所领略得的快乐，生机是生活发扬所需要的力量。诸葛武侯所谓"宁静以致远"就包含生趣和生机两个要素在内，宁静才能有丰富的生趣和生机，而没有充分休息做优游涵泳的功夫的人们决难宁静。世间有许多过于辛苦的人，满身是尘劳，满腔是杂念，时时刻刻都为环境的需要所驱遣，如机械一般流转不息，自己做不得自己的主宰，呆板枯燥，没有一点生人之趣。这种人是环境压迫的牺牲者，没有力量抬起头来驾驭环境或征服环境，在事业和学问上都难有真正的大成就。我认识许多穷苦的农人，孜孜不辍的老学究和一天在办公室坐八小时的公务员，都令我起这种感想。假如一个国家里都充满着这种人，我们很难想象出一个光明世界来。

基督教的《圣经》叙述上帝创造世界的经过，于每段工作完成之后都赘上一句说："上帝看看他所做的事，看，每一件都很好！"到了第七天，上帝把他的工作都完成了，就停下来休息，并且加福于这第七天，因为在这一天他能够休息。这段简单的文字很可耐人寻味。我们不但需要时间工作，尤其需要时间对于我们所做的事回头看一看，看出它很好；并且工作完成了，我们需要一天休息来恢复疲劳的精神，领略成功的快慰。这一天休息的日子是值得"加福的"，"神圣化的"（圣经里所用的字时 blessed and sanctified）。在现代紧张的生活中，我们"车如流水马如龙"地向前直滚，曾不留下一点时光作一番静观和回味，以至华严世相都在特别快车的窗子里滑了过去，而我们也只是轮回戏盘中的木人木马，有上帝的榜样在那里而我们不去学，岂不是浪费生命！

我生平最爱陶渊明在《自祭文》里所说的两句话："勤靡余劳，心有常闲。"上句是尼采所说的狄俄倪索斯的精神，下句即是阿波罗的精神。动中有静，常保存自我主宰，这是修养的极境，人事算尽了，而神仙福分也就在尽人事中享着。现代人的毛病是"勤有余劳，心无偶闲"。这毛病不仅使生活索然寡味，身心俱惫，于事劳而无功，而且使人心地驳杂，缺乏冲和弘毅的气象，日日困于名缰利锁，叫整个世界日趋于干枯黑暗。但丁描写魔鬼在地狱中受酷刑，常特别着重"不停留"或"无间断"的字样。"不停留"、"无间断"自身就是一种惩罚，甘受这种惩罚的人们是甘愿人间成为地狱，上帝的子孙们，让我们跟着他的榜样，加福于我们工作之后休息的时光啊！

谈消遣

身和心的活动都有有节奏的周期,这周期的长短随各人的体质和物质环境而有差异。在周期限度,工作就必产生疲劳,不但没有效果,而且成为苦痛。到了疲劳,就必定有休息,才能恢复工作的效果。这道理极浅,无用深谈。休息的方式甚多,最理想而亦最普遍的是睡眠。在睡眠中生理的功能可以循极自然的节奏进行,各种筋肉虽仍在活动,却不需要紧张的注意力,也没有工作情境需要所加的压迫,它的动作是自由的、自然的、不费力的、倾向弛懈的。一个人如果每天在工作疲劳之后能得到充分时间的熟睡,比任何养生家的秘诀都灵验。午睡尤其有效。午睡醒了,午后又变成了清晨,一日之中就有两度的朝气。西方有些中小学里,时间表内有午睡的规定,那是很合理的。我国的理学家和各派宗教家于睡眠之外练习静坐。静坐可以使心境空灵,生理功能得到人为的调节,功用有时比睡眠更大。

但是初习静坐需要注意力的控制，有几分不自然，不易成为恒久的习惯，而且在近代生活状况之下，静坐的条件不易具备，所以它不能很普遍。

睡眠与静坐都不能算是完全的休息，因为许多生理的功能照旧在进行。严格地说，生物在未死以前决不能有完全的休息。有生气就必有活动，"活"与"动"是不可分的。劳而不息固然是苦，息而不劳尤其是苦。生机需要修养，也需要发泄。生机旺而不泄，像春天的草木萌发被砖石压着，或是把压力推开，冲吐出来，或是变成拳曲黄瘦，失去自然的形态。心理学家已经很明白地指示出来：许多心理的毛病都起于生机不得正当的发泄。从一般生物的生活看，精力的发泄往往同时就是精力的蓄养。人当少壮时期，精力最弥满，需要发泄也就愈强烈，愈发泄，精力也就愈充足。一个生气蓬勃的人必定有多方的兴趣，在每方面的活动都比常人活跃，一个人到了可以索然枯坐而不感觉不安时，他必定是一个行将就木得病夫或老者。如果他们在健康状态中，需要活动而不得活动，他必定感到愁苦抑郁。人生最苦的事是疾病幽囚，因为在疾病幽囚中，他或是失去了精力，或是失去了发泄精力的自由。

精力的发泄有两种途径：一是正当工作，一是普通所谓消遣，包含各种游戏运动和娱乐在内。我们不能全副精力去工作，因为同样的注意方向和同样的筋肉动作维持到相当的限度，必定产生疲劳，如上所述。人的身心构造是依据分工合作原理的。

对于各种工作我们都有相当的一套机器,一种才能和一副精力。比如说,要看有眼,要听有耳,要走有脚,要思想有头脑。我们运用眼的时候,耳可以休息,运用脑的时候,脚可以休息。所以在专用眼之后改着去用耳,或是在专用脑之后改着去用脚,我们虽然仍旧在活动,所用以活动的只是耳或脚,眼或脑就可以得到休息了。这种让一部分精力休息而另一部分精力活动的办法在西文中叫做 diversion,可惜在中文里没有恰当的译名。这也足见我们没有注意到它的重要。它的意义是"转向",工作方面的"换口味",精力的侧出旁击。我们已经说过,生物不能有完全的休息,普通所谓休息,除睡眠以外,大半是 diversion,这种"换口味"的办法对于停止的活动是精力的蓄养,对于正在进行的另一活动是精力的发泄。它好比打仗,一部分兵力上前线,难乎为继;全体的兵力都在后方按兵不动,过久也会疲老无用,仗自然更打不起来。更番瓜代仍是精力的最经济最合理的支配,无论是在军事方面或是在普通生活方面。

更番瓜代有种种方式。普通读书人用脑的机会比较多,最好常在用脑之后作一番筋肉活动,如散步、打球、栽花、做手工之类,一方面可以使脑得休息而恢复疲劳,一方面也可以破除同一工作的单调,不致发生厌闷。卢梭谈教育,主张学生多习手工,这不但因为手工有它的特殊的教育功效,也因为用手对于用脑是一种调节。大哲学家斯宾诺莎于研究哲学之外,操磨镜的职业,这固然是为着生活,实在也很合理,因为两种性质相差很远的工作互相更换，互为上文所说的 diversion，对于心身都有好影响。就生活理想说，劳心与劳力应该具备于一身，劳力的人绝对不劳心固然变成机械，劳心的人绝对不劳力也难免文弱干枯。现在劳心与劳力成为两种相对峙的阶级，这固然是历史与社会环境所造成的事实，但是我们应该不要忘记它并不甚合理。在可能范围之内，我们应该求心与力的活动能调节适中。我个人很羡慕中世纪欧洲僧院的生活，他们一方面诵经、抄书、画画，而且作很精深的哲学研究，一方面种地、砍柴、酿酒、织布。我常想到我们的学校在这个经济凋惫之际为什么不想一个自给自足的办法，有系统有计划地采行半工半读制？这不仅是从经济着眼，就从教育着眼，这也是一种当务之急。大部分学生来自田间，将来纵不全数回到田间，也要走进工厂或公务机关；如果在学校里只养成少爷小姐的心习，全不懂民生疾苦，他们决难担负现时代的艰巨责任。当然，本文所说的劳心与劳力的调剂也是一个重要的理由。

  不同性质的工作更番瓜代，固可以收到调剂和休息的效用，可是一个人不能时时刻刻都在工作，事实上没有这种需要，而且劳苦过度，工作也变成一种苦事，不能有很大的效率。我们有时须完全放弃工作，做一点无所为而为的活动，享受一点自由人的幸福。工作都有所为而为，带有实用目的；无所为而为，不带实用目的活动，都可以算作消遣。我们说"消遣"，意谓"混去时光"，含义实在不很好；西方人说"转向"（diversion），意谓"把精力朝另一方面去用",它和工作同称为occupation,比较可以见出消遣的用处。所谓occupation无恰当中文译词,似包含"占领"和"寄托"二义。在工作和消遣时,都有一件事物"占领"着我们的身心,而我们的身心也就"寄托"在那一件事物里面。身心寄托在那里,精力也就发泄在那里。拉丁文有一句成语说:"自然厌恶空虚。"这句话近代科学仍奉为至理名言。在物理方面,真空固不易维持,一有空隙,就有物来占领;在心理方面,真空虽是一部分宗教家(如禅宗)的理想,在实际上也是反乎自然而为自然所厌恶。我们都不愿意生活中有空隙,都愿常有事物"占领"着身心,没有事做时须找事做,不愿做事时也不甘心闲着,必须找一点玩意儿来消遣,否则便觉得厌闷苦恼。闲惯了,闷惯了,人就变干枯无生气。

消遣就是娱乐,无可消遣当然就是苦闷。世间欢喜消遣的人,无论他们的嗜好如何不同,都有一个共同点,就是他们必都有强旺的生活力,运动家和艺术家如此,嫖客赌徒乃至于烟鬼也是如此。他们的生活力强旺,发泄的需要也就跟着急迫。他们所不同者只在发泄的方式。这有如大水,可以灌田、发电或推动机器,也可以泛滥横流,淹毙人畜草木。同是强旺的生活力,用在运动可以健身,用在艺术可以怡情养性,用在吃喝嫖赌就可以劳民伤财,为非作歹。"浪子回头是个宝",也就是这个道理。所以消遣看来虽似末节,却与民族性格国家风纪都有密切关系。一个民族兴盛时有一种消遣方式,颓废时又有另一种消遣方式。古希腊罗马在强盛时,人民都欢喜运动、看戏、参加集会,到颓废时才有些骄奢淫逸的玩意儿如玩娈童看人兽斗之类。近代条顿民族多欢喜户外运动,而拉丁民族则多消磨时光于咖啡馆与跳舞厅。我国古代民族娱乐花样本极多,如音乐、跳舞、驰马、试剑、打猎、钓鱼、斗鸡、走狗等都含有艺术意味或运动意味。后来士大夫阶级偏嗜琴棋书画,虽仍高雅,已微嫌侧重艺术,带有几分"颓废"色彩。近来"民族形式"的消遣似只有打麻将、坐茶馆、吃馆子、逛窑子几种。对于这些玩意儿不感兴趣的人们除着做苦工之外,就只有索然枯坐,不能在生活中领略到一点乐趣。我经过几个大学和中学,看到大部分教员和学生终年没有一点消遣,大家都喊着苦闷,可是大家都不肯出点力把生活略加改善,提倡一些高级趣味的娱乐来排遣闲散时光。从消遣一点看,我们可以窥见民族生命力的低降。这是一个很危险地现象。它的原因在一般人不明了消遣的功用,把它太看轻了。

其实这事并不能看轻。柏拉图设计理想国的政治,主张消遣娱乐都由国法规定。儒家标六艺之教,其中礼、乐、射、御四项都带有消遣娱乐意味,只书、数两项才是工作。孔子谈修养,"居于仁"之后即继以"游于艺",这足见中西哲人都把消遣娱乐看得很重,梁任公先生有一文讲演消遣,可惜原文不在手边,记得大意是反对消遣浪费时光。他大概有见于近来我国一般消遣方式趣味太低级。但我们不能因噎废食。精力必须发泄，不发泄于有益身心的运动和艺术，便须发泄于有害身心的打牌、抽烟、喝酒、逛窑子。我们要禁绝有害身心的消遣方式，必须先提倡有益身心的消遣方式。比如水势须决堤泛滥，你不愿它决诸东方，就必须让它决诸西方，这是有心政治与教育的人们所应趁早注意设法的。要复兴民族，固然有许多大事要做，可是改善民众消遣娱乐，也未见得就是小事。

谈读诗与趣味的培养

据我的教书经验来说，一般青年都欢喜听故事而不欢喜读诗。记得从前在中学里教英文，讲一篇小说时常有别班的学生来旁听；但是遇着讲诗时，旁听者总是瞟着机会逃出去。就出版界的消息看，诗是一种滞销货。一部大致不差的小说就可以卖钱，印出来之后一年中可以再版三版。但是一部诗集尽管很好，要印行时须得诗人自己掏腰包作印刷费，过了多少年之后，藏书家如果要买它的第一版，也用不着费高价。

从此一点，我们可以看出现在一般青年对于文学的趣味还是很低。在欧洲各国，小说固然也比诗畅销，但是没有在中国的这样大的悬殊，并且有时诗的畅销更甚于小说。据去年的统计，法国最畅销的书是波德莱尔的《罪恶之花》。这是一部诗，而且并不是容易懂的诗。

一个人不欢喜诗，何以文学趣味就低下呢？因为一切纯文学都要有诗的特质。一部好小说或是一部好戏剧都要当作一首诗看。诗比别类文学较谨严，较纯粹，较精致。如果对于诗没有兴趣，对于小说戏剧散文等等的佳妙处也终不免有些隔膜。不爱好诗而爱好小说戏剧的人们大半在小说和戏剧中只能见到最粗浅的一部分，就是故事。所以他们看小说和戏剧，不问他们的艺术技巧，只求它们里面有有趣的故事。他们最爱读的小说不是描写内心生活或者社会真相的作品，而是《福尔摩斯侦探案》之类的东西。爱好故事本来不是一件坏事，但是如果要真能欣赏文学，我们一定要超过原始的童稚的好奇心，要超过对于《福尔摩斯侦探案》的爱好，去求艺术家对于人生的深刻的观照以及他们传达这种观照的技巧。第一流小说家不尽是会讲故事的人，第一流小说中的故事大半只像枯树搭成的花架，用处只在撑持住一园锦绣灿烂生气蓬勃的葛藤花卉。这些故事以外的东西就是小说中的诗。读小说只见到故事而没有见到它的诗，就像看到花架而忘记架上的花。要养成纯正的文学趣味，我们最好从读诗入手。能欣赏诗，自然能欣赏小说戏剧及其他种类文学。

如果只就故事说，陈鸿的《长恨歌传》未必不如白居易的《长恨歌》或洪升的《长生殿》，元稹的《会真记》未必不如王实甫的《西厢记》，兰姆（Lamb）的《莎士比亚故事集》未必不如莎士比亚的剧本。但是就文学价值说，《长恨歌》《西厢记》和莎士比亚的剧本都远非它们所根据的或脱胎的散文故事所可比拟。我们读诗，须在《长恨歌》《西厢记》和莎士比亚的剧本之中寻出《长恨歌传》、《会真记》和《莎士比亚故事集》之中所寻不出来的东西。举一个很简单的例来说，比如贾岛的《寻隐者不遇》：松下问童子，言师采药去。只在此山中，云深不知处。或是崔颢的《长干行》：君家何处住？妾住在横塘。停舟暂借问，或恐是同乡。里面也都有故事，但是这两段故事多么简单平凡？两首诗之所以为诗，并不在这两个故事，而在故事后面的情趣，以及抓住这种简朴而隽永的情趣，用一种恰如其分的简朴而隽永的语言表现出来的艺术本领。这两段故事你和我都会说，这两首诗却非你和我所做得出，虽然从表面看起来，它们是那么容易。读诗就要从此种看来虽似容易而实在不容易做出的地方下功夫，就要学会了解此种地方的佳妙。对于这种佳妙的了解和爱好就是所谓"趣味"。

各人的天资不同，有些人生来对于诗就感觉到趣味，有些人生来对于诗就丝毫不感觉到趣味，也有些人只对于某一种诗才感觉到趣味。但是趣味是可以培养的。真正的文学教育不在读过多少书和知道一些文学上的理论和史实，而在培养出纯正的趣味。这件事实在不很容易。培养趣味好比开疆辟土，须逐渐把本非我所有的变为我所有的。记得我第一次读外国诗，所读的是《古舟子咏》，简直不明白那位老船夫因射杀海鸟而受天谴的故事有什么好处，现在回想起来，这种蒙昧真是可笑，但是在当时我实在不觉到这诗有趣味。后来明白作者在意象音调和奇思幻想上所做的工夫，才觉得这真是一首可爱的杰作。这一点觉悟对于我便是一层进益，而我对于这首诗所觉到的趣味也就是我所征服的新领土。我学西方诗是从十九世纪浪漫派诗人入手，从前只觉得这派诗有趣味，讨厌前一个时期的假古典派的作品，不了解法国象征派和现代美国的诗；因为这些诗都和浪漫派诗不同。后来我多读一些象征派诗和英国现代诗，对它们逐渐感到趣味，又觉得我从前所爱好的浪漫派诗有好些毛病，对于它们的爱好不免淡薄了许多。我又回头看看假古典派的作品，逐渐明白作者的环境立场和用意，觉得它们也有不可抹煞处，对于他们的嫌恶也不免减少了许多。在这种变迁中我又征服了许多新领土，对于已得的领土也比从前认识较清楚。对于中国诗我也经过了同样的变迁。最初我由爱好唐诗而看轻宋诗，后来我又由爱好魏晋诗而看轻唐诗。现在觉得各朝诗都各有特点，我们不能以衡量魏晋诗的标准去衡量唐诗和宋诗。它们代表几种不同的趣味，我们不必强其同。

　　对于某一种诗，从不能欣赏到能欣赏，是一种新收获；从偏嗜到和他种诗参观互较而重新加以公平的估价，是对于已征服的领土筑了一层更坚固的壁垒。学文学的人们的最坏的脾气是坐井观天，依傍一家门户，对于口胃不合的作品一概藐视。这种人不但是近视，在趣味方面不能有进展；就连他们自己所偏嗜的也很难真正地了解欣赏，因为他们缺乏比较资料和真确观照所应有的透视距离。文艺上的纯正的趣味必定是广博的趣味；不能同时欣赏许多派别诗的佳妙，就不能充分地真确地欣赏任何一派诗的佳妙。趣味很少生来就广博，好比开疆辟土，要不厌弃荒原瘠壤，一分一寸地逐渐向外伸张。

趣味是对于生命的澈悟和留恋，生命时时刻刻都在进展和创化，趣味也就要时时刻刻在进展和创化。水停蓄不流便腐化，趣味也是如此。从前私塾冬烘学究以为天下之美尽在八股文、试帖诗、《古文观止》和了凡《纲鉴》。他们对于这些乌烟瘴气何尝不津津有味？这算是文学的趣味么？习惯的势力之大往往不是我们所能想象的。我们每个人多少都有几分冬烘学究气，都把自己围在习惯所画成的狭小圈套中，对于这个圈套以外的世界都视而不见，听而不闻。沉溺于风花雪月者以为只有风花雪月中才有诗，沉溺于爱情者以为只有爱情中才有诗，沉溺于阶级意识者以为只有阶级意识中才有诗。风花雪月本来都是好东西，可是这四个字联在一起，引起多么俗滥的联想！联想到许多吟风弄月的滥调，多么令人作呕！"神圣的爱情"、"伟大的阶级意识"之类大概也有一天都归于风花雪月之列吧？这些东西本来是佳丽，是神圣，是伟大，一旦变成冬烘学究所赞叹的对象，就不免成了八股文和试帖诗。道理是很简单的。艺术和欣赏艺术的趣味都必有创造性，都必时时刻刻在开发新境界。如果让你的趣味围在一个狭小圈套里，它无机会可创造开发，自然会僵死，会腐化。一种艺术变成僵死腐化的趣味的寄生之所，它怎能有进展开发？怎能不随之僵死腐化？

　　艺术和欣赏艺术的趣味都与滥调是死对头。但是每件东西都容易变成滥调，因为每件东西和你熟悉之后，都容易在你的心理上养成习惯反应。像一切其他艺术一样，诗要说的话都必定是新鲜的。但是世间哪里有许多新鲜话可说？有些人因此替诗危惧，以为关于风花雪月，爱情，阶级意识等等的话或都已被人说完，或将有被人说完的一日，那一日恐怕就是诗的末日了。抱这种过虑的人们根本没有了解诗究竟是什么一回事。诗的疆土是开发不尽的，因为宇宙生命时时刻刻在变动进展中，这种变动进展的过程中每一时每一境都是个别的，新鲜的，有趣的。所谓"诗"并无深文奥义，它只是在人生世相中见出某一点特别新鲜有趣而把它描绘出来。这句话中"见"字最吃紧。特别新鲜有趣的东西本来在那里，我们不容易"见"着，因为我们的习惯蒙蔽住我们的眼睛。我们如果沉溺于风花雪月，也就见不着阶级意识中的诗；我们如果沉溺于油盐柴米，也就见不着风花雪月中的诗。谁没有看见过在田里收获的农夫农妇！但是谁——除非是米勒（Miller），陶渊明，华兹华斯（Wordsworth）——在这中间见着新鲜有趣的诗？诗人的本领就在见出常人之所不能见，读诗的用处也就在随着诗人所指点的方向，见出我们所不能见；这就是说，觉到我们所素认为平凡的实在新鲜有趣。我们本来不觉得乡村生活中有诗，从读过陶渊明、华兹华斯诸人的作品之后，便觉得它有诗，我们本来不觉得城市生活和工商业文化之中有诗，从读过美国近代小说和俄国现代诗之后，便觉得它也有诗。莎士比亚教我们会在罪孽灾祸中见出庄严伟大，伦勃朗（Rembrandt）和罗丹（Rodin）教我们会在丑陋中见出新奇。诗人和艺术家的眼睛是点铁成金的眼睛。生命生生不息，他们的发现也生生不息。如果生命有末日，诗才会有末日。到了生命的末日，我们自无容顾虑到诗是否还存在。但是有生命而无诗的人虽未到诗的末日，实在是早已到生命的末日了，那真是一件最可悲哀的事。"哀莫大于心死"，所谓"心死"就是对于人生世相失去解悟和留恋，就是对于诗无兴趣。读诗的功用不仅在消愁遣闷，不仅是替有闲阶级添一件奢侈；它在使人到处都可以觉到人生世相新鲜有趣，到处可以吸收维持生命和推展生命的活力。

诗是培养趣味的最好的媒介，能欣赏诗的人们不但对于其他种种文学可有真确的了解，而且也决不会觉到人生是一件干枯的东西。

谈动

朋友：

从屡次来信看，你的心境近来似乎很不宁静。烦恼究竟是一种暮气，是一种病态，你还是一个十八九岁的青年，就这样颓唐沮丧，我实在替你担忧。

一般人欢喜谈玄，你说烦恼，他便从"哲学辞典"里拖出"厌世主义"、"悲观哲学"等等堂哉皇哉的字样来叙你的病由。我不知道你感觉如何？我自己从前仿佛也尝过烦恼的况味，我只觉得忧来无方，不但人莫之知，连我自己也莫名其妙，哪里有所谓哲学与人生观！我也些微领过哲学家的教训：在心气和平时，我景仰希腊廊下派哲学者，相信人生当皈依自然，不当存有慎喜贪恋；我景仰托尔斯泰，相信人生之美在宥与爱；我景仰布朗宁，相信世间有丑才能有美，不完全乃真完全；然而外感偶来，心波立涌，拿天大的哲学，也抵挡不住。这固然是由于缺乏修养,但是青年们有几个修养到"不动心"的地步呢?从前长辈们往往拿"应该不应该"的大道理向我说法。他们说,像我这样一个青年应该活泼泼的,不应该暮气沉沉的,应该努力做学问,不应该把自己的忧乐放在心头。谢谢吧,请留着这副"应该"的方剂,将来患烦恼的人还多呢!

朋友,我们都不过是自然的奴隶,要征服自然,只得服从自然。违反自然,烦恼才乘虚而入,要排解烦闷,也须得使你的自然冲动有机会发泄。人生来好动,好发展,好创造。能动,能发展,能创造,便是顺从自然,便能享受快乐,不动,不发展,不创造,便是摧残生机,便不免感觉烦恼。这种事实在流行语中就可以见出,我们感觉快乐时说"舒畅",感觉不快乐时说"抑郁"。这两个字样可以用作形容词,也可以用作动词。用作形容词时,它们描写快或不快的状态;用作动词时,我们可以说它们说明快或不快的原因。你感觉烦恼,因为你的生机被抑郁;你要想快乐,须得使你的生机能舒畅,能宣泄。流行语中又有"闲愁"的字样,闲人大半易于发愁,就因为闲时生机静止而不舒畅。青年人比老年人易于发愁些,因为青年人的生机比较强旺。小孩子们的生机也很强旺,然而不知道愁苦,因为他们时时刻刻的游戏,所以他们的生机不至于被抑郁。小孩子们偶尔不很乐意,便放声大哭,哭过了气就消去。成人们感觉烦恼时也还要拘礼节,哪能由你放声大哭呢?黄连苦在心头,所以愈觉其苦。歌德少时因失恋而想自杀,幸而他的文机动了,

埋头两礼拜著成一部《少年维特之烦恼》,书成了,他的气也泄了,自杀的念头也打消了。你发愁时并不一定要着书,你就读几篇哀歌,听一幕悲剧,借酒浇愁,也可以大畅胸怀。从前我很疑惑何以剧情愈悲而读之愈觉其快意,近来才悟得这个泄与郁的道理。

总之,愁生于郁,解愁的方法在泄;郁由于静止,求泄的方法在动。从前儒家讲心性的话,从近代心理学眼光看,都很粗疏,只有孟子的"尽性"一个主张,含义非常深广。一切道德学说都不免肤浅,如果不从"尽性"的基点出发。如果把"尽性"两字懂得透彻,我以为生活目的在此,生活方法也就在此。人性固然是复杂的,可是人是动物,基本性不外乎动。从动的中间我们可以寻出无限快感。这个道理我可以拿两种小事来印证:从前我住在家里,自己的书房总欢喜自己打扫。每看到书籍零乱,灰尘满地,你亲自去洒扫一过,霎时间混浊的世界变成明窗净几,此时悠然就座,游目骋怀,乃觉有不可言喻的快慰,再比方你自己是欢喜打网球的,当你起劲打球时,你还记得天地间有所谓烦恼么?

你大约记得晋人陶侃的故事。他老来罢官闲居,找不得事做,便去搬砖。晨间把一百块砖由斋里搬到斋外,暮间把一百块砖由斋外搬到斋里。人问其故,他说:"吾方致力中原,过尔优逸,恐不堪事。"他又尝对人说:"大禹圣人,乃惜寸阴,至于众人,当惜分阴。"其实惜阴何必定要搬砖,不过他老先生还很茁壮,借这个玩艺儿多活动活动,免得抑郁无聊罢了。

朋友,闲愁最苦!愁来愁去,人生还是那么样一个人生,世界也还是那么样一个世界。假如把自己看得伟大,你对于烦恼,当有"不屑"的看待;假如把自己看得渺小,你对于烦恼当有"不值得"的看待;我劝你多打网球,多弹钢琴,多栽花木,多搬砖弄瓦。假如你不喜欢这些玩艺儿,你就谈谈笑笑,跑跑跳跳,也是好的。就在此祝你

谈谈笑笑,

跑跑跳跳!

你的朋友　孟实

谈静

朋友：

　　前信谈动，只说出一面真理。人生乐趣一半得之于活动，也还有一半得之于感受。所谓"感受"是被动的，是容许自然界事物感动我的感官和心灵。这两个字涵义极广。眼见颜色，耳闻声音，是感受；见颜色而知其美，闻声音而知其和，也是感受。同一美颜，同一和声，而各个人所见到的美与和的程度又随天资境遇而不同。比方路边有一棵苍松，你看见它只觉得可以砍来造船；我见到它可以让人纳凉；旁人也许说它很宜于入画，或者说它是高风亮节的象征。再比方街上有一个乞丐，我只能见到他的蓬头垢面，觉得他很讨厌；你见他便发慈悲心，给他一个铜子；旁人见到他也许立刻发下宏愿，要打翻社会制度。这几个人反应不同，都由于感受力有强有弱。

　　世间天才之所以为天才，固然由于具有伟大的创造力，而他的感受力也分外比一般人强烈。比方诗人和美术家，你见不到的东西他能见到，你闻不到的东西他能闻到。麻木不仁的人就不然，你就请伯牙向他弹琴，他也只联想到棉匠弹棉花。感受也可以说是"领略"，不过领略只是感受的一方面。世界上最快活的人不仅是最活动的人，也是最能领略的人。所谓领略，就是能在生活中寻出趣味。好比喝茶，渴汉只管满口吞咽，会喝茶的人却一口一口地细啜，能领略其中风味。

能处处领略到趣味的人决不至于岑寂，也决不至于烦闷。朱子有一首诗说："半亩方塘一鉴开，天光云影共徘徊，问渠那得清如许？为有源头活水来。"这是一种绝美的境界。你姑且闭目一思索，把这幅图画印在脑里，然后假想这半亩方塘便是你自己的心，你看这首诗比拟人生苦乐多么惬当！一般人的生活干燥，只是因为他们的"半亩方塘"中没有天光云影，没有源头活水来，这源头活水便是领略得的趣味。

领略趣味的能力固然一半由于天资，一半也由于修养。大约静中比较容易见出趣味。物理上有一条定律说：两物不能同时并存于同一空间。这个定律在心理方面也可以说得通。一般人不能感受趣味，大半因为心地太忙，不空所以不灵。我所谓"静"，便是指心界的空灵，不是指物界的沉寂，物界永远不沉寂的。你的心境愈空灵，你愈不觉得物界沉寂，或者我还可以进一步说，你的心界愈空灵，你也愈不觉得物界喧嘈。所以习静并不必定要进空谷，也不必定学佛家静坐参禅。静与闲也不同。许多闲人不必都能领略静中趣味，而能领略静中趣味的人，也不必定要闲。在百忙中，在尘市喧嚷中，你偶然丢开一切，悠然遐想，你心中便蓦然似有一道灵光闪烁，无穷妙悟便源源而来。这就是忙中静趣。

我这番话都是替两句人人知道的诗下注脚。这两句诗就是"万物静观皆自得，四时佳兴与人同。"大约诗人的领略力比一般人都要大。近来看周启孟的《雨天的书》引日本人小林一茶的一首徘句：

"不要打哪，苍蝇搓他的手，搓他的脚呢。"觉得这种情境真是幽美。你懂得这一句诗就懂得我所谓静趣。中国诗人到这种境界的也很多。现在姑且就一时所想到的写几句给你看：

"鱼戏莲叶东，鱼戏莲叶西，鱼戏莲叶南，鱼戏莲叶北。"古诗，作者姓名佚。

"山涤余霭，宇暖微霄。有风自南，翼彼新苗。"陶渊明《时运》。

"采菊东篱下，悠然见南山。山气日夕佳，飞鸟相与还。"陶渊明《饮酒》。

"目送飘鸿，手挥五弦。俯仰自得，游心太玄。"嵇叔夜《送秀才从军》。

"倚杖柴门外，临风听暮蝉。渡头余落日，墟里上孤烟。"王摩诘《赠裴迪》。

像这一类描写静趣的诗，唐人五言绝句中最多。你只要仔细玩味，你便可以见到这个宇宙又有一种景象，为你平时所未见到的。梁任公的《饮冰室文集》里有一篇谈"烟士披里纯"，詹姆斯的《与教员学生谈话》（James：*Talks To Teachers and Students*）里面有三篇谈人生观，关于静趣都说得很透辟。可惜此时这两部书都不在手边，不能录几段出来给你看。你最好自己到图书馆里去查阅。詹姆斯的《与教员学生谈话》那三篇文章（最后三篇）尤其值得一读，记得我从前读这三篇文章，很受他感动。

　　静的修养不仅是可以使你领略趣味，对于求学处事都有极大帮助。释迦摩尼在菩提树阴静坐而证道的故事，你是知道的。古今许多伟大人物常能在仓皇扰乱中雍容应付事变，丝毫不觉张皇，就因为能镇静。现代生活忙碌，而青年人又多浮躁。你站在这潮流里，自然也难免跟着旁人乱嚷。不过忙里偶然偷闲，闹中偶然觅静，于身于心，都有极大裨益。你多在静中领略些趣味，不特你自己受用，就是你的朋友们看着你也快慰些。我生平不怕呆人，也不怕聪明过度的人，只是对着没有趣味的人，要勉强同他说应酬话，真是觉得苦也。你对着有趣味的人，你并不必多谈话，只是默然相对，心领神会，便可觉得朋友中间的无上至乐。你有时大概也发生同样感想吧？

　　眠食诸希珍重！

你的朋友　孟实

慢慢走,欣赏啊——人生的艺术化

一直到现在,我们都是讨论艺术的创造与欣赏。在收尾这一节中,我提议约略说明艺术和人生的关系。

我在开章明义时就着重美感态度和实用态度的分别,以及艺术和实际人生之中所应有的距离,如果话说到这里为止,你也许误解我把艺术和人生看成漠不相关的两件事。我的意思并不如此。

人生是多方面而却相互和谐的整体,把它分析开来看,我们说某部分是实用的活动,某部分是科学的活动,某部分是美感的活动,为正名析理起见,原应有此分别;但是我们不要忘记,完满的人生见于这三种活动的平均发展,它们虽是可分别的而却不是互相冲突的。"实际人生"比整个人生的意义较为窄狭。一般人的错误在把它们认为相等,以为艺术对于"实际人生"既是隔着一层,它在整个人生中也就没有什么价值。有些人为维护艺术的地位,又想把它硬纳到"实际人生"的小范围里去。这般人不但是误解艺术,而且也没有认识人生。我们把实际生活看作整个人生之中的一片段,所以在肯定艺术与实际人生的距离时,并非肯定艺术与整个人生的隔阂。严格地说,离开人生便无所谓艺术,因为艺术是情趣的表现,而情趣的根源就在人生;反之,离开艺术也便无所谓人生,因为凡是创造和欣赏都是艺术的活动,无创造、无欣赏的人生是一个自相矛盾的名词。

人生本来就是一种较广义的艺术。每个人的生命史就是他自己的作品。这种作品可以是艺术的,也可以不是艺术的,正犹如同是一种顽石,这个人能把它雕成一座伟大的雕像,而另一个人却不能使它"成器",分别全在性分与修养。知道生活的人就是艺术家,他的生活就是艺术作品。

过一世生活好比做一篇文章。完美的生活都有上品文章所应有的美点。

第一,一篇好文章一定是一个完整的有机体,其中全体与部分都息息相关,不能稍有移动或增减。一字一句之中都可以见出全篇精神的贯注。比如陶渊明的《饮酒》诗本来是"采菊东篱下,悠然见南山",后人把"见"字误印为"望"字,原文的自然与物相遇相得的神情便完全丧失。这种艺术的完整性在生活中叫做"人格"。凡是完美的生活都是人格的表现。大而进退取与,小而声音笑貌,都没有一件和全人格相冲突。不肯为五斗米折腰向乡里小儿,是陶渊明的生命史中所应有的一段文章,如果他错过这一个小节,便失其为陶渊明。下狱不肯脱逃,临刑时还叮咛嘱咐还邻人一只鸡的债,是苏格拉底的生命史中所应有的一段文章,否则他便失其为苏格拉底。这种生命史才可以使人把它当作一幅图画去惊赞,它就是一种艺术的杰作。

其次,"修辞立其诚"是文章的要诀,一首诗或是一篇美文一定是至性深情的流露,存于中然后形于外,不容有丝毫假借。情趣本来是物我交感共鸣的结果。景物变动不居,情趣亦自生生不息。我有我的个性,物也有物的个性,这种个性又随时地变迁而生长发展。每人在某一时会所见到的景物,和每种景物在某一时会所引起的情趣,都有它的特殊性,断不容与另一人在另一时会所见到的景物,和另一景物在另一时会所引起的情趣完全相同。毫厘之差,微妙所在。在这种生生不息的情趣中我们可以见出生命的造化。把这种生命流露于语言文字,就是好文章;把它流露于言行风采,就是美满的生命史。

文章忌俗滥,生活也忌俗滥。俗滥就是自己没有本色而蹈袭别人的成规旧矩。西施患心病,常捧心颦眉,这是自然的流露,所以愈增其美。东施没有心病,强学捧心颦眉的姿态,只能引人嫌恶。在西施是创作,在东施便是滥调。滥调起于生命的干枯,也就是虚伪的表现。"虚伪的表现"就是"丑",克罗齐已经说过。"风行水上,自然成纹",文章的妙处如此,生活的妙处也是如此。在什么地位,是怎样的人,感到怎样情趣,便现出怎样言行风采，叫人一见就觉其谐和完整，这才是艺术的生活。

俗语说得好："唯大英雄能本色"，所谓艺术的生活就是本色的生活。世间有两种人的生活最不艺术，一种是俗人，一种是伪君子。"俗人"根本就缺乏本色，"伪君子"则竭力遮盖本色。朱晦庵有一首诗说："半亩方塘一鉴开，天光云影共徘徊。问渠哪得清如许？为有源头活水来。"艺术的生活就是有"源头活水"的生活。俗人迷于名利，与世浮沉，心里没有"天光云影"，就因为没有源头活水。他们的大病是生命的干枯。"伪君子"则于这种"俗人"的资格之上，又加上"沐猴而冠"的伎俩。他们的特点不仅见于道德上的虚伪，一言一笑、一举一动，都叫人起不美之感。谁知道风流名士的架子之中掩藏了几多行尸走肉？无论是"俗人"或是"伪君子"，他们都是生活中的"苟且者"，都缺乏艺术家在创造时所应有的良心。像博格森所说的，他们都是"生命的机械化"，只能作喜剧中的角色。生活落到喜剧里去的人大半都是不艺术的。

艺术的创造之中都必寓有欣赏，生活也是如此。一般人对于一种言行常欢喜说它"好看"、"不好看"，这已有几分是拿艺术欣赏的标准去估量它。但是一般人大半不能彻底，不能拿一言一笑、一举一动纳在全部生命史里去看，他们的"人格"观念太淡薄，所谓"好看"、"不好看"往往只是"敷衍面子"。善于生活者则彻底认真，不让一尘一芥妨碍整个生命的和谐。一

般人常以为艺术家是一班最随便的人,其实在艺术范围之内,艺术家是最严肃不过的。在锻炼作品时常呕心呕肝,一笔一划也不肯苟且。王荆公作"春风又绿江南岸"一句诗时,原来"绿"字是"到"字,后来由"到"字改为"过"字,由"过"字改为"入"字,由"入"字改为"满"字,改了十几次之后才定为"绿"字。即此一端可以想见艺术家的严肃了。善于生活者对于生活也是这样认真。曾子临死时记得床上的席子是季路的,一定叫门人把它换过才瞑目。吴季札心里已经暗许赠剑给徐君,没有实行徐君就已死去,他很郑重地把剑挂在徐君墓旁树上,以见"中心契合死生不渝"的风谊。像这一类的言行看来虽似小节,而善于生活者却不肯轻易放过,正犹如诗人不肯轻易放过一字一句一样。小节如此,大节更不消说。董狐宁愿断头不肯掩盖史实,夷齐饿死不愿降周,这种风度是道德的也是艺术的。我们主张人生的艺术化,就是主张对于人生的严肃主义。

艺术家估定事物的价值,全以它能否纳入和谐的整体为标准,往往出于一般人意料之外。他能看重一般人所看轻的,也能看轻一般人所看重的。在看重一件事物时,他知道执着;在看轻一件事物时,他也知道摆脱。艺术的能事不仅见于知所取,尤其见于知所舍。苏东坡论文,谓如水行山谷中,行于其所不得不行,止于其所不得不止。这就是取舍恰到好处,艺术化的人生也是如此。善于生活者对于世间一切,也拿艺术的口味去评判它，合于艺术口味者毫毛可以变成泰山，不合于艺术口味者泰山也可以变成毫毛。他不但能认真，而且能摆脱。在认真时见出他的严肃，在摆脱时见出他的豁达。孟敏堕甑，不顾而去，郭林宗见到以为奇怪。他说："甑已碎，顾之何益？"哲学家斯宾诺莎宁愿靠磨镜过活，不愿当大学教授，怕妨碍他的自由。王徽之居山阴，有一天夜雪初霁，月色清朗，忽然想起他的朋友戴逵，便乘小舟到剡溪去访他，刚到门口便把船划回去。他说："乘兴而来，兴尽而返。"这几件事彼此相差很远，却都可以见出艺术家的豁达。伟大的人生和伟大的艺术都要同时并有严肃与豁达之胜。晋代清流大半只知道豁达而不知道严肃，宋朝理学又大半只知道严肃而不知道豁达。陶渊明和杜子美庶几算得恰到好处。

一篇生命史就是一种作品，从伦理的观点看，它有善恶的分别，从艺术的观点看，它有美丑的分别。善恶与美丑的关系究竟如何呢？

就狭义说，伦理的价值是实用的，美感的价值是超实用的；伦理的活动都是有所为而为，美感的活动则是无所为而为。比如仁义忠信等等都是善，问它们何以为善，我们不能不着眼到人群的幸福。美之所以为美，则全在美的形象本身，不在它对于人群的效用（这并不是说它对于人群没有效用）。假如世界上只有一个人，他就不能有道德的活动，因为有父子才有慈孝可言，有朋友才有信义可言。但是这个想象的孤零零的人还可以有艺术的活动,他还可以欣赏他所居的世界,他还可以创造作品。善有所赖而美无所赖,善的价值是"外在的",美的价值是"内在的"。

不过这种分别究竟是狭义的。就广义说,善就是一种美,恶就是一种丑。因为伦理的活动也可以引起美感上的欣赏与嫌恶。希腊大哲学家柏拉图和亚理斯多德讨论伦理问题时都以为善有等级,一般的善虽只有外在的价值,而"至高的善"则有内在的价值。这所谓"至高的善"究竟是什么呢?柏拉图和亚理斯多德本来是一走理想主义的极端,一走经验主义的极端,但是对于这个问题,意见却一致。他们都以为"至高的善"在"无所为而为的玩索"(Disinterested Contemplation)。这种见解在西方哲学思潮上影响极大,斯宾诺莎、黑格尔、叔本华的学说都可以参证。从此可知西方哲人心目中的"至高的善"还是一种美,最高的伦理的活动还是一种艺术的活动了。

"无所为而为的玩索"何以看成"至高的善"呢?这个问题涉及西方哲人对于神的观念。从耶稣教盛行之后,神才是一个大慈大悲的道德家。在希腊哲人以及近代莱布尼兹、尼采、叔本华诸人的心目中,神却是一个大艺术家,他创造这个宇宙出来,全是为着自己要创造,要欣赏。其实这种见解也并不减低神的身份。耶稣教的神只是一班穷叫化子中的一个肯施舍的财主佬,而一般哲人心中的神,则是以宇宙为乐曲而要在这种乐曲之中见出和谐的音乐家。这两种观念究竟是哪一个伟大呢?

在西方哲人想，神只是一片精灵，他的活动绝对自由而不受限制，至于人则为肉体的需要所限制而不能绝对自由。人愈能脱肉体需求的限制而作自由活动，则离神亦愈近。"无所为而为的玩索"是唯一的自由活动，所以成为最上的理想。

这番话似乎有些玄渺，在这里本来不应说及。不过无论你相信不相信，有许多思想却值得当作一个意象悬在心眼前来玩味玩味。我自己在闲暇时也欢喜看看哲学书籍。老实说，我对于许多哲学家的话都很怀疑，但是我觉得他们有趣。我以为穷到究竟，一切哲学系统也都只能当作艺术作品去看。哲学和科学穷到极境，都是要满足求知的欲望。每个哲学家和科学家对于他自己所见到的一点真理（无论它究竟是不是真理）都觉得有趣味，都用一股热忱去欣赏它。真理在离开实用而成为情趣中心时就已经是美感的对象了。"地球绕日运行"，"勾方加股方等于弦方"一类的科学事实，和《米洛斯爱神》或《第九交响曲》一样可以摄魂震魄。科学家去寻求这一类的事实，穷到究竟，也正因为它们可以摄魂震魄。所以科学的活动也还是一种艺术的活动，不但善与美是一体，真与美也并没有隔阂。

艺术是情趣的活动，艺术的生活也就是情趣丰富的生活。人可以分为两种，一种是情趣丰富的，对于许多事物都觉得有趣味，而且到处寻求享受这种趣味。一种是情趣干枯的，对于许多事物都觉得没有趣味，也不去寻求趣味，只终日拼命和蝇蛆在一块争温饱。后者是俗人，前者就是艺术家。情趣愈丰富，

生活也愈美满，所谓人生的艺术化就是人生的情趣化。

"觉得有趣味"就是欣赏。你是否知道生活，就看你对于许多事物能否欣赏。欣赏也就是"无所为而为的玩索"。在欣赏时人和神仙一样自由，一样有福。

阿尔卑斯山谷中有一条大汽车路，两旁景物极美，路上插着一个标语牌劝告游人说："慢慢走，欣赏啊！"许多人在这车如流水马如龙的世界过活，恰如在阿尔卑斯山谷中乘汽车兜风，匆匆忙忙地急驰而过，无暇一回首流连风景，于是这丰富华丽的世界便成为一个了无生趣的囚牢。这是一件多么可惋惜的事啊！

朋友，在告别之前，我采用阿尔卑斯山路上的标语，在中国人告别习用语之下加上三个字奉赠：

"慢慢走，欣赏啊！"

光潜

一九三二年夏，莱茵河畔

老而不僵

《中国老年》编辑部向我约稿,我愿借此机会,同老年朋友交换一些意见,谈谈我个人的看法。

我今年八十八岁了,一生都在学习和研究学术问题,特别是关于美学问题,写过不少论文。我认为,人到老年,就要注意健康和长寿。有了健康的身体,才能有健康的精神。

英国人说:"健康的精神寄托于健康的身体",这的确是至理名言。健康的身体来自锻炼,我每日坚持慢跑、打太极拳、做气功。我第二次"解放"后,重操起旧业。我这才发现脑筋也和身体一样,愈锻炼,效率也就愈高。仅1979年一年内,我就写了十三万字的文稿,搞了近百万字的书稿清样。关在牛棚时的那种麻木白痴的状态也根本消失了。据此经验,我劝老年朋友,离休退休之后,总要找点事情干,使脑筋和身体一样经常处于锻炼状态。

从锻炼成健康的身体中来锻炼出健康的精神,这是做一切工作所必须遵循的一条辩证唯物主义的准则。人总是要老的。老化和僵化都是生机贫弱的表现。要恢复生机,就要在身体上和精神上都保持健康状态。

老化可能带来僵化,但老化并不等于僵化。思想僵化的病根是"坐井观天"、"划地为牢"、"固步自封"。我们要使自己老而不僵。怎样才能老而不僵?我们的老祖宗朱熹有句名言:"半亩方塘一鉴开,天光云影共徘徊。问渠那得清如许,为有源头活水来。"关键在这"源头活水",活水是生机的源泉,有了它就可以防环境污染,使头脑常醒和不断地更新。这就要多接触社会,多接近群众,多读书看报。一句话,要"放眼世界",不断地吸引精神营养!

闲情逸致

生命

　　说起来已是二十年前事了。如今我还记得清楚，因为那是我生平中一个最深刻的印象。有一年夏天，我到苏格兰西北海滨一个叫做爱约夏的地方去游历，想趁便去拜访农民诗人彭斯的草庐。那一带地方风景仿佛像日本内海而更曲折多变化。海湾伸入群山间成为无数绿水映着青山的湖。湖和山都老是那样恬静幽闲而且带着荒凉景象，几里路中不容易碰见一个村落，处处都是山、谷、树林和草坪。走到一个湖滨，我突然看见人山人海，男的女的，老的少的，穿深蓝大红衣服的，褴褛蹒跚的，蠕蠕蠢动，闹得喧天震地：原来那是一个有名的浴场。那是星期天，人们在城市里做了六天的牛马，来此过一天快活日子。他们在炫耀他们的服装，他们的嗜好，他们的皮肉，他们的欢爱，他们的文雅与村俗。像湖水的波涛汹涌一样，他们都投在生命的狂澜里，尽情享一日的欢乐。就在这么一个场合中，一位看来像是皮鞋匠的牧师在附近草坪中竖起一个讲台向寻乐的人们布道。他也吸引了一大群人。他喧嚷，群众喧嚷，湖水也喧嚷，他的话无从听清楚，只有"天国"、"上帝"、"忏悔"、"罪孽"几个较熟的字眼偶尔可以分辨出来。那群众常是流动的，时而由湖水里爬上来看牧师，时而由牧师那里走下湖水。游泳的游泳，听道的听道，总之，都在凑热闹。

对着这场热闹，我伫立凝神一返省，心里突然起了一阵空虚寂寞的感觉，我思量到生命的问题。摆在我们面前的显然就是生命。我首先感到的是这生命太不调和。那么幽静的湖山当中有那么一大群嘈杂的人在嬉笑取乐，有如佛堂中的蚂蚁抢搬虫尸，已嫌不称；又加上两位牧师对着那些喝酒，抽烟，穿着游泳衣裸着胳膊大腿卖眼色的男男女女讲"天国"和"忏悔"，这岂不是对于生命的一个强烈的讽刺？约翰授洗者在沙漠中高呼救世主来临的消息，他的声音算是投在虚空中了。那位苏格兰牧师有什么可比约翰的？他以布道为职业，于道未必有所知见，不过剽窃一些空洞的教门中语扔到头脑空洞的人们的耳里，岂不是空虚而又空虚？推而广之，这世间一切，何尝不都是如此？比如那些游泳的人们在尽情欢乐，虽是热烈，却也很盲目，大家不过是机械地受生命的动物的要求在鼓动驱遣，太阳下去了，各自回家，沙滩又恢复它的本来的清寂，有如歌残筵散。当时我感觉空虚寂寞者在此。

但是像那一大群人一样，我也欣喜赶了一场热闹，那一天算是没有虚度,于今回想,仍觉那回事很有趣。生命像在那沙滩所表现的,有图画家所谓阴阳向背,你跳进去扮演一个角色也好,站在旁边闲望也好,应该都可以叫你兴高采烈。在那一顷刻,生命在那些人们中动荡,他们领受了生命而心满意足了,谁有权去鄙视他们,甚至于怜悯他们?厌世疾俗者一半都是妄自尊大,我惭愧我有时未能免俗。

孔子看流水,发过一个最深永的感叹,他说:"逝者如斯夫,不舍昼夜!"生命本来就是流动,单就"逝"的一方面来看,不免令人想到毁灭与空虚;但是这并不是有去无来,而是去的若不去,来的就不能来;生生不息,才能念念常新。莎士比亚说生命"像一个白痴说的故事,满是声响和愤激,毫无意义",虽是概乎言之,却不是一句见道之语。生命是一个说故事的人,虽老是抱着那么陈腐的"母题"转,而每一顷刻中的故事却是新鲜的,自有意义的。这一顷刻中有了新鲜有意义的故事,这一顷刻中我们心满意足了,这一顷刻的生命便不能算是空虚。生命原是一顷刻接着一顷刻地实现,好在它"不舍昼夜"。算起总账来,层层实数相加,决不会等于零。人们不抓住每一顷刻在实现中的人生,而去追究过去的原因与未来的究竟,那就犹如在相加各项数目的总和之外求这笔加法的得数。追究最初因与最后果,都要走到"无穷追溯"(reductio ad infintum)。这道理哲学家们本应知道,而爱追究最初因与最后果的偏偏是些哲学家们。这不只是不谦虚,而且是不通达。一件事物实现

了,它的形相在那里,它的原因和目的也就在那里。种中有果,果中也有种,离开一棵植物无所谓种与果,离开种与果也无所谓一棵植物(像我的朋友废名先生在他的《阿赖耶识论》里所说明的)。比如说一幅画,有什么原因和目的!它现出一个新鲜完美的形象,这岂不就是它的生命,它的原因,它的目的?

且再拿这幅画来比譬生命。我们过去生活正如画一幅画,当前我们所要经心的不是这幅画画成之后会有怎样一个命运,归于永恒或是归于毁灭,而是如何把它画成一幅画,有画所应有的形相与生命。不求诸抓得住的现在而求诸渺茫不可知的未来,这正如佛经所说的身怀珠玉而向他人行乞。但是事实上许多人都在未来的永恒或毁灭上打计算。波斯大帝带着百万大军西征希腊,过海勒斯朋海峡时,他站在将台看他的大军由船桥上源源不绝地渡过海峡,他忽然流涕向他的叔父说:"我想到人生的短促,看这样多的大军,百年之后,没有一个人还能活着,心里突然起了阵哀悯。"他的叔父回答说:"但是人生中还有更可哀的事咧,我们在世的时间虽短促,世间没有一个人,无论在这大军之内或在这大军之外,能够那样幸运,在一生中不有好几次不愿生而宁愿死。"这两人的话都各有至理,至少是能反映大多数人对于生命的观感。嫌人生短促,于是设种种方法求永恒。秦皇汉武信方士,求神仙,以及后世道家炼丹养气,都是妄想所谓"长生"。"服食求神仙,多为药所误,不如饮美酒,被服纨与素",这本是诗人愤疾之言,但是反话大可作正话看,也许作正话看，还有更深的意蕴。说来也奇怪，许多英雄豪杰在生命的流连上都未能免俗，我因此想到曹孟德的遗嘱：

吾死之后，葬于邺之西冈上，妾与妓人皆着铜雀台，台上施六尺床，下穗帐。朝晡上酒脯粻糒之属，每月朔十五，辄向帐前作伎，汝等时登台望吾西陵墓田。

他计算得真周到，可怜虫！谢朓说得好：

穗帷飘井干，樽酒若平生。
郁郁西陵树，讵闻歌吹声！

孔子毕竟是达人，他听说桓司马自为石郭，三年而不成，便说"死不如速朽之为愈也"。谈到朽与不朽问题，这话也很难说。我们固无庸计较朽与不朽，朽之中却有不朽者在。曹孟德朽了，陵雀台妓也朽了，但是他的那篇遗嘱，何逊谢朓、李贺诸人的铜雀台诗，甚至于铜雀台一片瓦，于今还叫讽咏摩挲的人们欣喜赞叹。"前水复后水，古今相续流"，历史原是纳过去于现在，过去的并不完全过去。其实若就种中有果来说，未来的也并不完全未来。这现在一顷刻实在伟大到不可思议，刹那中自有终古，微尘中自有大千，而汝心中亦自有天国。这是不朽的第一义谛。

相反两极端常相交相合。人渴望长生不朽，也渴望无生速朽。我们回到波斯大帝的叔父的话："世间没有一个人在一生中不有好几次不愿生宁愿死。"痛苦到极点想死，一切自杀者可以为证，快乐到极点也还是想死，我自己就有一两次这样经验，一次是在二十余年前一个中秋前后，我乘船到上海，夜里经过焦山，那时候大月亮正照着山上的庙和树，江里的细浪像金线在轻轻地翻滚，我一个人在甲板上走，船上原是载满了人，我不觉得有一个人，我心里那时候也有那万里无云，水月澄莹的景象，于是非常喜悦，于是突然起了脱离这个世界的愿望。另外一次也是在秋天，时间是傍晚，我在北海里的白塔顶上望北平城里的楼台烟树，望到西郊的远山，望到将要下去的红烈烈的太阳，想起李白的"西风残照，汉家陵阙"那两个名句，觉得目前的境界真是苍凉而雄伟，当时我也感觉到我不应该再留在这个世界里。我自信我的精神正常，但是这两次想死的意念真来得突兀。诗人济慈在《夜莺歌》里于欣赏一个极幽美的夜景之后，也表示过同样的愿望，他说：

Now more than ever seems it rich to die.
现在死像比任何时候都较丰富。

他要趁生命最丰富的时候死，过了那良辰美景，死在一个平凡枯燥的场合里，那就死得不值得。甚至于死本身，像鸟歌和花香一样，也可成为生命中一种奢侈的享受。我两次想念到死，下意识中是否也有这种奢侈欲，我不敢断定。但是如今冷静地分析想死的心理，我敢说它和想长生的道理还是一样，都是对于生命的执着。想长生是爱着生命不肯放手，想死是怕放手轻易地让生命溜走，要死得痛快才算活得痛快，死还是为着活，为着活的时候心里一点快慰。好比贪吃的人想趁吃大鱼大肉的时候死，怕的是将来吃不到那样好的，根本还是由于他贪吃，否则将来吃不到那样好的，对于他毫不感威胁。

生命的执着属于佛家所谓"我执"，人生一切灾祸罪孽都由此起。佛家针对着人类的这个普遍的病根，倡无生，破我执，可算对症下药。但是佛家也并不曾主张灭生灭我，不曾叫人类作集体的自杀，而只叫人明白一般人所希求的和所知见的都是空幻。还不仅此，佛家在积极方面还要慈悲救世，对于生命是取护持的态度。舍身饲虎的故事显示我们为着救济他生命，须不惜牺牲己生命。我心里对此常存一个疑惑：既证明生命空幻而还要这样护持生命是为什么呢？目前我对于佛家的了解还不够使我找出一个圆满的解答。不过我对于这生命问题倒有一个看法，这看法大体源于庄子（我不敢说它是否合于佛家的意思）。庄子尝提到生死问题，在《大宗师》篇说得尤其透辟。在这篇里他着重一个"化"字，我觉得这"化"字非常之妙。中国人称造物为"造化"，万物为"万化"。生命原就是化，就是流动与变易。整个宇宙在化，物在化，我也在化。只是化，并非毁灭。草木虫鱼在化，它们并不因此而有所忧喜，而全体宇宙也不因此而有所损益。何以我独于我的化看成世间一件大了不起的事呢？我特别看待我的化，这便是"我执"。庄子对此有一段妙喻：

今大冶铸金，金踊跃曰，"我且必为镆铘"，大冶必以为不祥之金。今一犯人之形，而曰，"人耳，人耳"，夫造化者必以为不祥之人。今以天地为大炉，以造化为大冶，恶乎往而不可哉？成然寐，蘧然觉。

在这个比喻里，庄子破了"我执"，也解决了生死问题。人在造化手里，听他铸，听他"化"而已，强立物我分别，是为不祥。庄子所谓寐觉，是比喻生死。睡一觉醒过来，本不算一回事，生死何尝不如此？寐与觉为化，生与死也还是化。庄周梦为蝴蝶，则"栩栩然蝴蝶也"；"俄然觉，则蘧然周也，"生而为人，死而化为鼠肝虫臂，都只有听之而已。在生时这个我在大化流行中有他的妙用，死后我的化形也还是如此，庄子说：

浸假而化予之左臂以为鸡，予因之以求时夜；浸假而化予之右臂以为弹，予因之以求鸮炙……

物质毕竟是不灭的，漫说精神。试想宇宙中有几许因素来化成我，我死后在宇宙中又化成几许事物，经过几许变化，发生几许影响，这是何等伟大而悠久，丰富而曲折的一个游历，一个冒险？这真是所谓"逍遥游"！

这种人生态度就是儒家所谓"赞天地之化育"，郭象所谓"随变任化"（见《大宗师》篇"相忘以生"句注），翻成近代语就是"顺从自然"。我不愿辩护这种态度是否为颓废的或消极的，懂得的人自会懂得，无庸以口舌争。近代人说要"征服自然"，道理也很正大。但是怎样征服？还不是要顺从自然的本性？严格地说，世间没有一件不自然的事，也没一件事能不自然。因为这个道理，全体宇宙才是一个整一融贯的有机体，大化运行才是一部和谐的交响曲，而 cosmos 不是 chaos。人的最聪明的办法是与自然合拍，如草木在和风丽日中开着花叶，在严霜中枯谢，如流水行云自在运行无碍，如"鱼相与忘于江湖"。人的厄运在当着自然的大交响曲"唱翻腔"，来破坏它的和谐。执我执法，贪生想死，都是"唱翻腔"。

孔子说过："朝闻道，夕死可矣"。人难能的是这"闻道"。我们谁不自信聪明，自以为比旁人高一着？但是谁的眼睛能跳开他那"小我"的圈子而四方八面地看一看？谁的脑筋不堆着习俗所扔下来的一些垃圾？每个人都有一个密不通风的"障"包围着他。我们的"根本感"像佛家所说的，是"无明"。我们在这世界里大半是"盲人骑瞎马"，横冲直撞，怎能不闯祸事！所以说来说去，人生最要紧的事是"明"，是"觉"，是佛家所说的"大圆镜智"。法国人说:"了解一切,就是宽恕一切",我们可以补上一句:"了解一切,就是解决一切。"生命对于我们还有问题,就因为我们对它还没有了解。既没有了解生命,我们凭什么对付生命呢?于是我想到这世间纷纷扰攘的人们。

第 五 辑
梦想照进现实

我说：什么叫做"理想"？它不外有两种意义：一种是"可望而不可攀，可幻想而不可实现的完美"。另一种是"一个问题的最完美的答案"或是"可能范围以内的最圆满的办法"。在实际人生中，理想都应该是解决事实困难的最合理的答案。一个理想如果不能解决事实困难，永远与事实困难相冲突，那就可以证明那个理想本身有毛病，或者可以说，它简直不成其为理想。

学业·职业·事业

每个有志气的人，在他的生平都不免为三件事操心。在学校时代，他关心学业；离开学校，他关心职业；有了职业，他关心事业。这自然只是一种粗略的分期，也有许多人始终就专在学业、职业或事业上打计算。总之，这三个名词的意义对于一般人大半不成为问题，不过从逻辑的眼光来分析，我们不能说它是三件互不相同的事。它们的关系还须待确定。

先说"业"。《说文》所定的这个字的原始意义是钟架上一块木板，与我们所谈的没有多大关系。就"业"字所常用在的语句看，（如"进德修业"，"业精于勤"，"以农为业"，"成大业"，"创业守成"等等），我们可以看出两点：第一是学业、职业和事业都可以叫做业，第二是这个"业"字含有相当指流行语"工作"一词的意义。佛典常用"业"字，和"行"字同义，

凡人为造作通可叫做"业",例如思想、言语、行为,都可是一种"业","业"简直就相当于流行语的活动。我们可以说,"业"是人运用他的力量做一种工作或活动;所进行的工作或活动叫做"业",工作或活动所成就的结果也可以叫做"业"。

依这种解释看,学业就是学问的工作或活动,职业就是职分所在的工作或活动。工作或活动就是"事",所以"事业"是只有一个意义的复词,学问是一种事业,职业也还是一种事业。如果事业还另有特殊意义,那就只能指工作或活动的成就。依这种意义说,在职业上可以成就事业,在学问上也还可以成就事业。总上两义,学业与事业,职业与事业,在逻辑上都不应分开;我们至多只能说"事业"比"学业"或"职业"涵义较广泛,不过这也还有问题。

问题在学业与职业是否绝对为两回事。一般人说"职业",似带有一种误解,以为职业是衣食工具,"谋职业"就等于"谋生活",也就等于"谋衣食",这里"职业"和"生活"两个词的意义都同样窄狭化得很离奇可笑。在这种用字的习惯上,我们可以见出一般人的生活理想的低落。顾名思义,"职业"显然是职分以内的事业。所谓"职分"是起于社会的分工合作的需要。社会上有许多事要做,一个人不能同时做许多事,于是这个人种田,那一个人经商,另一个人做工匠,如此分工,每个人有一个"职分",都能各尽"职分"帮助社会大机器的轮子旋转,以一分工作的效益,换取同群许多分工作的效益,"吾尽所能，各取所需"，于是人与社会两得其便。每个人有一个"职分"，对于那"职分"就负有责任，须把那"职分"以内的事做好。对于"职分"不尽责就是不称职，职与责是不能分开的。

回到原来的问题，学业与职业是否绝对为两回事呢？从两个观点看，它们也不应分开。

第一，从狭义的学业说，学业是某一种专门学术的研究。专门的学术研究需要长久的集中的力量。一个人既研究一种专门学术，他就没有时间精力去干别的事。社会需要学术的进展，就需有一部分人以研究学术为"职业"。做学问是学者的职分以内的事，正如种田是农人的职分以内的事，他们的成就都于社会有益，他们都负有责任在自家职分以内求有成就。照这样看，学业还是可以当作一种职业。

其次，就广义的学业说，学业是每一种职业必有的准备。一切工作（尤其是在近代社会分工很严密的工作）都需要学习，每一行都有一套专门学问，所以你如果想把某一种职分以内的事做好，你就必须先把它学好。不但如此，工作本身也就是学习。有些人以为在学校里学得一种学问，学业便可告结束，以后入社会就职业，只须拿这一套法宝作无尽期的应用。这不但是误解学业，也是误解职业。最亲切最实在的学问大半不是从书本得来，而是从实地亲身经验得来的。古人所谓"到处留心皆学问"，就是有见于此。同时，到处留心学问的人可以说"学"与"事"相得益彰，不至犯不学无术的毛病，在职业上才能成

就真正的事业。一辈子拘守一部讲义的人决不是一个好教员，一辈子拘守一部步兵操典的人决不是一个好战士，余可类推。所以要想把一种职业做好，必须把职业当作学业看。

依以上的分析，学业、职业和事业应该是三位一体。学业或职业如果不能成为事业，那就空洞无成就。学业和职业如果不能打成一片，学业就只是私人的嗜好，不能成为社会中的一种职分，对社会没有效益；职业也就降为与学问脱节的盲目的衣食营求，干燥无味。

职业与学业一贯，然后所学即所用，所用即所学，人得其事，事得其人，不过这只是理想，事实上一个人的职业往往和他的学业不很相关。这是由于有些学业不能为谋生之具，一个人一方面要忠于一种没有经济价值的学问，一方面又要维持生计，于是不得不就一种与自家专门学问无关的职业。最显著的例是大哲学家斯宾诺莎，他为着要保持学术思想的自由，拒绝当大学教授，宁愿操磨镜片的职业，借以营生。英国文学家兰姆写得那样一笔奇特而隽永的散文，而他的终身职业只是一个公司的书记。波兰小说家康拉德在商船上当过多年的水手。英国诗人蒙罗在伦敦一条小街上经营一个小书店。这种实例在西方很多。这种办法颇有它的长处。不靠所研究的学业来谋生，可以保持学业的独立自由；同时，在本行以外就一种职业，也可以扩大眼界，增加生活经验。在目前中国，一般人囿于浅狭的功利主义,都争去学可以赚钱的学问,而文哲数理一类虽是冷门而却极重要的学问很少有人问津,这对于文化学术的全局是一个危险的现象。有志于纯粹学术的人们最好拿斯宾诺莎、兰姆诸人做榜样,一方面埋头做自己的学问,一方面操一种副业,使生计有着落。这种办法的存在,当然显示社会组织有毛病,不在社会组织未完善以前我们只有这个办法可采用。将来社会合理化时,我们希望每一项学术工作者都不感受生活的压迫,每一种学业同时就是一种职业。

在另外一种情形之下,学业与职业也不完全相称,这就是通才就专职。政府行政工作本来也还是一种职业,可是一直到现在,各国还很少在学校里设专门学科去训练议员部长以及其他公务员。在从前中国,政府大小职位,上自宰相,下至县丞,大半依科举履历任命,由科举进身者所读的书大半不外经史诗文,而做的职务却可以彼此相差很远。一榜及第的人有典钱谷的,有主试的,有带兵的,有典刑狱的,有掌漕运的。职务和学问似没有显著的关系。这种情形在目前似还没有经过很大的变更,在英国情形也很类似。一个人在牛津或剑桥毕业了,就可以参加文官考试,及格了,无论所学的是什么,可以被派到任何官厅去服务。如果他想做大一点的官,他可以运动入国会,只要有本领,就不愁没有阁员当。所谓本领也并非专门学术。比如现在首相丘吉尔,做过好久的海军大臣,却没有学过海军,他本来是文人，当过新闻记者。专才学一行才能做一行，通才无须学那一行才能做那一行。医工农商等等需要专才，而社会领导工作则需要通才。近代教育似正在徘徊于两种理想之间，一是"职业教育"的理想，一是"自由教育"的理想，学业须包含品格、学识各方面的普遍修养，不能窄狭化到学徒训练。依我个人想，自由教育对于社会领导工作实在比职业教育重要，不过这两种理想也并非绝对不能相容，专门的技术训练和普通的品格学识修养最好是并行不悖。

　　择学择业对于一个人是一个极重的问题。首先要考虑的是个人的资禀与兴趣。我曾观察过许多人所学的和所做的全与他们性不相近。有些学文艺的人对于人生世相看不出丝毫情趣，遇事称斤称两，谈吐干燥无味，他们理应学商业或是法律。有些工程师根本没有科学的头脑，却欢喜做点旧诗，结交大人阔佬，他们理应干政治。如此等类，不胜枚举，性不相近，纵然是努力，也往往劳而无补，对于个人和社会都是精力的浪费。在美国，"职业测验"已成为一种专门学问。一个人对于择学择业如有疑难可以找一个专家用测验来解决。这种测验或很幼稚肤浅，但是它的原则是不错的。我们希望测验的方法日趋精密，将来一个人在学一门学问或是就一种职业之先，都仔细经过一番测验，免得走错门路。

　　一个人的性之所近，大半自己明白。有些人明明知道自己的长短而却不根据它来决定志向,这大半误于名利观念。现在学生们都欢喜学工程或经济,以为出路好,容易赚钱。存这种心理的人根本不配谈学问,也根本不能做好一行职业,因为他们的兴趣不存学业或职业自身的成就,而在它对于个人所能产生的实利。得鱼忘筌,钱赚到手了,学业和事业有无成就却不必管。这种人的毛病都在短见。"行行出状元",世间宁有那一种学问不能学好,或是哪一种职业不能做好?宁有其正在学业和事业上有成就的人会穷得要饿死?如果以为某一行比较走时,或比较容易成功,不费多少气力就可以有成就,这也是妄想。世间没有一件有价值的事可以不费力就能学好做好。我们必须谨记着"不问收获,只问耕耘"一句至理名言。下一分功夫,自然有一分成就。世间纵然也偶有不劳而获的事,那是苟且侥幸,除着寄生虫,都不应存苟且侥幸的心理。

此外,我们中国人对于职业向来有一个更错误的观念,以为世间职业有些是天生的高贵,有些是天生的下贱。所以大家都希望做官而不希望做农工兵警。其实职业起于社会的分工合作的需要。社会需要一种职业,那一种职业就对于社会有效益。一个人有无荣誉,不能看他任的什么职业,应该看他在他的职位是否尽责。一个误国的总统或部长实在抵不上一个勤恳尽职的清道夫。我们通常对于"不才而在高位"者的阔绰排场备致欣羡,对于老老实实替社会造福的农人工人反存鄙视。这是一种可耻的价值意识的颠倒。

无论在学业或职业中想成就事业，都需要两种基本德行。第一是"公"。公就是公道公理。一个问题的看法，一个事件的处理，都须依据一个客观的普遍的道理，对自己说得过去，对他人也说得过去，无论谁来看，都会觉得这是最合理的解决，学问也好，事业也好，都要尊重这种公道公理，才不至发生弊端。公的反面是私。世间许多人许多事都败于私心自用。做学问存私心，便为偏见所蒙蔽，寻不着真理；做事存私心，便不免假公济私，贪污苟且，败坏自己的人格，也败坏社会的利益。其次是"忠"。"忠"是死心塌地的爱护自己的职守，不肯放弃它或疏忽它。把学问当作敲门砖，把职业当作营私的门径，就是不忠于所学所职，为着势利的引诱、放弃自己的学业或职业去做别的勾当，其行为也正等于汉奸卖国，都是不忠。忠才能有牺牲的精神，不计私人利害，固守职分所在的岗位，坚持到底，以底于成。忠是基本德行，有了它也就有了两种附带的德行，勤与勇。勤是精进不懈，时时刻刻努力前进，务求把事做好；勇是无畏不屈，遇到任何困难，都必须拼命把它克服。懒怠与怯懦是治学与治事的大忌；它们的病源在缺乏忠诚与忠诚所附带的热情。

每个人都是自己的命运的主宰，每个人的江山都依仗自己的奋斗才打得来。这个世界是冷酷无情的，一个人如果想以寄生虫的心习,去侥幸获取只有勤奋的蜂蚁所能获到的花蜜,他终久必归自然淘汰。万一他成功侥幸一时,社会所受的祸害也就很大,一条寄生虫有时可以危害到一个人的性命,凡是关心学业、职业和事业的人,须记起这一番简单的道理。

看戏与演戏——两种人生理想

莎士比亚说过,世界只是一个戏台。这话如果不错,人生当然也只是一部戏剧。戏要有人演,也要有人看:没有人演,就没有戏看;没有人看,也就没有人肯演。演戏人在台上走台步,作姿势,拉嗓子,嬉笑怒骂,悲欢离合,演得酣畅淋漓,尽态极妍;看戏人在台下呆目瞪视,得意忘形,拍案叫好,两方皆大欢喜,欢喜的是人生煞是热闹,至少是这片刻光阴不曾空过。

世间人有生来是演戏的,也有生来是看戏的。这演与看的分别主要地在如何安顿自我上面见出。演戏要置身局中,时时把"我"抬出来,使我成为推动机器的枢纽,在这世界中产生变化,就在这产生变化上实现自我;看戏要置身局外,时时把"我"搁在旁边,始终维持一个观照者的地位,吸纳这世界中的一切变化,使它们在眼中成为可欣赏的图画,就在这变化图画的欣赏上面实现自我。因为有这个分别，演戏要热要动，看戏要冷要静。打起算盘来，双方各有盈亏：演戏人为着饱尝生命的跳动而失去流连玩味，看戏人为着玩味生命的形象而失去"身历其境"的热闹。能入与能出，"得其圜中"与"超以象外"，是势难兼顾的。

这分别像是极平凡而琐屑，其实却含着人生理想这个大问题的大道理在里面。古今中外许多大哲学家，大宗教家和大艺术家对于人生理想费过许多摸索，许多争辩，他们所得到的不过是三个不同的简单的结论：一个是人生理想在看戏，一个是它在演戏，一个是它同时在看戏和演戏。

先从哲学说起。

中国主要的固有的哲学思潮是儒道两家。就大体说，儒家能看戏而却偏重演戏，道家根本藐视演戏，会看戏而却也不明白地把看戏当作人生理想。看戏与演戏的分别就是《中庸》一再提起的知与行的分别。知是道问学，是格物穷理，是注视事物变化的真相；行是尊德行，是修身齐家治国平天下，是在事物中起变化而改善人生。前者是看，后者是演。儒家在表面上同时讲究这两套功夫，他们的祖师孔子是一个实行家，也是一个艺术家。放下他着重礼乐诗的艺术教育不说，就只看下面几段话：

子在川上曰，逝者如斯夫，不舍昼夜！

鸢飞戾天，鱼跃于渊，言其上下察也。

天何言哉，天何言哉！四时行焉，百物生焉！

今夫天，斯昭昭之多，及其无穷也，日月星辰系焉，万物覆焉；今夫地，一撮土之多，及其广厚，载华岳而不重，振河海而不泄，万物载焉。

对于自然奥妙的赞叹，我们就可以看出儒家很能作阿波罗式的观照，不过儒家究竟不以此为人生的最终目的，人生的最终目的在行，只不过是行的准备。他们说得很明白："物格而后知至，知至而后意诚，意诚而后心正，心正而后身修"，以至于家齐国治天下平。"自明诚，谓之教"，由知而行，就是儒家所着重的"教"。孔子终身周游奔走，"三月无君，则皇皇如也"，我们可以想见他急于要扮演一个角色。

道家老庄并称。老子抱朴守一，法自然，尚无为，持清虚寂寞，观"众妙之门"，玩"无物之象"，五千言大半是一个老于世故者静观人生物理所得到的直觉妙谛。他对于宇宙始终持着一个看戏人的态度。庄子尤其是如此。他齐是非，一生死，逍遥于万物之表，大鹏与鯈鱼，姑射仙人与疱丁，物无大小，都触目成象，触心成理，他自己却"凄然似秋，暖然似春"，哀乐毫无动于衷。他得力于他所说的"心齐"；"心齐"的方法是"若一志，无听之以耳，而听之以心"，它的效验是"虚室生白，吉祥止止"。他在别处用了一个极好的譬喻说："至人之用心若镜，不将不逆，应而不藏。"从这些话看，我们可以看出老子所谓"抱朴守一"，庄子所谓"心齐"，都恰是西方哲学家与宗教家所谓"观照"（contemplation）与佛家所谓"定"或"止观"。不过老庄自己虽在这上面做功夫，却并不想以此立教，或是因为立教仍是有为，或是因为深奥的道理可亲证而不可言传。

在西方，古代及中世纪的哲学家大半以为人生最高目的在观照，就是我们所说的以看戏人的态度体验事物的真相与真理。头一个人明白地作这个主张的是柏拉图。在《会饮》那篇熔哲学与艺术于一炉的对话里，他假托一位女哲人传心灵修养递进的秘诀。那全是一种分期历程的审美教育，一种知解上的冒险长征。心灵开始玩索一朵花，一个美人，一种美德，一门学问，一种社会文物制度的殊相的美。逐渐发现万事万物的共相的美。到了最后阶段，"表里精粗无不到"，就"一旦豁然贯通"，长征者以一霎时的直觉突然看到普涵普盖，无始无终的绝对美——如佛家所谓"真如"或"一真法界"——他就安息在这绝对美的观照里，就没有入这绝对美里而与它合德同流，就借分享它的永恒的生命而达到不朽。这样，心灵就算达到它的长征的归宿，一滴水归原到大海。一个灵魂归原到上帝，柏拉图的这个思想支配了古代哲学，也支配了中世纪耶稣教的神学。

柏拉图的高足弟子亚理斯多德在《伦理学》里想矫正师说，却终于达到同样的结论。人生的最高目的是至善，而至善就是幸福。幸福是"生活得好，做得好"。它不只是一种道德的状态，而是一种活动；如果只是一种状态，它可以不产生什么好结果，比如说一个人在睡眠中；惟其是活动，所以它必见于行为。"犹如在奥林匹克运动会中，夺锦标的不是最美最强悍的人，而是实在参加竞争的选手。"从这番话看，亚理斯多德似主张人生目的在实际行动。但是在绕了一个大弯子以后，到最后终于说，幸福是"理解的活动"，就是"取观照的形式的那种活动"，因为人之所以为人在他的理解方面，理解是人类最高的活动，也是最持久、最愉快、最无待外求的活动。上帝在假设上是最幸福的，上帝的幸福只能表现于知解，不能表现于行动。所以在观照的幸福中，人类几与神明比肩。说来说去，亚理斯多德仍然回到柏拉图的看法：人生的最高目的在看而不在演。

在近代德国哲学中，这看与演的两种人生观也占了很显著的地位。整个的宇宙，自大地山河以至于草木鸟兽，在唯心派哲学家看，只是吾人知识的创造品。知识了解了一切，同时就已创造了一切，人的行动当然也包含在内。这就无异于说，世间一切演出的戏都是在看戏人的一看之中成就的，看的重要可不言而喻；叔本华在这一"看"之中找到悲惨人生的解脱。据他说，人生一切苦恼的源泉就在意志，行动的原动力。意志起于需要或缺乏，一个缺乏填起来了，另一个缺乏就又随之而来，所以意志永无餍足的时候。欲望的满足只"像是扔给乞丐的赈济，让他今天赖以过活，使他的苦可以延长到明天"。这意志虽是苦因，却与生俱来，不易消除，唯一的解脱在把它放射为意象，化成看的对象。意志既化成意象，人就可以由受苦的地位移到艺术观照的地位，于是罪孽苦恼变成庄严幽美。"生命和它的形象于是成为飘忽的幻相掠过他的眼前，犹如轻梦掠过朝睡中半醒的眼，真实世界已由它里面照耀出来，它就不再能蒙昧他。"换句话说，人生苦恼起于演，人生解脱在看。尼采把叔本华的这个意思发挥成一个更较具体的形式。他认为人类生来有两种不同的精神，一是日神阿波罗的，一是酒神狄俄倪索斯的。日神高踞奥林波斯峰顶，一切事物借他的光辉而得形象，他凭高静观，世界投影于他的眼帘如同投影于一面明镜，他如实吸纳，却恬然不起忧喜。酒神则趁生命最繁盛的时节，酣饮高歌狂舞，在不断的生命跳动中忘去生命的本来注定的苦恼。从此可知日神是观照的象征，酒神是行动的象征。依尼采看，希腊人的最大成就在悲剧，而悲剧就是使酒神的苦痛挣扎投影于日神的慧眼，使灾祸罪孽成为惊心动魄的图画。从希腊悲剧，尼采悟出从"形象得解脱"（redemption through appearance）的道理。世界如果当作行动的场合，就全是罪孽苦恼；如果当作观照的对象，就成为一件庄严的艺术品。

　　如果我们比较叔本华、尼采的看法和柏拉图、亚理斯多德的看法，就可看出古希腊人与近代德国人的结论相同，就是人生最高目的在观照。不过着重点微有移动，希腊人的是哲学家的观照，而近代德国人的是艺术家的观照。哲学家的观照以真为对象，艺术家的观照以美为对象。不过这也是粗略的区分。

观照到了极境，真也就是美，美也就是真，如诗人济慈所说的，所以柏拉图的心灵精进在最后阶段所见到的"绝对美"就是他所谓"理式"（idea）或真实界）（reality）。

宗教本重修行，理应把人生究竟摆在演而不摆在看，但是事实上世界几个大宗教没有一个不把观照看成修行的不二法门。最显著的当然是佛教。在佛教看，人生根本孽是贪嗔痴。痴又叫做"无明"。这三孽之中，无明是最根本的，因为无明，才执着法与我，把幻相看成真实，把根尘当作我有，于是有贪有嗔，陷于生死永劫。所以人生究竟解脱在破除无明以及它连带的法我执。破除无明的方法是六波罗蜜（意谓"度"，"到彼岸"，就是"度到涅槃的岸"），其中初四——布施、持戒、忍辱、精进——在表面上似侧重行，其实不过是最后两个阶段——禅定、智慧——的预备，到了禅定的境界，"止观双运"，于是就起智慧，看清万事万物的真相，断除一切孽障执着，到涅槃（圆寂），证真如，功德就圆满了。佛家把这种智慧叫做"大圆镜智"，《佛地经论》作这样解释：

如圆镜极善摩莹，鉴净无垢，光明遍照；如是如来大圆镜智于佛智上一切烦恼所知障垢永出离故，极善摩莹；为依止定所摄持故，鉴净无垢；作诸众生利乐事故，光明遍照。

如圆镜上非一众多诸影象起，而圆镜上无诸影象，而此圆镜无动无作；如是如来圆镜智上非一众多诸智影起，圆镜智上无诸智影，而此智镜无动无作。

这譬喻很可以和尼采所说的阿波罗精神对照，也很可以见出大乘佛家的人生理想与柏拉图的学说不谋而合。人要把心磨成一片大圆镜，光明普照，而自身却无动无作。

佛教在中国，成就最大的一宗是天台，最流行的一宗是净土。天台宗的要义在止观，净土宗的要义在念佛往生，都是在观照上做修持的功夫。所谓"止观"就是静坐摄心入定，默观佛法与佛相，净土则偏重念佛名，观佛相，以为如此即可往生西方极乐世界（所谓"净土"）。依《文殊般若经》说：

若善男子善女子，应在空间处，舍诸乱意，随佛方所，端身正向，不取相貌，系心一佛，专称名字，念无休息，即是念中，能见过现未来三世诸佛。

这种凝神观照往往产生中世纪耶教徒所谓"灵见"（visions），对象或为佛相，或为庄严宝塔，或为极乐世界。佛家往往用文字把他们的"灵见"表现成想象丰富的艺术作品，像《无量寿经》《阿弥陀经》之类作品大抵都是这样产生出来的。往生净土是他们的最后目的，其实这净土仍是心中幻影，所谓往生仍是在观照中成就，不一定在地理上有一种搬迁。

这一切在耶稣教中都可以找到它的类似。耶稣自己,像释迦一样,是经过一个长期静坐默想而后证道的。"天国就在你自己心里",这句话也有唤醒人返求诸心的倾向。不过早期的神父要和极艰窘的环境奋斗,精力大半耗于奔走布道和避免残杀。到了三世纪后,耶稣教的神学逐渐与希腊哲学合流,形成所谓"新柏拉图派"的神秘主义,于是观照成为修行的要诀。依这派的学说,人的灵魂原与上帝一体,没有肉体感官的障碍,所以能观照永恒真理。投生以后,它就依附了肉体,就有欲也就有障。人在灵方面仍近于神,在肉方面则近于兽,肉是一切罪孽的根源,灵才是人的真性。所以修行在以灵制欲,在离开感官的生活而凝神于思想与观照,由是脱尽尘障,在一种极乐的魂游(ecstasy)中回到上帝的怀里,重新和他成为一体。中世纪神学家把"知"看成心灵的特殊功能,唯一的人神沟通的桥梁。"知"有三个等级:感觉(cognition)、思考(meditation)和观照(contemplation)。观照是最高的阶段,它不但不要假道于感觉,也无须用概念的思考,它是感觉和思考所不能跻攀的知的胜境,一种直觉,一种神佑的大澈大悟。只有借这观照,人才能得到所谓"神福的灵见"(beatific Vision),见到上帝,回到上帝,永远安息在上帝里面。达到这种"神福的灵见",一个耶稣徒就算达到人生的最高理想。

这种哲学或神学的基础,加上中世纪的社会扰乱,酿成寺院的虔修制度。现世既然恶浊,要避免它的熏染,僧侣于是隐到与人世隔绝的寺院里,苦行持戒,默想现世的罪孽,来世的希望和上帝的博大仁慈。他们的经验恰和佛教徒的一样,由于高度的自催眠作用,默想果然产生了许多"灵见";地狱的厉鬼,净界的烈焰,天堂的神仙的福境,都活灵活现地现在他们的凝神默索的眼前。这些"灵见"写成书,绘成画,刻成雕像,就成中世纪的灿烂辉煌的文学与艺术。在意大利,成就尤其烜赫。但丁的《神曲》就是无数"灵见"之一,它可以看成耶稣教的《阿弥陀经》。

我们只举佛耶两教做代表就够了。道教本着长生久视的主旨,后来又沿袭了许多佛教的虔修秘诀;回教本由耶教演变成的,特别流连于极乐世界的感官的享乐。总之,在较显著的宗教中,或是因为特重心灵的知的活动,或是寄希望于比现世远较完美的另一世界,人生的最高理想都不摆在现世的行动而摆在另一世界的观照。宗教的基本精神在看而不在演。

最后,谈到文艺,它是人生世相的返照,离开观照,就不能有它的生存。文艺说来很简单,它是情趣与意象的融会,作者寓情于景,读者因景生情。比如说,"昔我往矣,杨柳依依,今我来思,雨雪霏霏"一章诗写出一串意象、一幅景致,一幕戏剧动态。有形可见者只此,但是作者本心要说的却不只此,他主要的是要表现一种时序变迁的感慨。这感慨在这章诗里虽未明白说出而却胜于明白说出;它没有现身而却无可否认地是在那里。这事细想起来,真是一个奇迹。情感是内在的,属我的、主观的、热烈的、变动不居、可体验而不可直接描绘的；意象是外在的、属物的、客观的、冷静的、成形即常住、可直接描绘而却不必使任何人都可借以有所体验的。如果借用尼采的譬喻来说，情感是狄俄倪索斯的活动，意象是阿波罗的观照；所以不仅在悲剧里（如尼采所说的），在一切文艺作品里，我们都可以见出达奥尼苏斯的活动投影于阿波罗的观照，见出两极端冲突的调和，相反者的同一。但是在这种调和与同一中，占有优势与决定性的倒不是狄俄倪索斯而是阿波罗，是狄俄倪索斯沉没到阿波罗里面，而不是阿波罗沉没到狄俄倪索斯里面。所以我们尽管有丰富的人生经验，有深刻的情感，若是止于此，我们还是站在艺术的门外，要升堂入室，这些经验与情感必须经过阿波罗的光辉照耀，必须成为观照的对象。由于这个道理，观照（这其实就是想象，也就是直觉）是文艺的灵魂；也由于这个道理，诗人和艺术家们也往往以观照为人生的归宿。我们试想一想：

目送飞鸿，手挥五弦，俯仰自得，游心太玄。

——嵇康

仰视碧天际，俯瞰渌水滨，寥阔无涯观，寓目理自陈。大矣造化工，万殊莫不均。群籁虽参差，适我无非新。

——王羲之

采菊东篱下，悠然见南山。山气日夕佳，飞鸟相与还。此中有真意，欲辨已忘言。

——陶潜

侧身天地长怀古，独立苍茫自咏诗。

——杜甫

从诸诗所表现的胸襟气度与理想，就可以明白诗人与艺术家如何在静观默玩中得到人生的最高乐趣。

就西方文艺来说，有三部名著可以代表西方人生观的演变：在古代是柏拉图的《会饮》，在中世纪是但丁的《神曲》，在近代是歌德的《浮士德》。《会饮》如上文已经说过的，是心灵的审美教育方案，这教育的历程是由感觉经理智到慧解，由殊相到共相，由现象到本体，由时空限制到超时空限制；它的终结是在沉静的观照中得到豁然大悟，以及个体心灵与弥漫宇宙的整一的纯粹的大心灵合德同流。由古希腊到中世纪，这个人生理想没有经过重大的变迁，只是加上耶教神学的渲染。《神曲》在表面上只是一部游记，但丁叙述自己游历地狱、净界与天堂的所见所闻；但是骨子里它是一部寓言，叙述心灵由罪孽经忏悔到解脱的经过，但丁自己就象征心灵，三界只是心灵的三种状态，地狱是罪孽状态，净界是忏悔洗刷状态，天堂是得解脱蒙神福状态。心灵逐步前进，就是逐步超升，到了最高天，它看见玫瑰宝座中坐的诸圣诸仙，看见圣母，最后看见了上帝自己。在这"神福的灵见"里，但丁（或者说心灵）得到最后的归宿，他"超脱"了，归到上帝怀里了，《神曲》于是终止。这种理想大体上仍是柏拉图的，所不同者柏拉图的上帝是"理式"，绝对真实界本体，无形无体的超时超空的普运周流的大灵魂；而但丁则与中世纪神学家们一样，多少把上帝当作一个人去想：他糅合神性与人性于一体，有如耶稣。

从但丁糅合柏拉图哲学与耶教神学，把人生的归宿定为"神福的灵见"以后，过了五百年到近代，人生究竟问题又成为思辨的中心，而大诗人歌德代表近代人给了一个彻底不同的答案。就人生理想来说，《浮士德》代表西方思潮的一个极大的转变。但丁所要解脱的是象征情欲的三猛兽和象征愚昧的黑树林。到浮士德，情境就变了，他所要解脱的不是愚昧而是使他觉得腻味的丰富的知识。理智的观照引起他的心灵的烦躁不安。"物极思返"，浮士德于是由一位闭户埋头的书生变成一位与厉鬼定卖魂约的冒险者，由沉静的观照跳到热烈而近于荒唐的行动。在《神曲》里，象征信仰与天恩的贝雅特里齐，在《浮士德》里于是变成天真而却蒙昧无知的玛嘉丽特。在《神曲》里是"神福的灵见"，在《浮士德》里于是变成"狂飙突进"。阿波罗退隐了，狄俄倪索斯于是横行无忌。经过许多放纵不羁的冒险行动以后，浮士德的顽强的意志也终于得到净化，而净化的原动力却不是观照而是一种有道德意义的行动。他的最后的成就也就是他的最高的理想的实现,从大海争来一片陆地,把它垦成沃壤,使它效用于人类社会。这理想可以叫做"自然的征服"。

这浮士德的精神真正是近代的精神,它表现于一些睥睨一世的雄才怪杰,表现于一些掀天动地的历史事变。各时代都有它的哲学辩护它的活动,在近代,尼采的超人主义唤起许多癫狂者的野心,扬谛理(Gentile)的"为行动而行动"的哲学替法西斯的横行奠定了理论的基础。

这真是一个大旋转。从前人恭维一个人,说"他是一个肯用心的人"(a thoughtful man),现在却说"他是一个活动分子"(an active man)。这旋转是向好还是向坏呢?爱下道德判断的人们不免起这个疑问。答案似难一致。自幸生在这个大时代的"活动分子"会赞叹现代生命力的旺盛。而"肯用心的人"或不免忧虑信任盲目冲动的危险。这种见解的分歧在骨子里与文艺方面古典与浪漫的争执是一致的。古典派要求意象的完美,浪漫派要求情感的丰富,还是冷静与热烈动荡的分别。文艺批评家们说,这分别是粗浅而村俗的,第一流文艺作品必定同时是古典的与浪漫的,必定是丰富的情感表现于完美的意象。把这见解应用到人生方面,显然的结论是:理想的人生是由知而行,由看而演,由观照而行动。这其实是一个老结论。苏格拉底的"知识即德行",孔子的"自明诚",王阳明的"知行合一",意义原来都是如此。但是这还是侧重行动的看法。止于知犹未足，要本所知去行，才算功德圆满。这正犹如尼采在表面上说明了日神与酒神两种精神的融合，实际上仍是以酒神精神沉没于日神精神，以行动投影于观照。所以说来说去，人生理想还只有两个，不是看，就是演；知行合一说仍以演为归宿，日神酒神融合说仍以看为归宿。

近代意大利哲学家克罗齐另有一个看法，他把人类心灵活动分为知解（艺术的直觉与科学的思考）与实行（经济的活动与道德的活动）两大阶段，以为实行必据知解，而知解却可独立自足。一个人可以终止于艺术家，实现美的价值；可以终止于思想家，实现真的价值；可以终止于经济政治家，实现用的价值，也可以终止于道德家，实现善的价值。这四种人的活动在心灵进展次第上虽是一层高似一层，却各有千秋，各能实现人生价值的某一面。这就是说，看与演都可以成为人生的归宿。

这看法容许各人依自己的性之所近而抉择自己的人生理想，我以为是一个极合理的看法。人生理想往往决定于各个人的性格。最聪明的办法是让生来善看戏的人们去看戏，生来善演戏的人们来演戏。上帝造人，原来就不只是用一个模型。近代心理学家对于人类原型的分别已经得到许多有意义的发现，很可以作解决本问题的参考。最显著的是荣格（Jung）的"内倾"与"外倾"的分别。内倾者（introvert）倾心力向内，重视自我的价值，好孤寂，喜默想，无意在外物界发动变化；外倾者

（extrovert）倾心力向外，重视外界事物的价值，好社交，喜活动，常要在外物界起变化而无暇返观默省。简括地说，内倾者生来爱看戏，外倾者生来爱演戏。

人生来既有这种类型的分别，人生理想既大半受性格决定，生来爱看戏的以看为人生归宿，生来爱演戏的以演为人生归宿，就是理所当然的事了。双方各有乐趣，各是人生的实现，我们各不妨阿其所好，正不必强分高下，或是勉强一切人都走一条路。人性不只是一样，理想不只是一个，才见得这世界的恢阔和人生的丰富。犬儒派哲学家第欧根尼（Diogenes）静坐在一个木桶里默想，勋名盖世的亚力山大帝慕名去访他，他在桶里坐着不动。客人介绍自己说："我是亚力山大帝。"他回答说："我是犬儒第欧根尼。"客人问："我有什么可以帮你的忙吗？"他回答："只请你站开些，不要挡着太阳光。"这样就匆匆了结一个有名的会晤。亚力山大帝觉得这犬儒甚可羡慕，向人说过一句心里话："如果我不是亚力山大，我很愿做第欧根尼。"无如他是亚力山大，这是一件前生注定丝毫不能改动的事，他不能做第欧根尼。这是他的悲剧，也是一切人所同有的悲剧。但是这亚力山大究竟是一个了不起的人物，是亚力山大而能见到做第欧根尼的好处。比起他来，第欧根尼要低一层。"不要挡着太阳光！"那句话含着几多自满与骄傲，也含着几多偏见与狭量啊！

要较量看戏与演戏的长短，我们如果专请教于书本，就很难得公平。我们要记得:柏拉图、庄子、释迦、耶稣、但丁……这一长串人都是看戏人,所以留下一些话来都是袒护看戏的人生观。此外还有更多的人,像秦始皇、大流士、亚力山大、忽必烈、拿破仑……以及无数开山凿河、垦地航海的无名英雄毕生都在忙演戏,他们的人生哲学表现在他们的生活,所以不曾留下话来辩护演戏的人生观。他们是忠实于自己的性格,如果留下话来,他们也就势必变成看戏人了。据说罗兰夫人上了断头台,才想望有一枝笔可以写出她的临终的感想。我们固然希望能读到这位女革命家的自供,可是其实这是多余的。整部历史,这一部轰轰烈烈的戏,不就是演戏人们的最雄辩的供状?

英国散文家斯蒂文森(R. L. Stevenson)在一篇叫做《步行》的小品文里有一段话说得很美,可惜我的译笔不能传出那话的风味,它的大意是:

我们这样匆匆忙忙地做事,写东西,挣财产,想在永恒时间的嘲笑的静默中有一刹那使我们的声音让人可以听见,我们竟忘掉一件大事,在这件大事之中这些事只是细目,那就是生活。我们钟情,痛饮,在地面来去匆匆,像一群受惊的羊。可是你得问问你自己:在一切完了之后,你原来如果坐在家里炉旁快快活活地想着,是否比较更好些?静坐着默想——记起女子们的面孔而不起欲念,想到人们的丰功伟业,快意而不羡慕,对一切事物和一切地方有同情的了解，而却安心留在你所在的地方和身份——这不是同时懂得智慧和德行，不是和幸福住在一起吗？说到究竟，能拿出会游行来开心的并不是那些扛旗子游行的人们，而是那些坐在房子里眺望的人们。

这也是一番袒护看戏的话。我们很能了解斯蒂文森的聪明的打算，而且心悦诚服地随他站在一条线上——我们这批袖手旁观的人们。但是我们看了那出会游行而开心之后，也要深心感激那些扛旗子的人们。假如他们也都坐在房子里眺望，世间还有什么戏可看呢？并且，他们不也在开心么？你难道能否认？

谈理想与事实
——给《申报周刊》的青年读者

朋友：

前几天有一位师范大学朱君来访，闲谈中他向我提出一个很严重的问题："现代社会恶浊，青年人所见到的事实和他自己所抱的理想常相冲突，比如毕业后做事就是一个大难关。如果要依照理想，廉洁白矢，守正不阿，则各机关大半是坏人把持住，你就根本不能插足进去，改造社会自然是谈不到。如果不择手段，依照中国人谋事的习惯法，奔走逢迎，献媚权贵，则你还没有改造社会，就已被社会腐化。我自己也很想将来替社会做一点事，但是又不愿同流合污，想到这一层，心里就万分烦恼。先生以为我们青年人处在这种两难的地位，究竟应该持什么一种态度呢？"

朱君所提出的只是理想与事实的冲突的一端。其实现在中国社会各方面,从家庭、婚姻、教育、内政、外交,以至于整个的社会组织,都处处使人感到事实与理想的冲突。每一个稍有良心的人从少到老都不免在这种冲突中挣扎奋斗,尤其是青年有志之士对于这种冲突特别感到苦恼。大半每个人在年轻时代都是理想主义者,欢喜闭着眼睛,在想象中造成一座堂华美丽的空中楼阁。后来人世渐深,理想到处碰事实的钉子,便不免逐渐牺牲理想而迁就事实。一到老年,事实就变成万能,理想就全置之度外。聪敏者唯唯否否,圆滑不露棱角;奸猾者则钻营竞逐,窃禄取宠,行为肮脏而话却说得堂皇漂亮。我们略放眼一看,就可以见出许多"优秀分子"的生命都形成这么一种三部曲的悲剧。

我常想,老年人难得的美德是尊重理想,青年人难得的美德是尊重事实。老年人我们姑且不去管他们,死在等待他们,他们纵然是改进社会的一个大累,不久也就要完事了。"既往不咎,来者可追。"我们这个时代的中国青年所负的责任特别繁重,中国事有救与无救,就全要看这一代人的成功与失败。一发千钧,稍纵即逝。这个时代的中国青年应该认清他们的责任,认清目前的特殊事实,以冷静而沉着的态度去解决事实所给的困难。最误事的是不顾事实而空谈理想。

我还记得那一次我回答朱君的话。我说:什么叫做"理想"?它不外有两种意义:一种是"可望而不可攀,可幻想而不可实现的完美"。比如说,在许多宗教中,理解的幸福是长生不老；它成为理想，就因为实际上没有人能长生不老。另一种是"一个问题的最完美的答案"或是"可能范围以内的最圆满的办法"。比如说，长生不老虽非人力所能达到，强健却是人力所能达到的。就人所能谋的幸福说，强健是一个合理的理想。这两种理想的分别在一个蔑视事实条件，一个顾到事实条件；一个渺茫空洞，一个有方法步骤可循。第一种理想是心理学家所谓想象中的欲望的满足，在宗教与文艺中自有它的重要，可是绝不能适用于实际人生。在实际人生中，理想都应该是解决事实困难的最合理的答案。一个理想如果不能解决事实困难，永远与事实困难相冲突，那就可以证明那个理想本身有毛病，或者可以说，它简直不成其为理想。现代青年每遇心里怀着一个"理想"时，应该自己反省一遍，看它是属于我们所说的两种理想中的哪一种。如果它属于前一种，而他要实现它，那么，他就是迂诞、狂妄、浮躁、糊涂，没有别的话。如果它属于后一种.他就应该有决心毅力，有方法程次，按部就班地去使它实现。他就不应该因为理想与事实冲突而生苦恼或怨天尤人。

比如就青年说，有两个问题最切要：第一是怎样去学一点切实的学问？第二是学成之后，怎样找机会去做事？一般青年对于求学问题所感到的困难不外两种。一种是经济困难。在现在经济破产状况之下，十个人就有九个人觉到由小学而中学，由中学而大学这一笔费用不易筹措。天灾人祸，常出意外。多数青年学生都时时有被逼辍学的可能。另一种是学力问题。学校少而应试者多。比如几个稍好的大学每年都有四五千人应试。而录取额最多只有四五百名。十人之中就有九人势须向隅。这两种事实都是与青年学生理想相冲突的。一般青年似乎都以为读书必进大学,甚至于必进某某大学,如果因为经济或学力的欠缺,不能如自己所愿望。便以为学问之途对于自己是断绝了。我以为读书而悬进大学或出洋为最高标准,根本还是深中科举资格观念的余毒。做学问的机会甚多,如果一个人真是一个做学问的材料,他终久总可以打出一条路来。如果不是这种材料,天下事可做的甚多,又何必贪读书的虚荣?就是读书。一个人也只能在自己的特殊经济情形和资禀学力范围之内,选择最适宜的路径。种田、做匠人、当兵、做买卖,以至于更卑微的职业也都要有人去干,干哪一行职业,也都可以得到若干经验学问。哲学家斯宾诺莎不肯当大学教授而宁愿操磨镜的微业以谋生活。这种精神是最值得佩服的。现在中国青年大半仍鄙视普通职业,都希望进大学、出洋、当学者、做官,过舒适的生活。这种风气显然仍是旧日科举时代所流传下来的。学者和官僚愈多,物质消耗愈大、权利竞争愈烈,平民受剥削愈盛,社会也就愈不安宁。我们试平心而论,这是不是目前中国的实在情形?

如果一般青年能了解这番道理,对于择校选科,只求在自己的特殊情形之下,如何学得一副当有用的公民的本领,不一定要勉强预备做学者或官僚。我相信上文所说的第二个问题——

做事问题——就不至于像现时那么严重。在中国现在百废待举，一个中学生或大学生何至没有事可做？一个不识字的人还可以种田做买卖，难道一个受教育的人反不如乡下愚夫愚妇？事是很多的，只是受过教育的人不屑于做小事。事没有人做，结果才闹成人没有事做。

我劝青年们多去俯就有益社会的小事。并非劝他们一定不要插足于政治教育以及其他较被优待的职业。这些事也要有人去做，而且应该有纯洁而能干的人去做，现在各种优遇位置大半被一般有势力而无能力的人们把持，新进者不易插足进去。这确是事实，但不是不可变动的事实。恶势力之所以成为势力，大半是靠团结，要打破一种恶势力，一个人孤掌难鸣，也一定要有团结才行。中国青年的毛病在洁身自好者不能团结，能团结者又不免同流合污，所以结果龌龊者胜而纯洁者败。谈到究竟，恶势力在一个社会里能够存在，还要归咎于纯洁分子的惰性太深，抵抗力太小。要挽救目前中国社会种种积弊，有志的纯洁青年们应该团结起来，努力和恶势力奋斗。比如说一乡一县的事业被土豪劣绅把持，当地的优秀青年如果真正能团结奋斗，决不难把事权夺过来。推之一省一国，也是如此。结党、造势力、争权位都不是坏事，坏事是结党而营私，争权位而分赃失职。只要势力造成权位争得以后，自己能光明正大地为社会谋福利，终久总可以博得社会的同情，打倒坏人所造成的恶势力。社会的同情总是站在善人方面，"人之好善，谁不如我？"

现在许多人都见到社会上种种积弊和补救的方法,只是每个人都觉得自己力量孤单,见到而做不到。其实这里问题很简单,大家团结起来就行了。在任何社会,有一分能力总可以做一分事,做不出事来,那是自己没有能力,用不着怨天尤人。

理想不应与事实冲突,不但在求学谋事两方面是如此,其他一切也莫不然。比如说政治,现在一般青年都仿佛以为一经"革命",地狱就可以立刻变成天国。被"革命"的是什么?革命后拿什么来代替?怎样去革命?第一步怎样做?第二步怎样做?遇到难关又怎样去克服?这些问题他们似乎都不曾仔细想过,只是天天在摇旗呐喊。我们天天都听到"革命"的新口号,却没有看见一件真正"革了命"的事迹。关于这一点。目前知识界的"领袖"们似乎说不清他们的罪过,他们教一般青年误认喊革命口号为做革命工作,误认革命为一件无须学识与技能的事业。"革命"两个字在青年心理中已变成一种最空洞不过的"理想"。像道家所说的"太极",有神秘的面貌而无内容,它和事实毫不接头,自然更谈不到冲突。

政治理想是随时代环境变迁的。我们不要古人为我们打算盘,也大可不必去替后人打算盘。每一个国家的最好的政治理想应该是当时当境的最圆满的应付事实的方法。目前中国所有的是什么样的事实?民穷国敝,外患纷乘,稍不振作,即归毁灭。这种事实应该使每个有头脑的中国人觉悟到:在今日谈中国政治,"图存"是第一要义。中国是一个久病之夫,一切摧残元气的举动,一切聊快一时的毁坏,都与"图存"一个基本要义不兼容。"社会革命","打倒帝国主义","永久平等","大同平等"种种方剂都要牵涉到全世界的制度组织。在加入这个全世界的大战线以前,中国人首先须要把自己训练到能荷枪执戟,才可以有资格。

  这番话对于现代青年是很苦辣不适口的。我只能向他们说:高调谁也会唱,但是我的良心不容许我唱高调,因为我亲眼看见,调愈唱得高,事愈做得坏,小百姓受苦愈大,而青年也愈感彷徨怅惘。

谈升学与选课

朋友：

你快要在中学毕业，此时升学问题自然常在脑中盘旋。这一着也是人生一大关键，所以，值得你慎而又慎。

升学问题分析起来便成为两个问题，第一是选校问题，第二是选科问题。这两个问题自然是密切相关的，但是为说话清晰起见，分开来说，较为便利。

我把选校问题放在第一，因为青年们对于选校是最容易走入迷途的。现在中国社会还带有科举时代的资格迷。比方小学才毕业便希望进中学，大学才毕业便希望出洋，出洋基本学问还没有做好，便希望掇拾中国古色斑斑的东西去换博士。学校文凭只是一种找饭碗的敲门砖。学校招牌愈亮，文凭就愈行，实学是无人过问的。社会既有这种资格迷，而资格买卖所便乘机而起。租三间铺面，拉拢一个名流当"名誉校长"，便可挂起一个某某大学的招牌。只看上海一隅,大学的总数比较英或法全国大学的总数似乎还要超过,谁说中国文化没有提高呢?大学既多,只是称"大学"还不能动听,于是"大学"之上又冠以"美国政府注册"的头衔。既"大学"而又在"美国政府注册",生意自然更加茂盛了。何况许多名流又肯"热心教育"做"名誉校长"呢?

朋友,可惜这些多如牛毛的大学都不能解决我们升学的困难,因为那些有"名誉校长"或是"美国政府注册"的大学,是预备让有钱可花的少爷公子们去逍遥岁月,像你我们既无钱可花,又无时光可花,只好望望然去罢。好在它们的生意并不会因我们"杯葛"而低落的,我们求学最难得的是诚恳的良师与和爱的益友,所以选校应该以有无诚恳、和爱的空气为准。如果能得这种学校空气,无论是大学不是大学,我们都可以心满意足。做学问全赖自己,做事业也全赖自己,与资格都无关系。我看过许多留学生程度不如本国大学生,许多大学生程度不如中学生。至于凭资格去混事做,学校的资格在今日是不大高贵的,你如果作此想,最好去逢迎奔走,因为那是一条较捷的路径。

升学问题,跨进大学门限以后,还不能算完全解决。选科选课还得费你几番踌躇。在选课的当儿,个人兴趣与社会需要常不免互相冲突。许多人升学选课都以社会需要为准。从前人都欢迎速成法政;我在中学时代,许多同学都希望进军官学校或是教会大学；我进了高等师范，那要算是穷人末路。那时高等师范里最时髦的是英文科，我选了国文科，那要算是腐儒末路。杜威来中国时，哥伦比亚大学的留学生把教育学也弄得很热闹。近来书店逐渐增多，出诗文集一天容易似一天，文学的风头也算是出得十足透顶。听说现在法政经济又很走时了。朋友，你是学文学或是学法政呢！"学以致用"本来不是一种坏的主张；但是资禀兴趣人各不同，你假若为社会需要而忘却自己，你就未免是一位"今之学者"了。任何科目，只要和你兴趣资禀相近，都可以发挥你的聪明才力，都可以使你效用于社会。所以你选课时，旁的问题都可以丢开，只要问："这门功课合我的胃口么？"

我时常想，做学问，做事业，在人生中都只能算是第二桩事。人生第一桩事是生活。我所谓"生活"是"享受"，是"领略"，是"培养生机"。假若为学问为事业而忘却生活，那种学问事业在人生中便失其真正意义与价值。因此，我们不应该把自己看作社会的机械。一味迎合社会需要而不顾自己兴趣的人，就没有明白这个简单的道理。

我把生活看做人生第一桩要事，所以不赞成早谈专门；早谈专门便是早走狭路，而早走狭路的人对于生活常不能见得面面俱到。前天G君对我谈过一个故事，颇有趣很可说明我的道理。他说，有一天，一个中国人一个印度人和一位美国人游历，走到一个大瀑布前面，三人都看得发呆；中国人说："自然真是美丽！"印度人说："在这种地方才见到神的力量呢！"美国人说："可惜偌大水力都空费了！"这三句话各各不同，各有各的真理，也各有各的缺陷。在完美的世界里，我们在瀑布中应能同时见到自然的美丽，神力的广大和水力的实用。许多人因为站在狭路上，只能见到诸方面的某一面，便说他人所见到的都不如他的真确。前几年大家曾像煞有介事地争辩哲学和科学，争辩美术和宗教，不都是坐井观天诬天渺小么？

我最怕和谈专门的书呆子在一起，你同他谈话，他三句话就不离本行。谈到本行以外，旁人所以为兴味盎然的事物，他听之则麻木不能感觉。像这样的人是因为做学问而忘记生活了。我特地提出这一点来说，因为我想现在许多人大谈职业教育，而不知单讲职业教育也颇危险。我并非反对职业教育，我却深深地感觉到职业教育应该有宽大自由教育（Liberal education）做根底。倘若先没有多方面的宽大自由教育做根底，则职业教育的流弊，在个人方面，常使生活单调乏味，在社会方面，常使文化肤浅偏狭。

许多人一开口就谈专门（specialization），谈研究（research work）。他们说，欧美学问进步所以迅速，由于治学尚专门。原来不专则不精，固是自然之理，可是"专"也并非是任何人所能说的。倘若基础树得不宽广，你就是"专"，也决不能专到多远路。自然和学问都是有机的系统，其中各部分常息息相通，牵此则动彼。倘若你对于其他各部分都茫无所知，而专门研究某一部分,实在是不可能的。哲学和历史,须有一切学问做根底;文学与哲学历史也密切相关;科学是比较可以专习的,而实亦不尽然。比方生物学,要研究到精深的地步,不能不通化学,不能不通物理学,不能不通地质学,不能不通数学和统计学,不能不通心理学。许多人连动物学和植物学的基础也没有,便谈专门研究生物学,是无异于未学爬而先学跑的。我时常想,学问这件东西,先要能博大而后能精深。"博学守约",真是至理名言。亚理斯多德是种种学问的祖宗。康德在大学里几乎能担任一切功课的教授。歌德盖代文豪而于科学上也很有建树。亚当·斯密是英国经济学的始祖,而他在大学是教授文学的。近如罗素,他对于数学,哲学,政治学样样都能登峰造极。这是我信笔写来的几个确例。西方大学者(尤其是在文学方面)大半都能同时擅长几种学问的。

我从前预备再做学生时,也曾痴心妄想过专门研究某科中的某某问题。来欧以后,看看旁人做学问所走的路径,总觉悟像我这样浅薄,就谈专门研究,真可谓"颜之厚矣!"我此时才知道从前在国内听大家所谈的"专门"是怎么一回事。中国一般学者的通病就在不重根基而侈谈高远。比方"讲东西文化"的人,可以不通哲学,可以不通文学和美术,可以不通历史,可以不通科学,可以不懂宗教,而信口开河,凭空立说;历史学者闻之窃笑,科学家闻之窃笑,文艺批评学者闻之窃笑,只是发议论者自己在那里洋洋得意。再比方着世界文学史的人,法国文学可以不懂，英国文学可以不懂，德国文学可以不懂，希腊文学可以不懂，中国文学可以不懂，而东抄西袭，堆砌成篇，使法国文学学者见之窃笑，英国文学学者见之窃笑，中国文学学者见之窃笑，只是着书人在那里大吹喇叭。这真所谓"放屁放屁，真正岂有此理！"

朋友，你就是升到大学里去，千万莫要染着时下习气，侈谈高远而不注意把根基打得宽大稳固。我和你相知甚深，客气话似用不着说。我以为你在中学所打的基本学问的基础还不能算是稳固，还不能使你进一步谈高深专门的学问。至少在大学头一二年中，你须得尽力多选功课，所谓多选功课，自然也有一个限制。贪多而不务得，也是一种毛病。我是说，在你的精力时间可能范围以内，你须极力求多方面的发展。

最后，我这番话只是对你的情形而发的。我不敢说一切中学生都要趁着这条路走。但是对于预备将来专门学某一科而谋深造的人，尤其是所学的关于文哲和社会科学方面，我的忠告总含有若干真理。

同时，我也很愿听听你自己的意见。

你的朋友　孟实

诗人的孤寂

心灵有时可互相渗透，也有时不可互相渗透。在可互相渗透时，彼此不劳唇舌，就可以默然相喻；在不可渗透时，隔着一层肉就如隔着一层壁，夫子以为至理，而我却以为孟浪。惠子问庄子："子非鱼，安知鱼之乐？"庄子反问惠子："子非我，安知我不知鱼之乐？"谈到彻底了解时，人们都是隔着星宿住的，长电波和短电波都不能替他们传达消息。

比如眼前这一朵花，你所见的和我所见的完全相同么？你所嗅的和我所嗅的完全相同么？你所联想的和我所联想的又完全相同么？"天下之耳相似焉，师旷先得我心之所同然者。"这是一句粗浅语。你觉得香的我固然也觉得香，你觉得和谐的我固然也觉得和谐；但是香的、和谐的，都有许多浓淡深浅的程度差别。毫厘之差往往谬以千里。法国诗人魏尔兰（Verlaine）所着重的 nuance，就是这浓淡深浅上的毫厘差别。

一般人较量分寸而不暇剖析毫厘,以为毫厘的差别无关宏旨,但是古代寓言不曾明白地告诉我们,压死骆驼的重量就是最后的一茎干草么?

凡是情绪和思致,愈粗浅,愈平凡,就愈容易渗透;愈微妙,愈不寻常,就愈不容易渗透。一般人所谓"知解"都限于粗浅的皮相,把香的同认作香,臭的同认作臭,而浓淡深浅上的毫厘差别是无法可以从这个心灵渗透到那个心灵里去的。在粗浅的境界我们都是兄弟,在微妙的境界我们都是秦越。曲愈高,和愈寡,这是心灵交通的公例。

诗人所以异于常人者在感觉锐敏。常人的心灵好比顽石,受强烈震撼才生颤动;诗人的心灵好比蛛丝,微嘘轻息就可以引起全体的波动。常人所忽视的毫厘差别对于诗人却是奇思幻想的根源。一点沫水便是大自然的返影,一阵螺壳的啸声便是大海潮汐的回响。在眼球一流转或是肌肤一蠕动中,诗人能窥透幸福者和不幸运者的心曲。他与全人类和大自然的脉搏一齐起伏震颤,然而他终于是人间最孤寂者。

诗人有意要"孤芳自赏"么?他看见常人不经见的景致不曾把它描绘出来么?他感到常人不经见的情调不曾把它抒写出来么?他心中本有若饥若渴的热望,要天下人都能同他在一块地赞叹感泣,在心灵探险的途程上,诗人于是不得不独行踽踽了。

一般人在心目中,这位独行踽踽者是什么样的一个人呢?

诗人布朗宁（Browning）在《当代人的观感》一首诗里写过一幅很有趣的画像。误解，猜疑，谣诼是相因而至的。你看那位穿着黑色大衣的天天牵着一条老狗在不是散步的时候在街上踱来踱去，他真是一个怪人！——诗中的当代人这样想。他一会儿拿手杖敲街砖，一会儿又探头看鞋匠补鞋。你以为他的眼睛不在看你罢，你打了马，骂了老婆，他都源源本本地知道了。他大概是一个暗探。据说他每天写一封长信给皇上。甲被捕，乙失踪，恐怕都是他弄的把戏。皇上每月究竟给他多少薪俸呢？有一件事我是知道很清楚的。他住在桥边第三家，每晚他的屋里满张华烛，他把脚放在狗背上坐着，二十个裸体的姑娘服侍他进膳。但是这位怪人所住的实在是一间顶楼角屋，死的时候活像一条熏鱼！一般人对于诗人的了解如此。

一般人不也把读诗看作一种时髦的消遣么？伦敦纽约的街头不也摆满着皮面金装的诗集，让老太婆和摩登小姐买作节礼么？是的，群众本来是地道的势利鬼，就是诗人，到了大家都叫好之后，还怕没有人拿称羡暴发户的心理去称羡他！群众所叫好的都是前一代的诗人，或是模仿前一代诗人的诗人。他们的音调都已在耳鼓里震得滥熟，听得惯所以觉得好。如果有人换一个音调，他就不免"对牛弹琴"了。"诗人"这个名字在希腊文中的意义是"创作者"。凡真正诗人都必定避开已经踏烂的路去另开新境，他不仅要特创一种新风格来表现一种新情趣，还要在群众中创出一种新趣味来欣赏他的作品。但是这事谈何容易？英国的华兹华斯和济慈，法国的波德莱尔和马拉梅，费了几许力量，才在诗坛上辟出一种新趣味来？"千秋万岁名"往往是"寂寞身后事"。诗人能在这不可知的后世寻得安慰么？汤姆生在《论雪莱》一文里骂得好："后世人！后世人跑到罗马去溅大泪珠，去在济慈的墓石上刻好听的诔语，但是海深的眼泪也不能把枯骨润回生！"

阿里斯托芬在柏拉图的《会饮篇》里说，人原来是一体，上帝要惩罚他的罪过，把他截成两半，才有男有女。所谓"爱情"就是这已经割开的两半要求会合还原为一体。真正的恋爱应该是两个心灵的忻合无间，因此，许多诗人在山穷水尽时都想在恋爱中掘出一种生命的源泉。像莎士比亚所歌唱的：

这里没有仇雠，
不过天寒冷一点，风暴烈一点。

但是从历史看，诗人中很少有成功的恋爱者。布朗宁最幸运，能够把世人看不见的那半边月亮留给他的爱人看。此外呢？玛丽·雪莱也算是一个近于理想的人物了。哪一个妻子曾经像她那样了解而且尊敬一个空想者的幻梦？但是雪莱在那不勒斯所做的感伤诗，却有藏着不让她看见的必要，他沉水之后，玛丽替他编辑诗集，发现了那首感伤诗，在附注中一方面自咎，一方面把她丈夫的悲伤推原到他的疾病。读雪莱的原诗和他夫人的附注，谁不觉得这美满姻缘中的伤心语比蔡女的胡笳，罗兰的清角，还更令人生人世无可如何之叹呢？然而这是雪莱的错处么？玛丽的错处么？错处都不在他们，所以这部悲剧更沉痛。人的心灵本来都有不可渗透的一部分，这在恋爱者中间也不能免。

波德莱尔有一首散文诗，叫做《穷人的眼睛》，以日常情节传妙想，很值得我们援引。我们的诗人陪着他的佳侣坐在一间新开张的咖啡店里。一个穷人带着两个小孩子过路，看见咖啡店的陈设漂亮，六只大眼睛都向里面呆望着。

那位父亲的眼睛仿佛说："真漂亮！天下的黄金怕都关在这所房子里了。"大孩子的眼睛仿佛说："真漂亮！真漂亮！但是进去的人们都不是我们这种人。"小孩子望得太出神了，眼睛只表现一种呆拙而深沉的欣羡。

诗人们说过，娱乐能使人心慈祥。那一天晚上，这句话对于我算是说中了。我不仅被这六只眼睛引起怜悯，而且看见奢侈的杯和瓶，不免有些惭愧。我把眼睛转过来注视你的眼睛，亲爱的，预备在你的眼睛里印证同感，我注视你那双美丽而温柔的眼，注视作那双蔚蓝而活跃的、像月神所依附的眼，而你却向我说："这般睁着车门似的大眼向我们呆望的人们真怪讨嫌！你不能请店主人把他们赶远些么？"

亲爱的天使，互相了解真不是易事，连恋爱者中间，心灵也是这样不可互相渗透！

连恋爱者中间，心灵也是这样不可互相渗透，追问其他！梅特林克说有人告诉过他，"我和我的妹妹在一块住了二十年之久，到我的母亲临死的那一顷刻，我才第一次看见了她"。这实在是一句妙语。我们身旁都围着许多"相识"的人，其实我们何尝"看见"他们，他们又何尝"看见"我们呢？

西班牙一位诗人说得好："人在投胎之前就被注定了罪的。"个个人面上都蒙着一层网，连他自己也往往无法揭开。人是以寂寞为苦的动物，而人的寂寞却最不容易打破。隔着一层肉，如隔一层壁，人是生来就注定了要关在这种天然的囚牢里面的啊！

第 六 辑
成长的态度

"条条大路通罗马",实现人生和改良社会都不必只有一条路径可走。每个人所走的路应该由他自己审度自然条件和环境需要,逐渐摸索出来,只要肯走,迟早总可以走到目的地。无论你走哪一条路,你都必定立定志向要做人。

谈中学生与社会运动

朋友：

　　第一信曾谈到，孙中山先生知难行易的学说，和不读书而空谈革命的危险。这个问题有特别提出讨论的必要，所以再拿它来和你商量商量。

　　你还记得叶楚伧先生的演讲吧？他说，如今中国在学者只言学，在工者只言工，在什么者只言什么，结果弄得没有一个在国言国的人，而国事之糟，遂无人过问。叶先生在这里只主张在学者应言国，却未明言在国亦必言学。恽代英先生更进一步说，中国从孔孟二先生以后，读过二千几百年的书，讲过二千几百年的道德，仍然无补国事，所以读书讲道德无用，一切青年都必须加入战线去革命。这是一派的主张。

　　同时你也许见过前几年的上海大同大学的章程，里面有一条大书特书："本校主张以读书救国，凡好参加爱国运动者不必来！"这并不是大同大学的特有论调，凡遇学潮发生，你走到一个店铺里，或是坐在一个校务会议席上，你定会发现大家窃窃私语，引为深忧的都不外"学生不读书，而好闹事"一类的话。因为这是可以深忧的，教育部所以三令五申，"整顿学风！"这又是一派的主张。

　　叶、恽诸先生们是替某党宣传的。你知道我无党籍，而却深信中国想达民治必经党治。所以我如果批评叶、恽二先生，非别有用意，乃责备贤者，他们在青年中物望所系，出言不慎，便不免贻害无穷。比方叶先生的话就有许多语病。国家是人民组合体，在学者能言学，在工者能言工，在什么者能言什么，合而言之，就是在国言国。如今中国弊端就在在学者不言学，在工者不言工，大家都抛弃分内事而空谈爱国。结果学废工弛，而国也就不能救好，这是显然的事实。恽先生从中国历史证明读书无用，也颇令人怀疑。法国革命单是丹东、罗伯斯比尔的功劳，而卢梭、伏尔泰没有影响吗？思想革命成功，制度革命才能实现。辛亥革命还未成功，是思想革命未成功，这是大家应该承认的。

　　中国人蜂子孵蛆的心理太重，只管诱劝人"类我类我"！比方我喜欢谈国事，就藐视你读书；你欢喜读书，就藐视我谈国事。其实单面锣鼓打不成闹台戏。要撑起中国场面，也要生旦净丑角俱全。我们对于鼓吹青年都抛开书本去谈革命的人，固不敢赞同，而对于悬参与爱国运动为厉禁的学校也觉得未免矫枉过正。学校与社会绝缘，教育与生活绝缘，在学理上就说不通。若谈事实，则这一代的青年，这一代的领袖，此时如果毫无准备，想将来理乱不问的书生一旦会变成措置咸宜的社会改造者，也是痴人妄想。固然，在秩序安宁的国家里，所谓"天下有道，则庶人不议"，用不着学生去干预政治。可是在目前中国，又另有说法：民众未觉醒，舆论未成立，教育界中人本良心主张去监督政府，也并不算越职。总而言之，救国读书都不可偏废。蔡孑民先生说："读书不忘救国，救国不忘读书。"这两句话是青年人最稳妥的座右铭。

所谓救国，并非空口谈革命所可了事。我们跟着社会运动家喊"打倒军阀"，"打倒帝国主义"力已竭，声已嘶了。而军阀淫威既未稍减，帝国主义的势力也还在扩张。朋友，空口呐喊大概有些靠不住罢？北方人奚落南方人，往往说南方人打架，双方都站在自家门里摩拳擦掌对骂，你说："你来，我要打杀你这个杂种！"我说："我要送你这条狗命见阎王。"结果半拳不挥，一哄而散。住在租界谈革命的人不也是这样空摆威风么？

五四以来，种种运动只在外交方面稍生微力。但是你如果把这点微力看得了不得的重要，那你就未免自欺。"夫人必自侮，而后人侮之。""自侮"的成分一日不减绝，你一日不能怪人家侮你。你应该回头看看你自己是什么样的一个人，看看政府是什么样的一个政府，看看人民是什么样的一个人民。向外人争"脸"固然要紧；可是你切莫要因此忘记你自己的家丑！

家丑如何洗得清？我从前想，要改造中国，应由下而上，由地方而中央，由人民而政府，由部分而全体，近来觉得这种见解不甚精当，国家是一种有机体，全体与部分都息息相关，所以整顿中国，由中央而地方的改革，和由地方而中央的改革须得同时并进。不过从前一般社会运动家大半太重视国家大政，太轻视乡村细务了。我们此后应该排起队伍，"向民间去"。

我记得在香港听孙中山先生谈他当初何以想起革命的故事。他少年时在香港学医，欢喜在外面散步，他觉得香港街道既那样整洁，他香山县的街道就不应该那样污秽。他回到香山县，就亲自去打扫，后来居然把他们门前的街道打扫干净了。他因而想到一切社会上的污浊，都应该可以如此清理。这才是真正革命家！别人不管，我自己只能做小事。别人鼓吹普及教育，我只提起粉笔诚诚恳恳的当一个中小学教员；别人提倡国货，我只能穿起土布衣到乡下去办一个小工厂；别人喊打倒军阀，我只能苦劝我的表兄不为非作歹；别人发电报攻击贿选，吾侪小人，发电报也没有人理会，我只能集合同志出死力和地方绅士奋斗，不叫买票卖票的事在我自己乡里发生。大事小事都要人去做。我不敢说别人做的不如我做的重要。但是别人如果定要拉我丢开这些末节去谈革命，我只能敬谢不敏（屠格涅夫的《父与子》里那位少年虚无党临死时所说的话，最使我感动，可惜书不在身旁，不能抄译给你看，你自己寻去吧）。

总而言之，到民间去！要到民间去，先要把学生架子丢开。

我记得初进中学时，有一天穿着短衣出去散步，路上遇见一个老班同学，他立刻就竖起老班的喉嗓子问我："你的长衫到哪里去了？"教育尊严，哪有学生出门而不穿长衫子？街上人看见学生不穿长衣，还成什么体统？我那时就逐渐觉得些学生的尊严了。有时提起篮子去买菜，也不免羞羞涩涩的，此事虽小，可以喻大。现在一般青年的心理大半都还没根本改变。学生自成一种特殊阶级，把社会看成待我改造的阶级。这种学者的架子早已御人于千里之外，还谈什么社会运动？你尽管说运动，社会却不敢高攀，受你的运动。这不是近几年的情形么？

老实说，社会已经把你我看成眼中钉了。这并非完全是社会的过处。现在一般学生，有几个人配谈革命？吞剥捐款聚赌宿娼的是否没曾充过代表，赴国大会？勾结绅士政客以捣乱学校是否没曾谈过教育尊严？向日本政府立誓感恩以分润庚子赔款的，是否没曾喊过打倒帝国主义？其实，社会还算是客气，他们如要是提笔写学生罪状，怕没有材料吗？你也许说，任何团体都有少数败类，不能让全体替少数人负过。但是青年人都有过于自觉的幻觉，在你谈爱国谈革命以前，你总应该默诵几声"君子求诸己！"

话又说长了，再见吧！

你的朋友　孟实

读书破万卷，下笔如有神
——天才与灵感

知道格律和模仿对于创造的关系，我们就可以知道天才和人力的关系了。

生来死去的人何只恒河沙数？真正的大诗人和大艺术家是在一口气里就可以数得完的。何以同是人，有的能创造，有的不能创造呢？在一般人看，这全是由于天才的厚薄。他们以为艺术全是天才的表现，于是天才成为懒人的借口。聪明人说，我有天才，有天才何事不可为？用不着去下功夫。迟钝人说，我没有艺术的天才，就是下功夫也无益。于是艺术方面就无学问可谈了。

"天才"究竟是怎么一回事呢？

它自然有一部分得诸遗传。有许多学者常欢喜替大创造家和大发明家理家谱，说莫扎特有几代祖宗会音乐，达尔文的祖父也是生物学家，曹操一家出了几个诗人。这种证据固然有相当的价值，但是它决不能完全解释天才。同父母的兄弟贤愚往往相差很远。曹操的祖宗有什么大成就呢？曹操的后裔又有什么大成就呢？

天才自然也有一部分成于环境。假令莫扎特生在音阶简单、乐器拙陋的蒙昧民族中，也决不能作出许多复音的交响曲。"社会的遗产"是不可蔑视的。文艺批评家常欢喜说，伟大的人物都是他们的时代的骄子，艺术是时代和环境的产品。这话也有不尽然。同是一个时代而成就却往往不同。英国在产生莎士比亚的时代和西班牙是一般隆盛，而当时西班牙并没有产生伟大的作者。伟大的时代不一定能产生伟大的艺术。美国的独立，法国的大革命在近代都是极重大的事件，而当时艺术却卑卑不足高论。伟大的艺术也不必有伟大的时代做背景，席勒和歌德的时代，德国还是一个没有统一的纷乱的国家。

我承认遗传和环境的影响非常重大，但是我相信它们都不能完全解释天才。在固定的遗传和环境之下，个人还有努力的余地。遗传和环境对于人只是一个机会，一种本钱，至于能否利用这个机会，能否拿这笔本钱去做出生意来，则所谓"神而明之，存乎其人"。有些人天资颇高而成就则平凡，他们好比有大本钱而没有做出大生意；也有些人天资并不特异而成就则斐然可观，他们好比拿小本钱而做出大生意。这中间的差别就在努力与不努力了。牛顿可以说是科学家中一个天才了，他常常说:"天才只是长久的耐苦。"这话虽似稍嫌过火,却含有很深的真理。只有死功夫固然不尽能发明或创造,但是能发明创造者却大半是下过死功夫来的。哲学中的康德、科学中的牛顿、雕刻图画中的米开朗琪罗、音乐中的贝多芬、书法中的王羲之、诗中的杜工部,这些实例已经够证明人力的重要,又何必多举呢?

最容易显出天才的地方是灵感。我们只须就灵感研究一番,就可以见出天才的完成不可无人力了。

杜工部尝自道经验说:"读书破万卷,下笔如有神。"所谓"灵感"就是杜工部所说的"神","读书破万卷"是功夫,"下笔如有神"是灵感。据杜工部的经验看,灵感是从功夫出来的。如果我们借心理学的帮助来分析灵感,也可以得到同样的结论。

灵感有三个特征:

一、它是突如其来的,出于作者自己意料之外的。根据灵感的作品大半来得极快。从表面看,我们寻不出预备的痕迹。作者丝毫不费心血,意象涌上心头时,他只要信笔疾书。有时作品已经创造成功了,他自己才知道无意中又成了一件作品。歌德著《少年维特之烦恼》的经过,便是如此。据他自己说,他有一天听到一位少年失恋自杀的消息,突然间仿佛见到一道光在眼前闪过,立刻就想出全书的框架。他费两个星期的工夫一口气把它写成。在复看原稿时,他自己很惊讶,没有费力就写成一本书,告诉人说:"这部小册子好像是一个患睡行症者在梦中作成的。"

二、它是不由自主的,有时苦心搜索而不能得的偶然在无意之中涌上心头。希望它来时它偏不来,不希望它来时它却蓦然出现。法国音乐家柏辽兹有一次替一首诗作乐谱,全诗都谱成了,只有收尾一句("可怜的兵士,我终于要再见法兰西!")无法可谱。他再三思索,不能想出一段乐调来传达这句诗的情思,终于把它搁起。两年之后,他到罗马去玩,失足落水,爬起来时口里所唱的乐调,恰是两年前所再三思索而不能得的。

三、它也是突如其去的,练习作诗文的人大半都知道"败兴"的味道。"兴"也就是灵感。诗文和一切艺术一样都宜于乘兴会来时下手。兴会一来,思致自然滔滔不绝。没有兴会时写一句极平常的话倒比写什么还难。兴会来时最忌外扰。本来文思正在源源而来,外面狗叫一声,或是墨水猛然打倒了,便会把思路打断。断了之后就想尽方法也接不上来。谢无逸问潘大临近来作诗没有,潘大临回答说:"秋来日日是诗思。昨日捉笔得'满城风雨近重阳'之句,忽催租人至,令人意败。辄以此一句奉寄。"这是"败兴"的最好的例子。

灵感既然是突如其来,突然而去,不由自主,那不就无法可以用人力来解释么?从前人大半以为灵感非人力,以为它是神灵的感动和启示。在灵感之中,仿佛有神灵凭附作者的躯体,暗中驱遣他的手腕,他只是坐享其成。但是从近代心理学发现潜意识活动之后,这种神秘的解释就不能成立了。

什么叫做"潜意识"呢?我们的心理活动不尽是自己所能觉到的。自己的意识所不能察觉到的心理活动就属于潜意识。潜意识既不能察觉到,我们何以知道它存在呢?变态心理中有许多事实可以为凭。比如说催眠,受催眠者可以谈话、做事、写文章、做数学题,但是醒过来后对于催眠状态中所说的话和所做的事往往完全不知道。此外还有许多精神病人现出"两重人格"。例如一个人乘火车在半途跌下,把原来的经验完全忘记,换过姓名在附近镇市上做了几个月的买卖。有一天他忽然醒过来,发现身边事物都是不认识的,才自疑何以走到这一个地方。旁人告诉他说他在那里开过几个月的店,他绝对不肯相信。心理学家根据许多类似事实,断定人于意识之外又有潜意识,在潜意识中也可以运用意志、思想,受催眠者和精神病人便是如此。在通常健全心理中,意识压倒潜意识,只让它在暗中活动。在变态心理中,意识和潜意识交替来去。它们完全分裂开来,意识活动时潜意识便沉下去,潜意识涌现时,便把意识淹没。

灵感就是在潜意识中酝酿成的情思猛然涌现于意识,它好比伏兵,在未开火之前,只是鸦雀无声地准备,号令一发,它乘其不备地发动总攻击,一鼓而下敌。在没有侦探清楚的敌人(意识)看,它好比周亚夫将兵从天而至一样。这个道理我们可以拿一件浅近的事实来说明。我们在初练习写字时,天天觉得自己在进步,过几个月之后,进步就猛然停顿起来,觉得字越写越坏。但是再过些时候，自己又猛然觉得进步。进步之后又停顿，停顿之后又进步，如此辗转几次，字才写得好。学别的技艺也是如此。据心理学家的实验，在进步停顿时，你如果索性不练习，把它丢开去做旁的事，过些时候再起手来写，字仍然比停顿以前较进步。这是什么道理呢？就因为在意识中思索的东西应该让它在潜意识中酝酿一些时候才会成熟。功夫没有错用的，你自己以为劳而不获，但是你在潜意识中实在仍然于无形中收效果。所以心理学家有"夏天学溜冰，冬天学泅水"的说法。溜冰本来是在前一个冬天练习的，今年夏天你虽然是在做旁的事，没有想到溜冰，但是溜冰的筋肉技巧却恰在这个不溜冰的时节暗里培养成功。一切脑的工作也是如此。

灵感是潜意识中的工作在意识中的收获。它虽是突如其来，却不是毫无准备。法国大数学家彭加勒常说他的关于数学的发明大半是在街头闲逛时无意中得来的。但是我们从来没有听过有一个人向来没有在数学上用功夫，猛然在街头闲逛时发明数学上的重要原则。在罗马落水的如果不是素习音乐的柏辽兹，跳出水时也决不会随口唱出一曲乐调。他的乐调是费过两年的潜意识酝酿的。

从此我们可以知道"读书破万卷，下笔如有神"两句诗是至理名言了。不过灵感的培养并不必限于读书。人只要留心，处处都是学问。艺术家往往在他的艺术范围之外下功夫，在别种艺术之中玩索得一种意象，让它沉在潜意识里去酝酿一番，然后再用他的本行艺术的媒介把它翻译出来。吴道子生平得意的作品为洛阳天宫寺的神鬼,他在下笔之前,先请斐曼舞剑一回给他看,在剑法中得着笔意。张旭是唐朝的草书大家,他尝自道经验说:"始吾见公主担夫争路,而得笔法之意;后见公孙氏舞剑器,而得其神。"王羲之的书法相传是从看鹅掌拨水得来的。法国大雕刻家罗丹也说道:"你问我在什么地方学来的雕刻了在深林里看树,在路上看云,在雕刻室里研究模型学来的。我在到处学,只是不在学校里。"

　　从这些实例看,我们可知各门艺术的意象都可触类旁通。书画家可以从剑的飞舞或鹅掌的拨动之中得到一种特殊的筋肉感觉来助笔力,可以得到一种特殊的胸襟来增进书画的神韵和气势。推广一点说,凡是艺术家都不宜只在本行小范围之内用功夫,须处处留心玩索,才有深厚的修养。鱼跃鸢飞,风起水涌,以至于一尘之微,当其接触感官时我们虽常不自觉其在心灵中可生若何影响,但是到挥毫运斤时,他们都会涌到手腕上来,在无形中驱遣它,左右它。在作品的外表上我们虽不必看出这些意象的痕迹,但是一笔一划之中都潜寓它们的神韵和气魄。这样意象的蕴蓄便是灵感的培养。它们在潜意识中好比桑叶到了蚕腹,经过一番咀嚼组织而成丝,丝虽然已不是桑叶而却是从桑叶变来的。

从我怎样学国文说起

我学国文，走过许多迂回的路，受过极旧的和极新的影响。如果用自然科学家解剖形态和穷究发展的方法将这过程做一番检讨，倒是一件很有趣的事情。

我在十五岁左右才进小学，以前所受的都是私塾教育。从六岁起读书，一直到进小学，我没有从过师，我的惟一的老师就是我的父亲。我的祖父做得很好的八股文，父亲处在八股文和经义策论交替的时代。他们读什么书，也就希望我读什么书。应付科举的一套家当委实可怜，四书五经纲鉴、唐宋八大家文选、古唐诗选之外就几乎全是闱墨制义。五经之中，我幼时全读的只是《书经》《左传》。《诗经》我没有正式地读。家塾里有人常在读，我听了多遍，就能成诵大半。于今我记得最熟的经书，除《论语》外，就是听会的一套《诗经》。我因此想到韵文入人之深，同时读书用目有时不如用耳。私塾的读书程序是先背诵后讲解。在"开讲"时，我能了解的很少，可是熟读成诵，一句一句地在舌头上滚将下去，还拉一点腔调，在儿童时却是一件乐事。这早年读经的教育我也曾跟着旁人咒骂过，平心而论，其中也不完全无道理。我现在所记的书大半还是儿时背诵过的，当时虽不甚了了，现在回忆起来，不断地有新领悟，其中意味确是深长。

父亲有些受过学校教育的朋友，教我的方法多少受了新潮流的影响。我"动笔"时，他没有叫我做破题起讲，只教我做日记。他先告诉我日间某事可记，并且指示怎样记法，记好了，他随看随改，随时讲给我听。有一次我还记得很清楚，宅旁发现一个古墓，掘出两个瓦瓶，父亲和伯父断定它们是汉朝的古物（他们的考古知识我无从保证），把它们洗干净，供在香炉前的条几上，两人磋商了一整天，做了一篇"古文"的记，用红纸楷书恭写，贴在瓶子上面。伯父提议让我也写一篇，父亲说："他！还早呢。"言下大有鄙夷之意。我当时对于文字起了一种神秘意识，仿佛此事非同小可，同时也渴望有一天能够得上记古瓶。

日记能记到一两百字时，父亲就开始叫我做策论经义，当时科举已废除，他还传给我这一套应付科举的把戏，无非是"率由旧章"，以为读书人原就应该弄这一套。现在的读者恐怕对这些名目已很茫然，似有略加解释的必要。所谓"经义"，是在经书中挑一两句做题目，就抱着那题目发挥成一篇文章，例如题目是"知耻近乎勇"，你就说明知耻何以近乎勇，"耻"与

"勇"须得一番解释,"近乎"二字更大有文章可做。所谓"策"是在时事中挑一个问题,让你出一个主意,例如题目是"肃清匪患",你就条陈几个办法,并且详述利弊,显出你有经邦济世的本领。所谓"论"就是议论是非长短,或是评衡人物,刘邦和项羽究竟哪一个高明,或是判断史事,孙权究竟该不该笼络曹操。做这几类文章,你都要说理,所说的尽管是歪理,只要能自圆其说,歪也无妨。翻案文章往往见得独出心裁。这类文章有它们的传统的作法。开头要一个帽子,从广泛的大道理说起,逐渐引到本题,发挥一段意思,于是转到一个"或者曰"式的相反的议论,把它驳倒,然后作一个结束。这就是所谓"起承转合"。这类文章没有什么文学价值,人人都知道。但是当作一种写作训练看,它也不是完全无用。在它的窄狭范围内,如果路走得不错,它可以启发思想,它的形式尽管呆板,它究竟有一个形式。我从十岁左右起到二十岁左右止,前后至少有十年的光阴都费在这种议论文上面。这训练造成我的思想的定型,注定我的写作的命运。我写说理文很容易,有理我都可以说得出,很难说的理我能用很浅的话说出来。这不能不归功于幼年的训练。但是就全盘计算,我自知得不偿失。在应该发展想象力的年龄,我的空洞的头脑被歪曲到抽象的思想工作方面去,结果我的想象力变成极平凡,我把握不住一个有血有肉有光有热的世界,在旁人脑里成为活跃的戏景画境的,在我脑里都化为干枯冷酷的理。我写不出一篇过得去的描写文,就吃亏

在这一点。

　　我自幼就很欢喜读书。家中可读的书很少，而且父亲向来不准我乱翻他的书箱。每逢他不在家，我就偷尝他的禁果。我翻出储同人评选的《史记》《战国策》《国语》《西汉文》之类，随便看了几篇，就觉得其中趣味无穷。本来我在读《左传》，可是当作正经功课读的《左传》文章虽好，却远不如自己偷着看的《史记》《战国策》那么引人入胜。像《项羽本纪》那种长文章，我很早就熟读成诵。王应麟的《困学纪闻》也有些地方使我很高兴。父亲没有教我读八股文，可是家里的书大半是八股文，单是祖父手抄的就有好几箱，到无书可读时，连这角落里我也钻了进去。坦白地说，我颇觉得八股文也有它的趣味。它的布置很匀称完整，首尾条理线索很分明，在窄狭范围与固定形式之中，翻来覆去，往往见出作者的匠心。我于今还记得一篇《止子路宿》，写得真惟妙惟肖，入情入理。八股文之外，我还看了一些七杂八拉的东西，像《试帖诗》《楹联丛话》《广治平略》《事类统论》《历代名臣言行录》《粤匪纪略》，以至于《验方新编》、《麻衣相法》、《太上感应篇》和《牙牌起数》用的词。家住在穷乡僻壤，买书甚难。距家二三十里地有一个牛王集，每年清明前后附近几县农人都到此买卖牛马。各种商人都来兜生意，省城书贾也来卖书籍文具。我有一个族兄每年都要到牛马集买一批书回来，他的回来对于我是一个盛典。我羡慕他去牛王集的自由，尤其是有买书的自由。书买回来了，他很慷慨地借给我看。由于他的慷慨,我读到《饮冰室文集》。这部书对于我启示一个新天地,我开始向往"新学",我开始为《意大利三杰传》的情绪所感动。作者那一种酣畅淋漓的文章对于那时的青年人真有极大的魔力,此后有好多年我是梁任公先生的热烈的崇拜者。有一次报纸误传他在上海被难,我这个素昧平生的小子在一个偏僻的乡村里为他伤心痛哭了一场。也就从饮冰室的启示,我开始对于小说戏剧发生兴趣。父亲向不准我看小说,家里除一套《三国演义》以外,也别无所有。但是《水浒传》《红楼梦》《琵琶记》《西厢记》几种我终于在族兄处借来偷看过。因为读这些书,我开始注意金圣叹,"才子"、"情种"之类观念开始在我脑里盘旋。总之,我幼时头脑所装下的书好比一个灰封尘迹的荒货摊,大部分是破铜烂铁,中间也夹杂有几件较名贵的古董。由于这早年的习惯,我至今读书不能专心守一个范围,总爱东奔西窜,许多不同的东西令我同样感觉兴趣。

  我在小学里只住了一学期就跳进中学。中学教育对于我较深的影响是"古文"训练。说来也很奇怪,我是桐城人,祖父和古文家吴挚甫先生有交谊,他所廪保的学生陈剑潭先生做古文也曾享一时盛名,可是我家里从没有染着一丝毫的古文派风气。科举囿人,于此可见一斑。进了中学,我才知道有桐城派古文这么一回事。那时候我的文字已粗清通,年纪在同班中算是很小,特别受国文教员们赏识。学校里做文章的风气确是很盛，考历史地理可以做文章，考物理化学也还可以做文章，所以我到处占便宜。教员们希望这小子可以接古文一线之传，鼓励我做，我越做也就越起劲。读品大半选自《古文辞类纂》和《经史百家杂抄》。各种体裁我大半都试作过。那时我的摹仿性很强，学欧阳修、归有光有时居然学得很像。学古文别无奥诀，只要熟读范作多篇，头脑里甚至筋肉里都浸润下那一套架子，那一套腔调，和那一套用字造句的姿态，等你下笔一摇，那些"骨力""神韵"就自然而然地来了，你就变成一个扶乩手，不由自主地动作起来。桐城派古文曾博得"谬种"的称呼。依我所知，这派文章大道理固然没有，大毛病也不见得很多。它的要求是谨严典雅，它忌讳浮词堆砌，它讲究声音节奏，它着重立言得体。古今中外的上品文章似乎都离不掉这几个条件。它的惟一毛病是就文言文，内容有时不免空洞，以至谨严到干枯，典雅到俗滥。这些都是流弊，作始者并不主张如此。

兴趣既偏向国文，在中学毕业后我就决定升大学入国文系。我很想进北京大学，因为路程远，花费多，家贫无力供给，只好就近进了武昌高等师范学校。在武昌待了一年光景，使我至今还留恋的只有洪山的红菜薹，蛇山的梅花和江边几条大街上的旧书肆。至于学校却使我大失所望，里面国文教员还远不如在中学教我的那些老师。那位以地理名家的系主任以冬烘学究而兼有海派学者的习气，走的全是左道旁门，一面在灵学会里扶乩请仙，一面在讲台上提倡孔教，讲书一味穿凿附会，黑水变成黑海,流沙便是非洲沙漠。另外有一位教员讲《孟子》,在每章中都发现一个文章义法,章章不同,这章是"开门见山",那章是"一针见血",另一章又是"拨茧抽丝"。一团乌烟瘴气,弄得人啼笑皆非。我从此觉得一个人嫌恶文学上的低级趣味可以比嫌恶仇敌还更深入骨髓。我在武昌却并非毫无所得,我开始发现世间有那么多的书。其次,学校里有文字学一门功课,我规规矩矩地把段玉裁的《许氏说文解字注》从头看到尾,约略窥见清朝小学家们治学的方法。

塞翁失马,因祸可以得福。我到武昌是失着,但是我因此得到被遣送到香港大学的机会。这是我生平一个大转机。假若没有得到那个机会,说不定我现在还是冬烘学究。从那时到现在,二十余年之中,我虽没有完全丢开线装书,大部分工夫却花来学外国文,读外国书。这对于我学中国文,读中国书的影响很大,待下文再说,现在先说一个同样重要的事件,那就是"新文化运动"。大家都知道,这运动是对于传统的文化、伦理、政治、文学各方面的全面攻击。它的鼎盛期正当我在香港读书的年代。那时我是处在怎样一个局面呢?我是旧式教育培养起来的,脑里被旧式教育所灌输的那些固定观念全是新文化运动的攻击目标。好比一个商人,库里藏着多年辛苦积蓄起来的一大堆钞票,方自以为富足,一夜睡过来,满市人都喧传那些钞票全不能兑现,一文不值。你想我心服不服?尤其是文言文要改成白话文一点于我更有切肤之痛。当时许多遗老遗少都和我处在同样的境遇。他们咒骂过,我也跟着咒骂过。《新青年》发表的吴敬斋的那封信虽不是我写的(天知道那是谁写的,我祝福他的在天之灵!),却大致能表现当时我的感想和情绪。但是我那时正开始研究西方学问。一点浅薄的科学训练使我看出新文化运功是必需的,经过一番剧烈的内心冲突,我终于受了它的洗礼。我放弃了古文,开始做白话文,最初好比放小脚,裹布虽扯开,走起路来终有些不自在,后来小脚逐渐变成天足,用小脚曾走过路,改用天足特别显得轻快,发现从前小脚走路的训练工夫,也并不算完全白费。

　　文言白话之争到于今似乎还没有终结,我做过十五年左右的文言文,二十年左右的白话文,就个人经验来说,究竟哪一种比较好呢?把成见撇开,我可以说,文言和白话的分别并不如一般人所想象的那样大。第一就写作的难易说,文章要做得好都很难,白话也并不比文言容易。第二,就流弊说,文言固然可以空洞俗滥板滞,白话也并非天生地可以免除这些毛病。第三,就表现力说,白话与文言各有所长,如果要写得简炼,有含蓄,富于伸缩性,宜于用文言;如果要写得生动,直率,切合于现实生活,宜于用白话。这只是大体说,重要的关键在作者的技巧,两种不同的工具在有能力的作者的手里都可运用自如。我并没有发现某种思想和感情只有文言可表现,或者只有白话可表现。第四,就写作技巧说,好文章的条件都是一样,第一是要有话说,第二要把话说得好。思想条理必须清楚,情致必须真切，境界必须新鲜，文字必须表现得恰到好处，谨严而生动，简朴不至枯涩，高华不至浮杂。文言文要好须如此，白话文要好也还须如此。话虽如此说，我大体上比较爱写白话。原因很简单，语文的重要功用是传达，传达是作者与读者中间的交际，必须作者说得痛快，读者听得痛快，传达才能收到最大的效果。为作者着想，文言和白话的分别固不大，为读者着想，白话确远比文言方便。不过这里我要补充一句：白话的定义很难下，如果它指大多数人日常所用的语言，它的字和辞都太贫乏，决不够用。较好的白话文都不免要在文言里面借字借词，与日常流行的话语究竟有别。这就是说，白话没有和文言严密分家的可能。本来语文都有历史的赓续性，字与词有部分的新陈代谢，决无全部的死亡。提倡白话文的人们欢喜说文言是死的，白话是活的。我以为这话语病很大，它使一般青年读者们误信只要会说话就会做文章，对于文字可以不研究，对于旧书可以一概不读，这是为白话文作茧自缚。白话文必须继承文言的遗产，才可以丰富，才可以着土生根。

　　因为有这个信念，我写白话文，不忌讳在文言中借字借词。我觉得文言文的训练对于写白话文还大有帮助。但是我极力避免用文言文的造句法，和文言文所习用的虚字如"之乎者也"之类。因为文言文有文言文的空气，白话文有白话文的空气，除借字借词之外，文白杂糅很难得谐和。俞平伯诸人的玩艺只可聊备一格，不可以为训。我对于白话文，除着接收文言文的

遗产一个信念以外，还另有一个信念，就是它需要适宜程度的欧化。我从略通外国文学，就时时考虑怎样采取外国文学风格和文字组织的优点，来替中国文创造一种新风格和新组织。我写白话文，除得力于文言文的底子以外，从外国文字训练中也得了很不少的教训。头一点我要求合逻辑。一番话在未说以前，我必须把思想先弄清楚，自己先明白，才能让读者明白，糊里糊涂地混过去，表面堂皇铿锵，骨子里不知所云或是暗藏矛盾，这个毛病极易犯，我总是小心提防着它。我不敢说中国文人天生有这毛病，不过许多中国文人常犯这毛病却是事实。我知道提防它，是得力于外国文字的训练。我爱好法国人所推崇的明晰。第二点我要求合文法。文法本由习惯造成，各国语文都有它的习惯，就有它的文法。不过我们中国人对于文法向来不大研究，行文还求文从字顺，说话就不免随便。中国文法组织有两个显著的缺点。第一是缺乏逻辑性，一句话可以无主词，"虽然""但是"可以连着用。其次缺乏弹性，单句易写，混合句与复合句不易写，西文中含有"关系代名词"的长句无法译成中文，可以为证。我写白话文，常尽量采用西文的文法和语句组织，虽然同时我也顾到中国文字的特性，不要文章露出生吞活剥的痕迹。第二点在造句布局上我很注意声音节奏。我要文字响亮而顺口，流畅而不单调。古文本来就很讲究这一点，不过古文的腔调必须哼才能见出，白话文的腔调哼不出来，必须念出来，所以古文的声音节奏很难应用在白话文里。近代西方文章大半是用白话，所以它的声音节奏的技巧和道理很可以为我们借鉴。这中间奥妙甚多,粗略地说,字的平仄单复,句的长短骈散,以及它们的错综配合都须得推敲。这事很难,成就距理想总是很远。

我主张中文要有"适宜程度的"欧化,这就是说,欧化须有它的限度,它不应和本国的文字的特性相差太远。有两种过度的欧化我颇不赞成。第一种是生吞活剥地模仿西文语言组织。这风气倡自鲁迅先生的直译主义。"我遇见他在街上走"变成"我遇见他走在街上","园里有一棵树"变成"那里有一棵树在园里",如此等类的歪曲我以为不必要。第二种是堆砌形容词和形容字句,把一句话拖得冗长臃肿。这在西文里本不是优点,许多作者偏想在这上面卖弄风姿,要显出华丽丰富,他们不知道中文句字负不起那样重载。为了这个问题,我和一位朋友吵过几回嘴。我不反对文字的华丽,但是我不欢喜村妇施朱敷粉,以多为贵。

这牵涉到风格问题,"风格就是人格"。每个作者有他的特性,就有他的特殊风格。所以严格地说,风格不是可模仿的或普遍化的,每个作者如果在文学上能有特殊的成就,他必须成就一种他所独有的风格。但是话虽如此说,他在成就独有的风格的过程中,不能不受外来的影响。他所用的语言是大家所公用的,他所承受的精神遗产来源很久远,他与他的环境的接触影响到他的生活,就能影响到他的文章。他的风格的形成有他的特异点,也有他与许多人的共同点。如果把这共同点叫做类型,我们可以说,一时代的文学有它的类型的风格,一民族的文学也有它的类型的风格。这类型的风格对于个别作家的风格是一个基础。文学需要"学",原因就在此。像其它人类活动一样,文艺离不开模仿,不模仿而能创造,那是无中生有,不可想象。许多作家的厄运在不学而求创造,也有许多作家的厄运在安心模仿而不求创造。安于模仿,类型的风格于是成为呆板形式,而模仿者只是拿这呆板形式来装腔作势,装腔作势与真正文艺毫无缘分。从历史看,一个类型的风格到了相当时期以后,常易变成呆板形式供人装腔作势,要想它重新具有生命,必须有很大的新的力量来震撼它,滋润它。这新的力量可以从过去另一时代来,如唐朝作家撇开六朝回到两汉,十九世纪欧洲浪漫派撇开假古典时代回到中世纪,也可从另一民族来,如六朝时代接受佛典,英国莎士比亚时代接受意大利的文艺复兴。从整个的中国文学史看,中国文学的类型的风格到了唐宋以后不断地在走下坡路,我们早已到了"文敝"的阶段,个别作家如果株守故辙,虽有大力也无能为力。西方文化的东流,是中国文学复苏的一个好机会。我们这一个时代的人所负的责任真重大,我们不应该错过这机会。我以为中国文的欧化将来必须逐渐扩大,由语句组织扩大到风格。这事很不容易,有文学天才的人不一定有时间与精力研究西方文学,有时间精力研究西方文学的人也不一定有文学天才。假如我有许多年青作家的资禀,再加上丰富的生活经验,也许多少可以实现我的愿望。无如天注定了我资禀平凡,注定了我早年受做时文的教育,又注定了我奔波劳碌,不得一刻闲,一切愿望于是成为苦恼。

成长的态度

　　文学是人格的流露。一个文人先须是一个人，须有学问和经验所逐渐铸就的丰富的精神生活。有了这个基础，他让所见所闻所感所触藉文字很本色地流露出来，不装腔，不作势，水到渠成，他就成就了他的独到的风格，世间也只有这种文字才算是上品文字。除着这个基点以外，如果还另有什么资禀使文人成为文人的话，依我想，那就只有两种敏感。一种是对于人生世相的敏感。事事物物的哀乐可以变成自己的哀乐，事事物物的奥妙可以变成自己的奥妙。"一花一世界，一草一精神。"有了这种境界，自然也就有同情，就有想象，就有澈悟。其次是对于语言文字的敏感。语言文字是流通到光滑污滥的货币，可是每个字在每一个地位有它的特殊价值，丝毫增损不得，丝毫搬动不得。许多人在这上面苟且敷衍，得过且过，对于语言文字有敏感的人便觉得这是一种罪过，发生嫌憎。只有这种人才能有所谓"艺术上的良心"，也只有这种人才能真正创造文学，欣赏文学。诗人济慈说："看一个好句如一个爱人。"在恋爱中除着恋爱以外，一切都无足轻重；在文艺活动中，除着字句的恰当选择与安排以外，也一切都无足轻重。在那一刻中（无论是恋爱或是创作文艺），全世界就只有我所经心的那一点真实，其余都是虚幻。在这两种敏感之中，对于文人，最重要的是第二种。古今有许多哲人和神秘主义的宗教家不愿用文字泄露他们的敏感，像柏拉图所说的，他们宁愿在诗里过生活，不愿意写诗。世间也有许多匹夫匹妇在幸运的时会中偶然发现生死是一件沉痛的事，或是墙角一片阴影是一幅美妙的景象，可是他们无法用语言文字把心中的感触说出来,或是说得不是那么一回事。文人的本领不只在见得到,尤其在说得出。说得出,必须说得"恰到好处",这需要对于语言文字的敏感。有这敏感,他才能找到恰好的字,给他一个恰好的安排。

人生世相的敏感和语言文字的敏感都大半是天生的,人力也可培养成几分。我在这两方面得之于天的异常稀薄,然而我对于人生世相有相当的了悟,运用语言文字也有相当的把握。虽然是自己达不到的境界,我有时也能欣赏,这大半是辛苦训练的结果。我从许多哲人和诗人方面借得一副眼睛看世界,有时能学屈原、杜甫的执着,有时能学庄周、列御寇的徜徉凌虚,莎士比亚教会我在悲痛中见出庄严,莫里哀教会我在乖讹丑陋中见出隽妙,陶潜和华兹华斯引我到自然的胜境,近代小说家引我到人心的曲径幽室。我能感伤也能冷静,能认真也能超脱。能应俗随时,也能潜藏非尘世的丘壑。文艺的珍贵的雨露浸润到我的灵魂至深处,我是一个再造过的人,创造主就是我自己。但是,天,我能再造自己,我不能把接收过来的世界再造成一世界。莪菲丽雅问哈姆雷特读什么,他回答说:"字,字,字!"我一生都在"字"上做工夫,到现在还只能用"字"来做这世界里面的日常交易,再造另一世界所需要的"字"常是没到手就滑了去。圣约翰说:"太初有字,字和上帝在一起,字就是上帝。"我能了解字的威权,可是我常慑服在它的威权之下。原来它是和上帝在一起的。

一番语重心长的话
——给现代中国青年

我在大学里教书，前后恰已十年，年年看见大批的学生进来，大批的学生出去。这大批学生中平庸的固居多数，英俊有为者亦复不少。我们辛辛苦苦地把一批又一批的训练出来，到毕业之后，他们变成什么样的人，做出什样的事呢？他们大半被一个共同的命运注定。有官做官，无官教书。就了职业就困于职业，正当的工作消磨了二三分光阴，人事的应付消磨了七八分光阴。他们所学的原来就不很坚实，能力不够，自然做不出什么真正事业来。时间和环境又不容许他们继续研究，不久他们原有的那一点浅薄学问也就逐渐荒疏，终身只在忙"糊口"。这样一来，他们的个人生命就平平凡凡地溜过去，国家的文化学术和一切事业也就无从发展。还有一部分人因为生活的压迫和恶势力的引诱，由很可有为的青年腐化为土豪劣绅或贪官污吏，把原来读书人的一副面孔完全换过，为非作歹，恬不知耻，使社会上颓风恶习一天深似一天，教育的功用究竟在哪里呢？

想到这点，我感觉到很烦闷。就个人设想，像我这样教书的人把生命断送在粉笔屑中，眼巴巴地希望造就几个人才出来，得一点精神上的安慰，而年复一年地见到出学校门的学生们都朝一条平凡而暗淡的路径走，毫无补于文化的进展和社会的改善。这种生活有何意义？岂不是自误误人？其次，就国家民族的设想，在这严重的关头，性格已固定的一辈子人似已无大希望，可希望的只有少年英俊，国家耗费了许多人力和财力来培养成千成万的青年，也正是希望他们将来能担负国家民族的重任，而结果他们仍随着前一辈子人的覆辙走，前途岂不很暗淡？

青年们常欢喜把社会一切毛病归咎于站在台上的人们，其实在台上的人们也还是受过同样的教育，经过同样的青年阶段，他们也曾同样地埋怨过前一辈子人。由此类推，到我们这一辈子青年们上台时，很可能地仍为下一辈子青年们不满。今日有理想的青年到明日往往变成屈服于事实而抛弃理想的堕落者。章宗祥领导过留日青年，打过媚敌辱国的蔡钧，而这位章宗祥后来做了外交部长，签订了二十一条卖国条约。汪精卫投过炸弹，坐过牢，做过几十年的革命工作，而这位汪精卫现在做了敌人的傀儡，汉奸的领袖。许多青年们虽然没有走到这个极端，但投身社会之后，投降于恶势力的实比比皆是。这是一个很可伤心的现象。社会变来变去，而组成社会的人变相没有变质，社会就不会彻底地变好。这五六十年来我们天天在讲教育，教育对于人的质料似乎没有发生很好的影响。这一辈子人睁着眼睛蹈前一辈子人的覆辙，下一辈子人仍然睁着眼睛蹈这一辈子人的覆辙，如此循环辗转，一报还一报，"长夜漫漫何时旦"呢？

　　社会所属望最殷的青年们，这事实和问题是值得郑重考虑的！时光向前疾驶，毫不留情去等待人，一转眼青年便变成中年、老年，一不留意便陷到许多中年人和老年人的厄运。这厄运是一部悲惨的三部曲。第一部是悬一个很高的理想，要改造社会；第二部是发现理想与事实的冲突，意志与社会恶势力相持不下；第三部便是理想消灭，意志向事实投降，没有改革社会，反被社会腐化。给它们一个简题，这是"追求"、"彷徨"和"堕落"。

　　青年们，这是一条死路。在你们的天真烂漫的头脑里，它的危险性也许还没有得到深切的了解，你们或许以为自己决不会走上这条路。但是我相信：如果你们没有彻底的觉悟，不拿出强毅的意志力，不下坚苦卓绝的工夫，不作脚踏实地的准备，你们是不成问题地仍走上这条路。数十年之后，你们的生命和理想都毁灭了，社会腐败依然如故，又换了一批像你们一样的青年来，仍是改革不了社会。朋友们，我是过来人，这条路的

可怕我并没有夸张,那是绝对不能再走的啊!

耶稣宣传他的福音,说只要普天众生转一个念头,把心地洗干净,一以仁爱为怀,人世就可立成天国。这理想简单到不能再简单,可是也深刻到不能再深刻。极简单的往往是正途大道,因为易为人所忽略,也往往最不易实现。本来是很容易的事而变成最难实现的,这全由于人的愚蠢、怯懦和懒惰。世间事之难就难在人们不知道或是不能够转一个念头,或是转了念头而没有力量坚持到底。幸福的世界里决没有愚蠢者、怯懦者和懒惰者的地位。你要合理地生存,你就要有觉悟、有决心、有奋斗的精神和能力。

"知难行易",这觉悟一个起点是我们青年所最缺乏的。大家都似在鼓里过日子,闭着眼睛醉生梦死,放弃人类最珍贵的清醒的理性,降落到猪豚一般随人饲养,随人宰割。世间宁有这样痛心的事!青年们,目前只有一桩大事——觉悟——彻底地觉悟!你们正在做梦,需要一个晴天霹雳把你们震醒,把"觉悟"两字震到你们的耳里去。

"条条大路通罗马",实现人生和改良社会都不必只有一条路径可走。每个人所走的路应该由他自己审度自然条件和环境需要,逐渐摸索出来,只要肯走,迟早总可以走到目的地。无论你走哪一条路,你都必定立定志向要做人;做现代的中国人,你必须有几个基本的认识。

一、时代的认识——人类社会进化逃不掉自然律。关于进化的自然律,科学家们有不同的看法。依达尔文派学者,生物常在生存竞争中,最适者生存,不适者即归淘汰。依克鲁泡特金,社会的维持和发展全靠各分子能分工互助,互助也是本于天性。这两种相反的主张产生了两种不同的国际政治理想。一种理想是拥护战争,生存既是一种竞争,而在竞争中又只有最适者可生存,则造就最适者与维持最适者都必靠战争,战争是文化进展的最强烈的刺激剂。另一种理想是拥护和平,战争只是破坏,在战争中人类尽量发挥残酷的兽性,愈残酷愈贪摧毁,愈不易团结,愈不易共存共荣;要文化发展,我们需要建设,建设需要互助,需要仁爱,也需要和平。这两种理想各有片面的真理,相反适以相成,不能偏废。我们的时代是竞争最激烈的时代,也是最需要互助的时代。竞争是事实而互助是理想。无论你竞争或是互助,你都要拿副本领来。在竞争中只有最适者才能生存,在互助中最不适者也不见得能坐享他人之成。所谓"最适"就是最有本领,近代的本领是学术思想,是技术,是组织力。无论是个人在国家社会中,或是民族在国际社会中,有了这些本领,才能和人竞争,也才能和人互助,否则你纵想苟且偷生,也必终归淘汰,自然铁律是毫不留情的。

　　二、国家民族现在地位的认识——我国数千年来闭关自守。固有的文化可以自给自足,而且四围诸国家民族的文化学术水准都比我们的低,不曾感到很严重的外来的威胁。从十九世纪以来,海禁大开,中国变成国际集团中的一分子,局面就陡然大变。我们现在遇到两重极严重的难关。第一,我们固有的文化学术不够应付现时代的环境。我们起初慑于西方科学与物质文明的威力,把固有的文化看得一文不值,主张全盘接收欧化;到现在所接收的还只是皮毛,毫不济事,情境不同,移植的树常不能开花结果,而且从两次大战与社会不安的状况看来,物质文明的误用也很危险,于是又有些人提倡固有文化,以为我们原来固有的全是对的。比较合理的大概是兼收并蓄,就中西两方成就截长补短,建设一种新的文化学术。但是文化学术须有长期的培养,不是像酵母菌可以一朝一夕制造出来的。我们从事于文化学术的人们能力都还太幼稚薄弱,还不配说建设。总之,我们旧的已去,新的未来,在这青黄不接的时候,我们和其他民族竞争或互助,几乎没有一套武器或工具在手里。这是一个极严重的局势。其次,我们现在以全副精力抗战建国。这两重工作中抗战是急需,是临时的;建国是根本,是长久的。多谢贤明领袖的指导与英勇将士的努力,多谢国际局面的转变,我们的抗战已逼近最后的胜利。这是我们的空前的一个好机会,从此我们可以在国际社会中做一个光荣的分子,从此我们可以在历史上开一个新局面。但是这"可以"只是"可能"而不是"必然",由"可能"变为"必然",还需要比抗战更艰苦的努力。抗战后还有成千成万的问题急待解决,有许多恶习积弊要洗清,有许多文化事业和生产事业要建设。我们试问,我们的人才准备能否很有效率地担负这些重大的工作呢?要不然,我们的好机会将一纵即逝，我们的许多光明希望将终成泡影。我们的青年对此须有清晰的认识，须急起直追，抓住好时机不让放过。

三、个人对于国家民族的关系的认识——世界处在这个剧烈竞争的时代，国家民族处在这个一发千钧的关头，我们青年人所处的地位何如呢？有两个重要的前提我们必须认识清楚：

第一，国家民族如果没有出路，个人就决不会有出路；要替个人谋出路，必须先替国家民族谋出路。

第二，个人在社会中如果不能成为有力的分子，则个人无出路，国家民族也无出路。要个人在社会中成为有力的分子，必须有德有学有才，而德行学问才具都须经过坚苦的努力才可以得到。

以往我们青年的错误就在对这两个前提毫无认识。大家都只为个人打计算，全不替国家民族着想。我们忙着贪图个人生活的安定和舒适，不下工夫培养造福社会的能力，不能把自己所应该做的事做好，一味苟且敷衍，甚至用种种不正当的手段去求个人安富尊荣，钻营、欺诈、贪污，无所不至，这样一来，把社会弄得日渐腐败，国家弄得日渐贫弱。这是一条不能再走的死路，我已一再警告过。我们必须痛改前非，把一切自私的动机痛痛快快地斩除干净，好好地在国家民族的大前提上做工夫。我们须知道，我们事事不如人，归根究竟，还是我们的人不如人。现在要抬高国家民族的地位，我们每个人必须培养健全的身体、优良的品格、高深的学术和熟练的技能，把自己造成社会中一个有力的分子。

这是三个最基本的认识。我们必须有这些认识，再加以坚苦卓绝的精神去循序实行，到死不懈，我们个人，我们国家民族，才能踏上光明的大道。最后，我还须着重地说，我们需要彻底的觉悟。

谈青年与恋爱结婚

在动物阶层，性爱不成问题，因为一切顺着自然倾向，不失时，不反常，所以也就合理。在原始人类社会，性爱不成为严重的问题，因为大体上还是顺自然倾向的，纵有社会裁制，习惯成了自然，大家也就相安无事。在近代开化的社会，性爱的问题变成很严重，因为自然倾向与社会裁制发生激烈的冲突，失时和反常的现象常发生，伦理的、宗教的、法律的、经济的、社会的关系愈复杂，纠纷愈多而解决愈困难。这困难成年人感觉到很迫切，青年人感觉到尤其迫切。性爱在青年期有一个极大的矛盾：一方面性欲在青年期由潜伏而旺盛，力量特别强烈；一方面种种理由使青年人不适宜于性生活的活动。

先说青年人不适宜于性爱的理由：

一、恋爱的正常归宿是结婚，结婚的正常归宿是生儿养女，成立家庭。青年处学习期，在事业上尚无成就，在经济上未能独立，负不起成立家庭教养子女的责任。恋爱固然可以不结婚，但是性的冲动培养到最紧张的程度而没有正常的发泄,那是违反自然,从医学和心理学观点看,对于身心都有很大的妨害。结婚固然也可以节制生育,但是寻常婚后生活中,子女的爱是夫妻中间一个重要的联系,培养起另一代人原是结婚男女的共同目标与共同兴趣,把这共同目标与共同兴趣用不自然的方法割去了,结婚男女的生活就很干枯,他们的情感也就逐渐冷淡。这对于种族和个人都没有裨益,失去了恋爱与婚姻的本来作用。

二、青年身体发展尚未完全成熟,早婚妨碍健康,尽人皆知;如果生儿养女,下一代人也必定比较羸弱,可以影响到民族的体力,我国已往在这方面吃的亏委实不小。还不仅此,据一般心理学家的观察,性格的成熟常晚于体格的成熟,青年在体格方面尽管已成年,在心理方面往往还很幼稚,男子尤其是如此。在二十余岁的光景,他们心中装满着稚气的幻想,没有多方的人生经验,认不清现实,情感游离浮动,理智和意志都很薄弱,性格极易变动,尤其是缺乏审慎周详的抉择力与判断力,今天做的事明天就会懊悔。假如他们钟情一个女子,马上就会陷入沉醉迷狂状态,把爱的实现看得比世间任何事都较重要;达不到目的,世界就显得黑暗,人生就显得无味,觉得非自杀不可;达到目的,结婚就成了"恋爱的坟墓",从前的仙子就是现在的手镣脚铐。到了这步田地,他们不是牺牲自己的幸福,就是牺牲别人的幸福。许多有为青年的前途就这样毁去了,让体格性格都不成熟的青年人去试人生极大的冒险,那简直是一个极大的罪孽。

三、人生可分几个时期，每时期有每时期的正当使命与正当工作。青年期的正当使命是准备做人，正当工作是学习。在准备做人时，在学习时，无论是恋爱或结婚都是一种妨害。人生精力有限，在恋爱和结婚上面消耗了一些，余剩可用于学习的就不够。在大学期间结婚的学生成绩必不会顶好，在中学期间结婚的学生的前途决不会有很大的希望。自己还带乳臭，就腼颜准备做父母，还满口在谈幸福，社会上有这现象，就显得它有些病态。恋爱用不着反对，结婚更用不着反对，只是不能"用违其时"。禽兽性生活的优点就在不失时，一生中有一个正当的时期，一年中有一个正当的季节。在人类，正当的时期是壮年，老年人过时，青年人不及时，青年人恋爱结婚，与老年人恋爱结婚，是同样地反常可笑。

假如我们根据这几条理由，就绝对反对青年谈恋爱，是否可能呢？我自己也是过来人，略知此中甘苦，凭自己的经验和对旁人的观察，我可以大胆地说：在三十岁以前，一个人假如不受爱情的搅扰，对男女间事不发生很大的兴趣，专心致志地去做他的学问，那是再好没有的事，他可以多得些成就，少得些苦恼。我还可以说，像这样天真烂漫地过去青春的人，世间也并非绝对没有，而且如果我们认定三十岁左右为正当的结婚年龄，从生物学观点看，这种人也不能算是不自然或不近人情。不过我们也须得承认，在近代社会中，这种浑厚的青年人确实很少，少的原因是在近代生活对于性爱有许多不健康的暗示与刺激，以及教育方面的欠缺。家庭和学校对男女间事绝对不准谈,仿佛这中间事极神秘或是极不体面,有不可告人处。只这印象对儿童们影响就很坏。他们好奇心特别强,你愈想瞒,他们就愈想知道。他们或是从大人方面窥出一些偷偷摸摸的事,或是从一块儿游戏的顽童听到一些淫秽的话。不久他们的性的冲动逐渐发达了,这些不良的种子就在他们心中发芽生枝,好奇心以外又加上模仿本能的活动。他们开始看容易刺激性欲的小说或电影,注意窥探性生活的秘密,甚至想自己也跳到那热闹舞台上去表演。他们年纪轻,正当的对象自无法可得,于是演出种种"性的反常"现象,如同性爱、自性爱、手淫之类。如果他们生在都市里,年纪比较大一点,说不定还和不正当的女人来往。如果他们进了大学,读过一些讴歌恋爱的诗文,看过一些甜情蜜意的榜样,就会觉得恋爱是大学生活中应有的一幕,自己少不得也要凑趣应景,否则即是一个缺陷,一宗耻辱。我们可以说,现在一般青年从幼稚园到大学,沿途所受的性生活的影响都是不健康的,无怪他们向不健康的路径走。

自命为"有心人"的看到这种景象,或是嗟叹世风不古,或是诅咒近代教育,想拿古老的教条来钳制近代青年的活动。世风不古是事实,无用嗟叹,在任何时代,世风都不会"古"的。世界既已演变到现在这个阶段,要想回到男女授受不亲那种状态,未免是痴人说梦。我个人的主张是要把科学知识尽量地应用到性爱问题上面来,使一般人一方面明白它在生物学、生理学和心理学上的意义,一方面也认清它所连带的社会、政治、经济各方面的责任。这问题,像一切其他人生问题一样,可以用冷静的头脑去思索,不必把它摆在一种带有宗教性的神秘氛围里。神秘本身就是一种诱惑,暗中摸索都难免跌跤。

就大体说,我赞成用很自然的方法引导青年撇开恋爱和结婚的路。所谓自然的方法有两种。第一是精力有所发挥,精神有所委托。一个人心无二用,却也不能没有所用。青年人精力最弥满,要他闲着无所用,就难免泛滥横流。假如他在工作里发生兴趣,在文艺里发生兴趣,甚至在游戏运动里发生兴趣,这就可以垄断他的心神,不叫它旁迁他涉。我知道很多青年因为心有所用,很自然地没有走上恋爱的路。第二是改善社交生活,使同情心得到滋养。青年人最需要的是同情,最怕的是寂寞,愈寂寞就愈感觉异性需要的迫切。一般青年追求异性,与其说是迫于性的冲动,毋宁说是迫于同情的需要。要满足这需要,社交生活如果丰富也就够了。一个青年如果有亲热的家庭生活,加上温暖的团体生活,不感觉到孤寂,他虽然还有"遇"恋爱的可能,却无"谋"恋爱的必要。

这番话并非反对男女青年的正常交接,反之,我认为男女社交公开是改善社交生活的一端。愈隔绝,神秘观念愈深,把男女关系看成神秘,从任何观点看,都是要不得的。我虽然赞成叔本华的"男女的爱都是性爱"的看法,却不敢同意王尔德的"男女间只有爱情而无友谊"的看法。因为友谊有深有浅,友谊没有深到变为爱情的程度是常见的。据我个人的观察,青年施受同情的需要虽很强烈,而把同情专注在某一个对象上并不是一个很自然的现象。无论在同性中或异性中,一个人很可能地同时有几个好友。交谊愈广泛，发生恋爱的可能性也就愈少。一个青年最危险的遭遇莫过于向来没有和一个女子有较深的接触，一碰见第一个女子就爱上了她。许多在男女社交方面没有经验的青年却往往是如此，而许多悲剧也就如此酿成。

在男女社交公开中，"遇"恋爱自然很可能，但是危险性比较小，双方对于异性都有较清楚的认识。既然"遇"上了恋爱，一个人最好认清这是一件极自然极平凡而亦极严重的事。他不应视为儿戏，却也不应沉醉在诗人的幻想里，他应该用最写实的态度去应付它。如果"恋爱至上"，他也要从生物学观点把它看成"至上"，与爱神无关，与超验哲学更无关。他就要准备作正常的归宿——结婚，生儿养女和担负家庭的责任。

柏拉图到晚年计划第二"理想国"，写成一本书叫做《法律》，里面有一段话颇有意思，现在译来作本文的结束：

"我们的公民不应比鸟类和许多其他动物都不如，它们一生育就是一大群，不到生殖的年龄却不结婚，维持着贞洁。但是到了适当的时候，雌雄就配合起来，相欢相爱，终身过着圣洁和天真的生活，牢守着它们的原来的合同：——真的，我们应该向他们（公民们）说，你们须比禽兽高明些。"